喰いビスコ
【さびくいびすこ】
瘤久保慎司
SHINJI COBKUBO PRESENTS
8
神子煌誕！
うなれ斉天大菌姫
じんしこうたん
うなれせいてんだいきんき

[イラスト]赤岸K
[世界観イラスト]mocha
(@mocha708)
[題字]蒼喬

The world blows the wind erodes life.
A boy with a bow running
through the world like a wind.

SABIKUI
『検証ヲ 完了。』
『未捕獲生物【北海道】メス個体ト 確認。』
『推定生命力――』
『――12億3800万ライフラ。
驚異的 数値 デス。』
『大統領 ゴハンダン クダサイ。』
『………。』
『閣議決定ヨシ。キャプチャ・ウェーブ スタンバイ。』
『タダチニ レスキュー スル。』
THE WORLD BLOWS THE WIND ERODES LIFE.

はこぶね
だいとうりょう
めあ
箱舟大統領・メア
ゴピス
ごぴす

ザ・シップ・オブ・ザ・ライフ

バイ・ザ・ライフ

フォー・ザ・ライフ

箱舟は滅びを越え

清きよろこびの大地へ

貴職らを運ぶ

リピート・アフタ・ミー

メイク・ジ・アース

グレイト・アゲイン

―――――― 箱舟大統領 メア

# 0

山盛りの、半溶けのバニラアイス……
のような雲が。
堆(うずたか)く積み上がり、隙間から夏の陽射(ひざ)しを海面に投げかけている。
日本海が穏やかにそれを受け止め、てらてらと光る、そこを。
盛大に飛沫(しぶき)を上げて、
大きな船のようなものが、いま通りすぎようというところだ。

「夏の太陽に、見渡す限りの水平線——」

アムリィは海風に髪をそよそよと揺らし、うっとりと呟(つぶや)く。

「潮のにおい、触れる飛沫(しぶき)……なんて素敵なのかしら。こんな光景、出雲六塔(いずもりくとう)にいたころは、想像もできなかった……」

「そう思って誘ったの」

テラスのビーチチェアから、のんびりと声が答える。

でっぷり大きなグラスから、紅玉ジュースをストローで啜(すす)り……

「年中無休で僧正やってちゃ、下々のことがわかんないでしょ。たまには俗世のことも体験しないとぉ」

サングラスをずらして、チロルがにやりと笑った。

水着である。

日焼けの最中であるようだ。夏の陽射しに照らされた肌は、商売道具を自負するだけの輝きを放ち、余裕たっぷりに足を組み替える様子からもその自信がうかがえる。

（……体形はお子様なのに。随分な自信ですこと）

「む。何かいま、侮ったような気配が……」

「とっても素敵な旅ですわ、チロルさま！」慌てて表情を作り替え、アムリィが隣のチェアに腰かける。「お母さまも連れてくればよかった。水着が恥ずかしいって言うんですもの」

「んにゃ。どっちみちラスケニーはダメ」

「ええっ!?　何故ですの？」

「たりめーでしょ。自尊心の回復のために休暇とってんだもん。あたしより！　いいカラダの女はっ、入船禁止ぃっ!!」

クラゲ髪を鞭のごとく振り、チロルがびしッとアムリィをゆびさす。

「この船はあたしの船なの！　調教したエンマガメ買うのに、めちゃめちゃ大枚はたいたんだから。お客はあたしが選ぶの。ね～、アムリィ！」

「こ、光栄ですわ……？」

チロルの言うとおり、この大型遊覧船は。

エンマガメなる超大型の進化生物を利用したものだ。鉄でできた通常の大型船では、日本海中の危険魚たちに船底を喰い破られる危険性があり、到底長距離の航海などできたものではない。しかしエンマガメがベースにしてあれば、海中生物はその威容を恐れて近づいてこないため、安全なクルージングが可能になるのだ。

　無論のこと超高額なこのエンマガメ船に、チロルが幾ら出したのかは定かでない。

「……ちょっとお待ちになって」

　一方それはそれとして。

「チロルさまよりいいカラダ、がダメなら、なぜわたしがご招待にあずかりましたの？」

「……んえっ⁉」

　先ほどまで気圧されていたはずのアムリィが、表情をラクシャサのそれへじわじわと変え、逆にチロルに詰め寄る。

「あなどっておいでなのね。わたくしを、所詮は小娘と」

「ちょちょちょ……落ち着いてよ。ほら、海がきれいだよ」

「ぶしつけながら。身体でチロルさまに劣る自覚はありませんわ」

「な！　なんだとおまえっ、どの口で……あたしよりぺちゃぺちゃじゃんっっ‼」

「百歩譲って！　百歩譲って、いまは互角でもよろしいわ。でも、わたしはまだ十四歳。チロルさまは、おいくつですの？」

「……に、二十二……」

「はいもう成長ガン止まりですわ。ノーフューチャーボディですの。それに比べてわたくしの無限のポテンシャル、もう二、三年もすればお母さまに似て、あんなふうに……」

「んきえ――――ッッ‼　降りろてめ――――っっ！」

涙目のチロルが、アムリィの白い首を絞め、ぶんぶんと振る……

その直後に。

それまで快晴だった空が一時にかき曇り、ゴロゴロと雷鳴を立てはじめた。

「……⁉　空が……」

「やべえ、雨がくるみたい。続きは中でやろ、アムリィ！」

「待って！　チロルさま。ただの雲ではないわ‼」

クサビラ宗僧正の霊感がそうさせるのか。暗雲から眼を離せずにいるアムリィの視線の先で、やがてなにか光る巨大なものが雲を突き破り……

「あ……あれは⁉」

「ななな！　何だああっ」

低く唸る浮遊音を立てて、上空に顕現した！

まったく、超文明的な……

浮遊物体であった。日本のあらゆる名兵器、珍兵器を扱う的場製鉄で勤務したチロルをもってしても、到底考えすら及ぶような代物ではない。

「UFOじゃん⁉」

「チロルさま。子供みたいなこと仰らないで」

「だって！　どう考えても……！」

その船底は液体のようにゆるゆると波打ち、青白く明滅したまま、上空に静止している。しばらく不気味な沈黙が続いて、やがて……

『びぃぃッ』

唐突に走査線のような赤い光が、エンマガメの輪郭をなぞるように走った。

「きゃあっ！」

「攻撃してくる⁉　アムリィ、なんとかしてよっ！」

『…………。』

『検証ヲ　完了。』

『未捕獲生物【エンマガメ】　オス個体　ト　確認。』

『推定生命力　2万3800ライフラ。』

『大統領　ゴハンダン　クダサイ。』

『…………。』

『閣議決定ヨシ。キャプチャ・ウェーブ　スタンバイ。』

『タダチニ　レスキュー　スル。』

「何か言ってる⁉」

「いけない！　チロルさま、わたしの後ろに！」

浮遊物体の不穏な動きにさきがけ、アムリィの真言が閃いた。ひらりと印をむすぶアムリィから紫色の錆のオーラが顕現し、それは球状の盾となって二人を包む。

それへ向けて……

ふわりと上空から、青白い円形の光が照射された。光はどこか拍子抜けするほど遅く、また柔らかく、真言のバリアごと二人を包み込む。

「……おおっ！　アムリィすごいっ！　どうだ見たか、僧正の実力っ！　こんなこともあろうかと、乗せておいたのだぁっ」

「待って。おかしいわ、これは攻撃じゃない……？」

アムリィが、その光の奇妙な暖かさに、怪訝な顔をする……

次の瞬間、

ずわあっっ！　と夥しい飛沫を噴き上げて、船が、いや、巨大なエンマガメそのものが、海面から浮き上がったのである。

エンマガメにしても30ｔを越える己が空に浮いた例があるはずもない。普段の温厚さを捨てて狼狽し、「マオ――――ッツ」と叫びもがいている。

「うわわわあああ⁉　う、浮いてる、船が浮いてるっっ‼」

「違うわ！　これは……！」

どんどん眼前に迫る、浮遊物体の船底。波のようなそれは今や渦潮へ変化し、エンマガメを呑み込もうと高速で回転している。

「吸い上げてる！　そんなまさか……」

「アムリィ――ッ！　なんとかして――っっ！」

「くううっ！　だめ、わたしも、もう……！」

ふわり、とアムリィの身体がテラスの床から離れる。咄嗟にその脚を摑んだチロルごと、その身体は宙に逆巻く渦潮に吸い込まれていく。

「わあああああ――――っっ‼」

「きゃ――――――――っっ‼」

「マオ――――――――――」

しゅぽんっっ‼

『………。』

『エンマガメ　オス　ヲ　捕獲シマシタ。』

『………？』

『異物混入　ノ　可能性アリ……』

『レスキューニ支障ナシ。』

『航空(フライト)ヲ継続シマス。』

浮遊物体はその船体にいともたやすくエンマガメ……と二人の少女を収めると、不可思議な動力でもって再び雲の中に隠れていった。

そうして……

あとにはただ、また穏やかな夏の日本海が戻り、まるでそこで何もなかったかのように、ゆるやかな波をくりかえすだけになった。

# 神子煌誕！うなれ斉天大菌姫

瘤久保慎司

SHINJI COBKUBO PRESENTS

[イラスト]赤岸K

[世界観イラスト]mocha (@mocha708)

[題字]蒼喬

DESIGNED BY AFTERGLOW

# 錆喰いビスコ2

SABIKUI BISCO

【さびくいびすこ】

The world blows the wind erodes life.
A boy with a bow running
through the world like a wind.

1

ウーヤア　ウーヤア
あいほー
ウーヤア　ウーヤア
うーら・ひーほう

ときに　かむつち
でたか　でないか
つきのキノコの
くもがくれ

しめじ　さいたか
ありゃ　まだかいな
まだかな　まだかな
ウーヤア

あいほー

一際(ひときわ)大きなゲルの中、篝火(かがりび)に照らされて、スポアコたちが歌い舞う。

もう、どれほど続いたことか……

皆、一様に汗だくだ。

耐え兼ねて、

「おい。いつまでやるんだ⁉」

「しっ！　黙って」

上座に座らされたビスコを、横から巫女(みこ)チャイカがたしなめる。

「大地から返事があるまでよ。スポアコに伝わる大事な祈祷(きとう)なの。北海道にお伺いを立てているのよ。あのキノコが欲しいなら、がまんして」

「霊雹(れいびょう)のことか？」

「こら、だめだったら！」

ぺしん！　とチャイカに鼻っ柱をはたかれて、ビスコが不満げにうめく。

「直接その名前を呼ぶのはご法度(はっと)なのよ。北海道はあまのじゃくなの、欲しがってるのを悟れたらいけないわ。あれ、とか、月のキノコと呼んで」

「地上でこんな事してるより。体内に潜って、直接探しに行った方が……」

「おどれら――ッッ！」

同じく上座に座る族長カビラカンの怒声に、ビスコがびくりと竦(すく)む。

「なんじゃあそん舞は。気持ちばまったくこもっとらんね。そげなことでは、北海道からお恵みなんぞ、望むべくもねえぞお――――ッッ！」

「「ウー・ヤア」」

「わかったら最初からじゃあ。ええな！」

「「ウヤア……」」

「勇気がねえど!!」

「「ウー・ヤアーッ!!」」

荒くれのスポアコたちは、カビラカンの一喝に再び隊列をととのえ、激しい舞を再開する。

ビスコは客人用の大袈裟(おおげさ)な外套(がいとう)に身を包んで、それをげっそりと見やり、

（くそ……ミロの奴(やつ)、うまいこと抜け出しやがって……）

にこにこと片腕に抱き着くチャイカをほどけもせず、口の中でつぶやくのだった。


「ヒソミタケに……」

「ユラギタケ、ウツツヨダケ。」

「オニフスベに、ツチグリ……こんな狭い範囲に、こんなに。」

「やっぱり、北海道の自然は別格だ……病気がないわけだよ」

苦しむ相棒を地表の里に残して、ミロは。

パンダ医師の本領を発揮して、薬剤や滋養に役立つキノコや植物の採集にいそしんでいた。

北海道自体が高速で泳ぐため、草原は常に風になびいている。夏の日本海ということもあり地表の雪はすっかり溶け、凄まじい生命力のおかげであろう、本州では極めて珍しい薬用キノコがそこらじゅうで芽吹いていた。

「……うん！　これだけあれば、赤ちゃんの養育にはじゅうぶん」

ミロは目ぼしいものをひとしきりバックパックにしまって、

「あとは、霊雹さえあれば……」

ひとつそう呟いた。

赤ちゃん、というのは……

姉、猫柳パウーの身体についてである。

いま、パウーは懐妊をきっかけに、ミロの強い圧力によって戦士としての一線を退き、あらたに起こる新華蘇県、紅菱の国でシシのもと静養している。

胎に宿るはなにしろキノコ半神と人間のハーフ、手探りで育てていくしかないだろうし先は思いやられるが、まずはとにかく、安全に出産することが命題であった。

そのためには、胎内でビスコから受け継ぐはずの『超信力』を安定させる必要があり、ミロの処方によればその対処薬はただひとつ……

過剰進化をリセットする神のキノコ『霊雹』をおいて他にない。

出産予定ははるか先だが姉のこととなれば行動の早いミロ。ビスコを急き立て、いま共にこうして北海道の大地にあった。

「アクタガワ！　お待たせ。ビスコの所へ帰ろう！」

暇そうに土をほじっていたアクタガワが、ミロの声に振り返る。掘り当てられたモグラが、間一髪命拾いしたように再び地中へ潜っていく。

ミロは背中へ飛び乗りながら、

「ねえ。アクタガワも子供が生まれたら、なんて名前にする？」

ポコ（泡）。

「じつはね、もうビスコと決めたんだ。リューノスケ、でどう？」

ポコ（泡）。

「ねえ、興味ないの？　もう、ビスコと似て淡泊だなあ……」

ミロはさわやかな笑顔でそこまで言って、急に、

（……うっ⁇）

胃のほうからこみ上げる強烈な嘔吐感に胸をおさえた。あわててアクタガワを飛び降り、草陰にうずくまって、

「おええっ。おえ、げ――っ……」

びたびたびたっ、と、胃液を吐き出す。

嘔吐はしばらく続き、ようやく収まったころ、ミロは口元を拭いて息を落ち着けた。

（はあ、はあ………まただ。この吐き気、いったいなんだろう？）

これが初めてではなかった。

ちょうどパウーの懐妊と時を同じくして、ミロは強烈な胃部不快感や嘔吐、食欲不振を覚えることになったのだ。

ミロも医師であるから自分の容態はわかりそうなものだが、どうやら悪性の菌や毒によるものではないらしく、手の打ちようがなかった。むしろ逆に、体内に満ちた生命力があふれかえるような形で、嘔吐反射が起こるようなのだ。

真言弓をはじめとする二身一体の奥義を繰り返すたび、ミロは相棒から莫大な生命力を受け取ることになるので、そのオーバーパワーが原因かと思われた。

とくに焦ってはいないし、ビスコにも言っていないのだが……

（言ったほうがいいのかな。でも……なんでだろ、気が引けて……）

不思議そうに引き返してくるアクタガワに笑顔を投げて、ミロが近寄る、そこへ……

「ミロ！　無事に祈禱が終わったわ！」

草原のはるか向こうで、チャイカが手を振るのが見えた。その背後には大柄なカビラカンが節くれだった手を娘の肩に置いている。

「いまちょうど、乳豆のお酒を淹(い)れたのよ。チャイカたちとお昼にしましょ」

「冷めねえうちに吞(の)みに来ぃ。赤星(あかぼし)ば、付き合いの悪ぃでつまらねぇが」

(それはしかたない。ビスコは下戸だからね)

ミロは大きく手を振って「いまいく——っ」と答えると、アクタガワに飛び乗り、手綱を握って……

ふと。

はるか前方の二人を覆う、巨大な影に気が付いた。不思議な気配を覚えたミロが、そこから上空に視線を移すと……

「……!? なんだ、あれは!?」

そこには、堆(うずたか)く積み上がった雲を突き破って、何か巨大な浮遊物体が顕現していた。

あまりにも突然、

これほど巨大なものが、いつの間にそこに存在したのか……

事態を把握できずに呆気(あっけ)に取(と)られるミロに構わず、浮遊体は水のような船底を、ゆるやかに波打たせている。

「なんじゃ、ごいつは！　禍(まが)つ神(かみ)か」

「急に現れた。お父様、怖いわ！」

娘を守るカビラカンの睨む、その上空から、

『…………。』

『検証ヲ　完了。』

『未捕獲生物【北海道】メス個体　ト　確認。』

『推定生命力――』

『――12億3800万ライフラ。驚異的　数値　デス。』

『…………。』

『大統領　ゴハンダン　クダサイ。』

『閣議決定ヨシ。キャプチャ・ウエーブ　スタンバイ。』

『タダチニ　レスキュー　スル。』

浮遊体はやおら、青白く暖かい光を放ち、大地に放射した。円形の光は徐々に、だんだんと素早くその範囲を広げ、チャイカたちはおろか、スポアコたちの集落まるごと包み込む。

「いやっ、何これ⁉」

「ワシから離れるな！　……ウーヤア、な、なんじゃァッ」

どっしりと落ち着いたカビラカンに似つかわしくない、驚愕の声。

無理もない……

筋骨隆々、120kgを超すその身体は、今や娘ごとふわりと宙に浮いているのだ！

「踏ん張りがきかねえ。身体が浮いっちまう！」

「そ、そんな！　族長！　チャイカ――ッツ！」

「だめ、逃げてミロ！　チャイカたちのことは……きゃあ――っっ!!」

ぎゅおんっっ!!

捕まえられてしまえば一瞬であった。カビラカンとチャイカは、キャプチャ・ウェーブの驚異の吸引力によって浮遊物体に吸い上げられ、うずしおのように巻く船底に、またたくまに吸い込まれてゆく。

さらに、

「ウーヤアーッ!?　なんだ!?」

「オワワ。ゲルが浮いちまうでな」

「呑気なことゆうな。皆、天に召されっちまうどーッ！」

スポアコたち、いや、地上に構えられた集落それ自体が、暖かい光の中でどんどん吸い上げられていく。すさまじい規模、驚天動地の脅威という他ない。

「……いけない、アクタガワ、ビスコを！」

ミロはすばやく頭を切り替え、相棒の所在を探すため、広がってゆくキャプチャ・ウェーブの中に飛び込んだ。アクタガワはうまく地面に脚を引っ掛けながらかろうじて地表につかまり、族長のゲルのあったところへ辿りついた。

「ビスコ――ッッ‼　どこ⁉　返事して！」

「ここだあ〜〜ッッ」

「ビスコ！　大変だよ、チャイカが……！」

ミロは手綱にしがみつきながら、草むらのビスコの声を見下ろして、

「……なにしてんの？」

「見てのとおりだ」

「あのねえ、遊んでる場合じゃないよ！」

「バカ！　好きでこうなってる訳じゃね――ッッ」

ビスコは。

咄嗟の機転で自身の外套に錨茸を生やし、それを抱くことによって強引に地面にひっつい
ているのであった。巧みな菌術を用いた見事な判断なのだが、まあ傍目に見て間抜けな絵面である
ことは確かだ。

「どんどん吸い上げる力が増してくる。ひとまずこの光から抜けねえと！」

「うん！　お願い、アクタガワ！」

アクタガワは右の小鋏でもって器用に錨茸をちょん切ると、ビスコをひょいと抱えて背中

に乗せ、光を抜けるべく駆けだした。

『──新生命発見！』

『未捕獲生物【テツガザミ】　オス個体　ト　確認。』

『推定生命力──』

『──50億8800万ライフラ。超驚異的（アンツビリバボ）　数値　デス。』

『優先　レスキュー　スル。』

「おい、まずいぞ、狙われてる！」

キャプチャ・ウェーブの第二波照射がアクタガワを捉えた。地面に引っ掛けていた脚がとうとう耐え切れず、岩盤ごとめくれあがって宙へ浮いてしまう。

「くそッ、捕まった！」

「奥の手しかない。ビスコ、ちゃんと摑（つか）まって！」

「ええっ！　またアレか!?　くそ、気が乗らねえ──」

「ジェットアクタガワ、スタンバイ！　3、2、1、」

アクタガワの眼（め）が、意志にぎらりときらめく！

「点火っ！」

ごうっっ!!

ミロの号令に合わせて、アクタガワに装着された背部バーニアが火を噴いた。本州から北海道に渡ってくるための装備だが、肝要なところで命を救うことになった。

白煙の尾を引いてカッ飛ぶアクタガワは、きりもみ飛行でキャプチャ・ウェーブを振り切り、凄まじいスピードで北海道から飛び出して、ようやくその脅威を逃れる。

空中に滞空し、汗を拭う二人は、しかし……

「ビスコ……!!」

「おい、まじかこりゃ。北海道が……！」

アクタガワごと振り返って、驚愕と畏怖に声を上ずらせた。

「北海道が。丸ごと、吸い上げられてる!!」

言葉通りの、凄まじい光景であった。

かつて九州を喰らった大陸海獣「北海道」は、その巨大すぎる身体を海面から浮き上がらせ、ぼろぼろと大地のかけらを海にこぼしながら、謎の浮遊体に吸い込まれようとしている。

浮遊体も無論規格外の巨大さではあるが、相手は大陸である、そのサイズ差は比べるべくもない。しかし、それにもかかわらず——

渦を巻いた浮遊体の船底は、さながら柔らかい餅でも啜るように、北海道の大地をちゅるちゅると「吸って」ゆくのだ。

相手の大きさなど関係ないらしい。更には、北海道がまったく暴れず、おだやかにその身を吸われるに任せていることも、不可解さに拍車をかける。

「どうしちまったんだ⁉　大海獣が少し暴れりゃ、あんなの落とせるだろ！」

「どういう技術か見当もつかない。でも」ミロはわずかながらも落ち着きを取り戻し、相棒へ呼び掛けた。「今、あれは北海道を吸うのに手いっぱいのはずだよ。完全に吸い上げられる前に、上から強襲をかけよう！」

「わかった！」

ぶおっ！　とバーニアを噴き上げ舞い上がるアクタガワ。雲を抜けて上昇していくと、その浮遊体は船底から船腹、やがて甲板を太陽の元へさらけ出す。

「なんだ、こりゃ……⁉」

「これは……！」

ミロが眼前の光景を表すべく、己の学歴の中から適切語を引っ張り出す。

「箱舟だ。これはノアの箱舟だよ、ビスコ！」

「はこぶねぇ？」

「神話に出てくる船。ビスコ、神話なら詳しいんじゃないの？」

「アメノトリフネのことか⁉　こんな化け物のはずが……おい、前ッ！」

ビスコの声に、ミロが慌てて手綱を取る。眼前の巨大な船は、甲板に備えられた対空砲のよ

うなものを一斉にアクタガワへ向け、
ぽん、ぽん、ぽんっ。

と、なんだか間抜けな音の砲弾を一斉に発射してきた。拍子抜けする二人の一方、発射された『大きな泡』のような砲弾は、ゆるりゆるりとアクタガワへ向かってくる。

「なんか間抜けな武器を出してきたぞ」ビスコはずらりと弓を引き抜き、その『泡』へ狙いを定める。「弾は俺が落とす。アクタガワを船に寄せろ！」

「りょうかいっ！」

スピードを上げるアクタガワの上から、ばしゅんっ！　とビスコの矢が閃く。キノコ矢は狙い違わず、『泡』の砲丸へ命中し……

ちゅるん。

「……あえっ⁉」

そのまま『泡』の中へ吸い込まれて、
ぽん、と中で小さなシメジを咲かせた。撃たれた砲弾はまるでスノードームのようにシメジをキャプチャし、役目を終えたかのように船へ戻ってゆく。

「撃ち抜けねえのはともかく……おかしい、俺のキノコがこんなに大人しいはずが！」

矢をヒラタケに変えて撃つ。

ちゅるん、ぽん。

エリンギの矢も同様、ちゅるん、ぽん。

ビスコの周囲は、すぐさま空中キノコ博物館のような有様になった。

「なんなんだこの弾は⁉　おちょくってんのか⁉」

「ま、まずいよビスコ。囲まれた！」

はじめは間抜けに緩慢に見えた『泡』の砲弾も、撃ち抜けずにいるうち数が増え、今ではアクタガワの周囲を包囲するまでになっている。

「この泡、生物を捕まえるためのものなんだ！　触ったら僕らも……」

「なんとか突っ切れ！　もうすぐ甲板だ！」

「やってみるっ！」

ごうっっ！　とジェットを噴かしたアクタガワ目掛け、泡が一斉に襲い掛かる。アクタガワはくるくると身体を回転させながら甲板に近づくも、

ちゅるん！

「ああっ、脚が！」

とうとう末脚を泡に引っ掛けられ、大きくバランスを崩してしまう。

アクタガワはそのまま空中で制御ままならず、箱舟の甲板に轟音を立てて突き刺さった。

「くそッ、このッ」

「アクタガワ！　大丈夫⁉」

末脚にこびりついた泡を振り払い、ようやく一息ついた二人は、周囲の様子を見渡してごくりと固唾を呑んだ。

箱舟は、一見、神話に倣って木材で組まれているように見えるが、その剛性は明らかに自然のものではない。木目に走る幾何学的な光や、先ほどの泡を放つ流線形の砲台など、随所随所に未知のテクノロジーを感じさせる。

そしてその、最たるものが……

「ビスコ……こ、これ、何だろう？」

「生き物が詰まってるぜ……眠ってるのか……？」

甲板全体に隆々と立ち並ぶ、円筒形のシリンダであった。

その大きさは様々……しかし共通しているのは、いずれもに『生命体』が格納されていることと。哺乳類、水棲類、昆虫、植物……多種多様なそれらが雌雄一対となり、整然とそこに並んでいる。

その在り様は安らかで、何か目覚めの時を待ち、眠っているような……

そういう風情であった。

「おい、気味が悪いぜ。この船はなんなんだ⁉」

「……ノアの箱舟は……」

ミロが、冷や汗を拭いながら呟く。

「あらゆる生命のつがいを集めて、世界の滅びから逃がした……そういう神話なんだ。だからあるいは、この船も……」

『イエス』

突然、

『ザ・シップ・オブ・ザ・ライフ――』

「ッ⁉」

朗々と声が響いた。少年たちはしゅばりと身体を翻し、背中合わせに周囲を睨む。

『――バイ・ザ・ライフ、フォー・ザ・ライフ。少年たちよ、ようこそ我が箱舟へ』

「姿を見せやがれ。てめえ、どこのどいつだッ！」

『それは全く当職の台詞だがその理不尽さが素晴らしい。しかしアポイントメントなしとは驚いたな。当職、いま裸で……箱舟よ、甲板にスーツの準備を』

何やら間延びした風情……

敵意があるのかないのか。かえって、キノコ守り二人は緊張を強める。

『すぐ甲板へお迎えに上がる。その間、そこに保全されたコレクションを楽しんでくれ……箱舟！　ネクタイが気に入らん。別のものを』

「コレクションだって⁉」

『興味があるかね。ちょうど猫柳君の隣に眠るのが、チリ・チロエ島で捕獲したダーウィンギツネだ。生命力408ライフラは、キツネとしては高い部類に入る』

ミロはつい、

（……か、海外の動物!?）

知的好奇心に負けて、そのシリンダの中を凝視してしまう。

「おいッッ！　何してんだミロ、集中しろッ！」

「だって！　……見てよ、見たことない生き物ばっかり……！」

『その左前方はオオカワウソ、ならびにボルネオオランウータン。右後方はダイオウイカ。ならびにベンガルハゲワシ……いずれも錆の影響が極めて少ない、清浄生命体といえる。これらは言うまでもなく実に貴重で……危ない、シリンダを収納！』

急に慌てた声が響き、瞬時にすべての生命シリンダが床下に格納された。それから間一髪、怒りの大鋏が『ぶおんッッ』と振り抜かれ、少年たちの髪をなびかせる。

「ああっ、アクタガワ！」

「落ち着け!!　知らない動物ばっかりで、興奮したんだな」興奮しきったアクタガワに慌てて駆け寄り、その脚を撫でてやるビスコ。「大丈夫だ、お前より強い生きモンはいない！」

『フウム貴重な生命体を失うところだった。アクタガワ君、強い弱いが生命の価値ではない。蟹としてもう少し大人になりたまえ』

ぽこぽこぽこ（怒泡）！

「偉そうに説教くれてんじゃ……！」

ビスコが声に歯嚙みして振り返り、ふと……

一同の足元に、ひたひたと湧いて太陽を照り返す、水溜まりの輝きに気が付く。

いつの間に？

「さっきから一方的に、卑怯だぞ！　僕らに姿を見せないで！」

『姿を、見せないで、とは？』

（………潮の匂い？　この空の上でか。そもそもこの船、さっきまで乾いてたはず！）

『心外だ。すぐそばで話しているのに』

「ミロ！　何かやばいッ、こっちへ──」

ずわっ‼

何の前触れもない。甲板の床から、渦巻くような──

『海水』が！

とぐろを巻いて湧き上がり、おびただしい質量をもってミロの身体を巻き込んだのだ。

「──うわァ──ッ⁉」

『当職は〝ここ〟だ』

渦潮は勢いを増し、ミロの身体をぐるぐると振り回す！

『……ブリリアント！　ママの言う通りだ。驚くべき生命力。これが人間なのか⁉』

「ごぼご（ビスコ）――ッツ!!」

「摑（つか）まれ、ミロっっ!!」

ビスコは渦潮を切り裂くように弓を振り抜き、ミロが伸ばした手に摑（つか）まらせた。そのまま強引に相棒の身体（からだ）を水から引っこ抜けば、盛大な飛沫（しぶき）が太陽にきらめく。

『わははは……』

海水は戯（たわむ）れるような笑い声を上げて、ミロをビスコに譲るようにそこから退く。すると、広く見渡せる甲板の中央部から、『がしょん』と何かが唐突にせり上がった。

３ｍはあろうかという、大型の『潜水服』である。

海水はその白塗りの潜水服に潜り込み、頭部までを自分でいっぱいにする。潜水服はそれを切っ掛けに動力をオンにしたらしく、

『メイク・ジ・アース――』

両の足を『ズシン！』と踏みしめると、

『グレイト・アゲインッッ!!』

天空を誇らしげに指さし、身体（からだ）中から盛大に飛沫（しぶき）を噴き出した。

少年たちは……

咳（せ）き込むのも忘れて、ただ目を見開き、呆気（あっけ）に取（と）られるしかない。

その巨大な『潜水服』は絶えず後頭部から波のような飛沫（しぶき）を噴き出しており、見ようによっ

てそれは水の頭髪のようにも見える。背後の衣装棚からジャケットを羽織り、ネクタイを潜水服の上から不器用に締めて……

『失礼、この服がなくては形が保てないのだ。……ふむ、ちょっと太ったかな？』

「び、ビスコ……あ、あれは、な、なに⁉」

「お前がわかんなくて、俺にわかるわけねえだろ！」

『箱舟大統領・メア。メア大統領と呼んでくれたまえ』

潜水服……もとい、メア大統領が太い腕を組み、無貌にごぼりと泡を立てる。

『当職はすべての生命体の代表として信任を受けたもの。あるいは貴職らはすでに、当職を〈海〉と呼び当てている』

「う……海ぃぃ⁉」

『みごと東京の怨念に打ち勝ち！　滅びの錆を生き抜いた日本の生命体を保全する前に、まずはハイネケンで乾杯といきたいが……』

メア大統領は『ふむ』と一拍置いて、少年たちの背後を見やった（らしい）。

『貴職らの御友人は、どうやらそういう雰囲気でもないな』

「⁉　アクタガワ！」

二人がその言葉に振り向けば、アクタガワがすっかり敵意を剝き出しにして、その大鋏を振り上げているところだった。ビスコより先にアクタガワがキレてしまうというのは、過去にないことだ。

「待てアクタガワ！　こいつは話をする気だ、手を出すのはまだ……」

「！　うわっ、ビスコ、あぶないっ！」

　ミロが相棒の外套を引っ張り、間一髪、ぶおんっ！　と振り抜くアクタガワの大鋏をかわす。ゴロゴロと転がり避ける二人を振り向きもせず、アクタガワはその剛毅さでもって、猛然とメア大統領に向かっていく。

「あいつ、どうしちまったんだ!!」

「わからない。けど、『命を軽く見られた』とき、アクタガワは怒る!!」

　ミロが戦慄きながら、鎮静剤のアンプルをサックから引きずり出す。

「早く止めないと！　あいつのあの余裕、きっと得体の知れない力を……」

　立ち上がって駆け出そうとする、その刹那。

「うっ……!?　ごぼっ！」

「ミロ!?」

「ごぼぉっ。ゆげえぇ……」

　びたびたびたっ!!

　唐突な変調がミロを襲い、胃の中の水をびたびたと吐き出させる。咄嗟に助け起こすビスコだが、相棒の顔は真っ白に血の気が引いている。

「お前まで！　さっき何かされたのか。おい、しっかりしろ！」

「く、苦し、い……お腹が……」

『……これは奇妙だ』

一方のメア大統領、不思議そうにミロを観察し、

『猫柳君に、生命反応が二つ？　——おっと。それどころではない』

ぐわぁっ！　と自身に影を落とす大蟹の迫力に、悠然と向き直る。アクタガワは猛然と身体を捻り、その膂力のすべてを叩きつけるように、
ごずんっっ!!

大鋏の一撃を、メア大統領めがけて振り下ろした。

びぎびぎびぎぃっ！　と轟音を立て、箱舟に亀裂が入る！

『……なんというパワーか！』

しかし！

そのごつい両腕で大鋏を受けたメア大統領の身体、もとい潜水服は、両脚を甲板に埋められたもののヒビひとつ入っていない。

『この僅かな年月で、アメイジングな進化だ』

ぐぐぐぐ……！

力む身体から飛沫を散らし、

『滅びを生き延びし蟹の末裔よ。痛みに耐えよく頑張った。感動した！』

メア大統領の力が大鋏を押し返してゆく。アクタガワの怪力を正面から押し返すなど、世界中のどの生命体にも成し得ないことだ。

「そ、そんなバカな。アクタガワより、強いだと⁉」

『これは！　貴職への！』

ばんっっ！　と大鋏を弾き返して、メア大統領が大きく腕を振りかぶる！

『敬意の一撃であ――――るッッ‼』

ずばあんっっ！

ネクタイがはためく。大きく隙を開けたアクタガワの腹部に対して、メア大統領の右ストレートが突き刺さり、箱舟全体を衝撃で揺らした。

「「アクタガワッッ‼」」

後部六本脚でなおも踏ん張るアクタガワへ襲い掛かる、凄まじい衝撃波。甲板の素材が次々とめくれ上がり、吹き飛ぶ！

『ドライブ・生命保全機構！』

必殺技のトリガーとなる、大統領の咆哮。打ち込まれた拳から夥しい海水が飛び出し、アクタガワを巻き込んで、水の柱となって空へ立ち昇ってゆく。

『その力もて、新たな地平の開拓者となるがよい』

「やめろ――――ッッ!!」

『海波！　ライフ・オーシャン・ストリ――ムッ!!』

ずおおおっっ！

大きく舞い上がった水の柱は、そのまま蛇のように方向を変えると、メア大統領が開いた潜水服の「顔」の部分に、どどどどっっ！　と凄まじい勢いで吸い込まれていく。アクタガワは海水の中で必死に抵抗していたが、その後ろ脚が大統領の顔にかかった瞬間、

しゅぽんっっ！

と、大きく音を立てて、

『保　全　完　了　！　』

そのまますっかりメア大統領の顔の中に吸い込まれてしまった。

「あ……ああ……っ!!　そんな！」

不純物として『でろ』と吐き出されたバックパックを顔から引きずり出し、メア大統領はそれを無造作に箱舟から空へ投げ捨てる。そして胸ポケットのハンカチで顔の周囲を拭うと、身体中にみなぎるアクタガワの生命力に、噴き出す飛沫をいっそう強くした。

『グレイトフルな生命力。力が漲る！』

「てめえッッ!!　アクタガワを、どこへ飛ばしやがったッッ！」

『おめでとう！　アクタガワ君は、無事、当職の身体に格納された』

ミロをかばって、咬み付くように吼えるビスコへ、メア大統領が……さも喜ばしいことを共有するように語り掛ける。

『来る〈大波濤〉を生き延びる権利を与えられたのだ。大きな一歩だ。捕獲ほやほやの大陸生物・北海道をはじめとして、この日本には、保全するべき超生命体が山積している』

「アクタガワと、北海道が……身体の中に!?」

さっきから驚くたびに嘔吐くミロ。ビスコは苦しそうなその背中を撫でながら、

「それじゃチャイカも。スポアコの皆も、おまえの中にいるのか!?」

『そうなのでは？　いちいち確認していないが。めでたいことだな。おっと、焦らずとも……無論のこと、貴職らにもその権利がある！』

メア大統領は喜色満面（だと思われる）の顔にぼこぼこと泡を立てて、アーミーの募兵ポスターさながらに『びしっ』と二人を指さした。

『JOIN US！　遠慮せず当職の胸に飛び込みたまえ！』

「ミロ、やれるか!?」

「あなどらないでッ！」

覚悟を決めれば動きは早かった。ミロは乱暴に口を拭うと、ぎらりと掌上にエメラルドのキューブを顕現させ、

「won / shad / viviki / snew!」

真言弓(しんごんきゅう)の呪言を唱える。

「！　きたぜ、この感覚はッ！」

キューブは弓引くビスコの両手に、輝く虹色の橋を架け……

『ムウ⁉　これはッッ』

「顕現、」

「「超信弓(ちょうしんきゅう)ッッ‼」」

ずわおっ！

衝撃とともに、ビスコ&ミロの持てる最高奥義(おうぎ)、超信弓(ちょうしんきゅう)を顕現させた。

箱舟にすさぶ風に吹かれて、ナナイロの胞子が弓からほとばしり、二人の少年を神々(こうごう)しく照らす。それは『知性持つ海』メアをして、

『ビューティフォー……！』

見惚(みほ)れ、感嘆させる眺めであった。

「おい大統領ッッ‼　今ならまだ撃たねえで済む。お前が吸った命をぜんぶ戻せ！」

『君は破滅主義者かね？　マイノリティに発言権はないぞ』

「あるよッ！　世界はどうかしらないけど。日本の命は、おまえを信任してないぞッ！」

『なにい――！』

大統領のアキレス腱(けん)……！

世紀末日本から、未(いま)だ信任ならず！

『――野党か貴職ら。生命改革(イノベイション)に、いちいち理解を得ている暇はないッ』

その言葉は言ったミロの思惑よりはるかにメア大統領に打撃を与えたらしい。『ぼごぼごぼごっ』と身体(からだ)を沸騰させ、憤然と身体(からだ)から蒸気を噴き上げる！

『よかろう。それに耐えることが信任たるのなら、受けてやる。超信弓(ちょうしんきゅう)とやら、放ってみよ！　当職の政治理念は絶対無敵(インビンシブル)。たかだか矢の一発で――』

自信満々に言い募るその耳元に、

ちゅるんっ！　と海水が受話器の形を取って顕現し、りりりりん、と音を立てた。

『む。ちょっと失礼、ママから電話(コール)だ。ママ困るよ、いま公務中で――』

「そっちがその気ならなァァ――――ッッ!!」

『――え。超信弓(ちょうしんきゅう)は撃たせたら終わり？　防御力は関係ない!?　ヘイ、ママ！　そういうことは早く言ってくれないと。対案を要求する！』

急にしどろもどろに慌てだすメア大統領の眼前で、二人の少年は胞子を大きく噴き上げ、臨界寸前までお互いを高めていく。

「ミロ、撃てるぞ！」

「……待って。お、おかしい……！」

必殺まで今一歩の超信弓(ちょうしんきゅう)は、しかし。

『オー、ゴッド！　まだ辞任は考えていない！　このような事態、誠に遺憾で……』

「痛い……お、おなか、が……！」

『おや？』

「ミロ⁉　だめだ集中を切らすな！　弓が……うわァッ‼」

しゅぱんっ！　と、弓から弾かれる、ビスコの両手！

形成に極限の集中を必要とする超信弓は、ミロの身体を襲う強烈な痛みにより、弓の形を保てなくなってしまう。

分解された超信弓の胞子は、なんとあろうことかそのままミロ自身へ襲い掛かり——

ごごごごっ‼　と口から体内に潜り込んでゆく！

「うわあ——ッッ！　ごぼごぼごぼ、ごぼーっ！」

「ミロッッ‼」

ナナイロの胞子は超信弓の力をそのままに、身体の中で暴れまわる。許容量をはるかに超えた生命力が体内で暴れる感覚に、ミロは眼を剝いてもがき苦しむ。

「うわああっ。何かいるっ。僕の、なかに、何か！」

「腹に何か居るだって⁉　何か呑まされたんだな。ミロ、しっかりしろッ！」

「助けて。ビスコお願い、怖いよっ」

「畜生、野郎ォォッ」

ぎんっっ！　と、それ自体が矢のようなビスコの瞳で射抜かれて、メア大統領は『ええっ』と困惑気味に後ずさった。

「ミロの身体に、何をしやがったッ!!」

『秘書が行ったことで記憶にございません。ではなく本当に当職は何も……！』

メア大統領、そこで『いや待て』とはたと落ち着き、

『どこに言い訳をする必要が。いま有利なのは当職では？』

やおら自信を取り戻して、両の足でずしんずしんと前進してくる。

『なんだか知らんが助かったらしい。大統領たるもの運も持ち合わせるものだ。さあ、おとなしく保全されたまえ』

「くそッ。やらせるかッ！」

「ビスコ！」

自分の前に立ちはだかろうとするビスコの手を、渾身の力で抱きしめるミロ。ビスコはその予想外の力に引き寄せられて、震える相棒を抱く形になる。

「だめ、こわい、離れないで！」

「どうしたんだ、バカ！　そこに敵がいるんだぞッッ！」

「何かが出てくる！　僕の中から、なにかが……か、かひゅッ、ごぼっ」

とうとう、喉から絞り出すような音を出すのみとなった相棒へ、ビスコも蒼白になって手を

握ってやる。

「ミロ！」

『生命保全機構（メア・エンジン）・ドライブ！』

「ビスコ、もう……！」

「心配するな。死ぬときは一緒だ！」

「う、産まれるう……！」

「──はあっ⁉」

『安寧を享受せよ！　海波！　ライフ・オーシャン・ストリィィ──ムッッ‼』

ごうッッ！

大統領の掌（てのひら）から噴き出す津波の竜巻。その圧倒的質量！　生命海の奔流に二人はもはやなすすべもなく吞（の）み込まれる、

その寸前に！

「お　え　」

しゅぽんっっ！

「マ────────ッッ‼　」

何か、半メートルほどの輝くものが。

空を裂くような産声を上げて、ミロの口から飛び出したのだ。輝く小さなものは光のごときスピードで跳び上がり、大きく腕を掲げるメア大統領の顔面に、

「マャ――――――ッッ‼」

べぎんっっ‼

可愛い足で核兵器のごとき威力の蹴りを繰り出し、

『――ごおわあああああ――――ッッ⁉⁉⁉』

潜水服をべこべこに凹ませて、甲板のはるか向こうにその体躯をぶっ飛ばした。

どがんっ、ずがんっ‼　二度、三度と地面を跳ねるその有様を見送って、

「ずっ　どどど――んっっ！」

小さなものは片手を上げ、勝利の雄叫びを上げた。

呆気に取られたのは……

メア大統領より、少年二人のほうである。

「な、」

「なんだああっっ⁉」

「ママ――――っっ」

「うわっ⁉」

小さなものは、呆然とするミロに跳びついてその身体を押し倒すと、顔を覗き込んで、まんまるなきらきらの瞳をぱちぱちと瞬いた。

「まんま」

「ま……ママって、ぼくが⁉⁉」

「ぱっぱ」

「ええっ！　待て待て待て！　身に覚えが……」

「きゅははっ」

『な、なあんという……』

じつに距離にして50mほどはブッ飛ばされたメア大統領が、潜水兜の向きを直しながら、ぎぎぎ、と立ち上がる。

その気風は意外なことに、

『なんという、僥倖！』

喜びに満ちている！

『ママが言っていたのはあれのことか。キノコの果ての弓が産む、あらたな生命……！　人間のその先、進化の末の最たるもの！』

「ビスコ！　あいつ、まだやる気だよ！」

「マンマ〜〜」

「だ、だめだよ！　きみを守らなきゃ……あははは！　くすぐった……」

『究極菌生命(ミラクル・スポア・キッド)！　当職の中にお迎えできることを光栄に思う。メア・エンジンの全力を以(も)って！　貴職を、滅びの大地から救って進ぜる――ッッ』

眼前に海の力を収束させるメア大統領を見て、ミロは真言(しんごん)を練ろうとするも、小さなものにひっつかれたりくすぐられたりで、キューブを操ることができない。

「わああ。ビスコっ！　見てないでなんとかしてよっ！」

「名前を……」

「えっ？」

「名前を、つけるんだ。ミロ」

ミロが相棒の顔を見ると、ビスコは何か……それこそ、神を目の前にしたかのような、透徹かつ敬虔(けいけん)な表情でいる。

ビスコが無造作に指を差しだすと、

「きゅはっ」

小さなものは愉快そうにそれを咥(くわ)え、がじがじと齧(かじ)った。

「おまえは神様を産んだらしい。それならそれで、俺にも責任がある」

「認知してくれるの？　……じゃなくてっ、メアが！」

「あんな奴(やつ)がなんだ。誕生は！　何より優先されるべきことだ。祈りをこめて、この小さな神様に……名前を、つけるんだ、ミロ」

「…………。」

「この世界にお前だけ、それができるんだぜ……」

澄み切ったビスコの視線にほだされて、この危機的状況でミロは、静謐な落ち着きを取り戻す。ぱちぱちと瞬く、父譲りの翡翠の輝きと、眼を合わせれば……

不意に、胸にいっぱいの愛情がミロから湧き上がってきた。その愛しさを抑えきれず、ミロはその子を抱きしめ、やわらかな頰に自分のそれをすり寄せた。

……つらいことを、何も知らないで。

ただ、愛としあわせだけを吸って、

甘く、甘く……

生きてほしい。

だから、きみは……

『生命保全機構ッ・フルパワー！』

『喰らえェいッ、』

『ライフ・オーシャン・ストリィィイ――――ムッッ‼』

ごうっっ!! と海水が渦を巻いて、尋常ならざる威力でもって三人に迫る。ビスコは母と子を守るため、ずい、とその前に踏み出す。

その、大災害規模の渦潮が、三人をまさに呑み込む、その刹那——

「はじめまして『シュガー』。」

「愛してる——」

シュガー。

その名を呼ばれた瞬間、

ぐわっ、とナナイロの胞子が噴き上がり、シュガーの身体の周囲に渦巻いた。

虹色の赤ん坊は、母のことばをぽつりと繰り返すように……

「——しゅがー。」

「……シュガー!」

「シュガーは、」

「シュガーだぞ——————ッッ!!」

ごわあっっっっ!!

その、咆哮(ほうこう)の、

凄(すさ)まじい神威の力！　三人の眼前まで迫っていた渦潮は、

『な、な、何ぃぃ――――ッッ!!』

その極大の質量を、ついに届かせることかなわない。シュガーの放つ音波の盾が、海波を八方へ散らし逸(そ)らし、飛沫(しぶき)と変えて霧散させているのだ！

『ば、ば、馬鹿なっっ。声だけで、当職の海を裂いただとッ！』

「モーゼも裸足(はだし)で逃げ出す、アトミック・ベイビーってわけか」

ビスコはシュガーの音波にばさばさと髪を踊らせて、我が子の超力に舌を巻いた。

「とにかく、流石(さすが)は俺たちの子……」

「だ、だめだ、ビスコ！」

ばきばきばきっっ、と、甲板が鳴り、三人の周囲に亀裂が走る。

「抱いてる僕が反動に耐えられない！　シュガーはまだ、力の加減がわからないんだっ！」

「ええっ」

「わああっ、飛ばされるッ！」

「摑(つか)まれ、ミロ!!」

「マ――――――ッッ!!　」

どうっっ！

シュガーの咆哮（ほうこう）がメア・エンジンの力を上回ると同時に、その身体（からだ）もまた、両親ごと中空に跳ね飛ばされていた。

もはや全ての力を使い切り、アクタガワも居ない一同は、なすすべもなく……

「「うわあああ――――――――ッッ!!」」

「キャッキャ」

そのまま箱舟を飛ばされ、白い雲を抜け、はるか地表へと落下していく。

『し、しまったっっ』

シュガーの音波によって必殺技を破られたメア大統領が立ち直るには、十秒近くの時間を要した。潜水服が箱舟から身を乗り出す頃には、すでに三人は雲の下に潜ったあとであった。

『……驚愕（きょうがく）の極みだ』

メア大統領はベコベコに凹（へこ）んでしまった潜水服を見やり、びしょびしょのジャケットを放り捨てると、腕を組んで思考に耽（ふけ）った。

『究極菌生命（ミラクル・スポア・キッド）の誕生を予見してはいたが、まさかミロ君から生まれくるとは迂闊（うかつ）だった。あれら三つを同時に保全するとなると、たしかに今の当職では厳しい』

ミロの言葉、「未（いま）だ日本から信任ならず」が、大統領の頭にリフレインする。

『――民意が足りぬ。民意こそ我が力の源。ここは初心に帰って列島を回り、日本国民の信任を集めねばならん！』

決心したメア大統領は……

一方で自分のボディと、それ以上に散々に破壊されてしまった箱舟の甲板を見て、溜め息のニュアンスで自分の体内に泡を立てた。

『しかし船がボロボロではないか……これから選挙活動というのに、見栄えが悪くては話にならん。やれやれ、大統領自ら街宣車のメンテナンスとは、不景気なことだ！』

## 2

からりと晴れた昼に。

くちなしの花が白く咲き、伸び行く紅菱の国に甘い香りを醸している。

あらたな都・新華蘇県を開拓する紅菱の民たちは、その白い肌を汗にきらめかせながら、勤勉に街づくりに勤しんでいる。

若き王、シシが先頭に立って鍬を振るうことに、紅菱も最初は戸惑ったものだが……

今では、先王とはまた違う実直なその在り様にすっかり心を打ちとけ、「シシ王様」「おやかたさま」と親愛の情を示すようになっている。

その傍らには、もちろん鉄の判官・沙汰晴吐染吉がにらみを利かせ……

王にいらぬ手間をかけぬようにと、諸般すべての雑務を請け負っておる。

「染吉よ。すべての苦労をお前にかけてばかりだ。おれにできることはないのか？」

シシもこう気遣うが、頑として首を振るばかり。

「心配御無用。泰然として玉座におればよい。それだけが王の務め、器である」

「しかし建国の大事な折だ、金も要るだろう。この宮殿だって、貧乏県に似合わぬ豪華絢爛ぶりだぞ。一体、幾らかかったのだ？」

「喝ッ！」

沙汰晴吐染吉、ひとつ喝破して、

「王たるものが金の心配とは、度量小さきこと。万事、この染吉にお任せあれ！」

尺を振りかざし、そう言い切ったものである。

シシも「はあ」とあきれたような溜息のあと、椿を咲かせて笑い、言う。

「ありがとう、染吉。では言葉に甘えよう。今しばらく苦労をかけるぞ」

「苦労と呼ぶにはあまりに些末。この程度、ホウセン王の半分にも足りぬ」

「ははは！」


実際、六道囚獄こそ機能停止しているものの、裁判官としてのサタハバキの需要はいまだ大いに健在であった。送られてくる揉め事や罪人を次々と捌いてゆけば、じつに一国を支える収入になる。

仕事風景を覗いてみれば、

「汝ら霜吹商人、双方の店に文句をつけ、なにかと争いばかり。本分の商売を疎かにし、客を蔑ろにしたとある。釈明はあるか」

「つれねが！　ひん、あるめんど、けれ。ゆびし、おーぼる！」

「つれねがねが！　ひばりゃんご、けれ、ばーびる。ひぼ、おーぼる！」

「染吉さま。霜吹語はさっぱりですね、いま通辞をお呼びします……」

「要らぬ!!」

鉄の判官サタハバキ、巨体をずいと持ち上げて、

「商売の心得足らぬは一発の損。そして語学の心得足らぬ某も、一発の損」

「「ゆ、ゆほー？」」

「三方ともに、この痛みもて猛省せよ！」

びしっ、びしぃっ!!

手加減込みとはいえ、強烈なデコピンを繰り出す！　霜吹商人二人はヘルメットの上からでも伝わるショックに「「よま――っ!!」」とスッ転げてゆき……

そして一方！　ばぎいんっ、と自分の面を思い切りブン殴ったサタハバキ自身も、ものすごい勢いで後方へブッ飛んでゆく。

どがあんっっ！

「そ、染吉さま――っっ!?」

「これぞ大岡奉行の名お裁き。三方一発損のそれであるッッ」

瓦礫からヌウと立ち上がり、桜の扇子を広げる大閻魔！

「これにてェ、ぁ一件、落着ゥゥ――ッッ!!」

かかんっ！

こんな具合でかなりのスピード裁定だ。

一日に二十を超す裁判を行うのだが、染吉(そめよし)の頑強にすぎる身体(からだ)は疲れを知らず……

「染吉(そめよし)さま。お疲れでしょう、お食事のご用意がありますが」

「よい。それより、客人の具合はどうか」

「は。それが……」

「皆まで言うな。某(それがし)が行こう」

どうやらその『客人』の世話に、ずいぶんと心を砕いているようだった。

どしん、どしん、とその巨軀(きょく)を揺らして、宮殿の客室へと歩いてゆくと……

「おいっ！　出さないかーっ！　これを解け、誰もいないのか！」

客室からやかましく怒鳴る声が聞こえる。

「シシ――っ‼　いないのか⁉　ここから出してくれ――っ‼」

サタハバキは、やれやれ、といった風に首を振り、襖(ふすま)を開ける。

そこには。

「あっ。法務官殿、これはどういうことだっ⁉」

忌浜(いみはま)知事……は辞職したので今はただの猫柳(ねこやなぎ)パウーが、サタハバキの花力(かりょく)・桜の枝に拘束されて、ベッドに縛り付けられている。

服はいわゆるマタニティ仕様の着物に着替えさせられており、見栄(みば)えは雅(みやび)ながら、ゆるりとストレスのないように気遣いがされている（その桜の拘束を除けばだが）。

「身動きが取れない。これを外してくれ！」

「いかぬ！」

サタハバキ、歯をがちりと鳴らし、

「解けば暴れよう。御身は今や大事な身体(からだ)……紅菱(べにびし)王シシの名のもとに猫柳(ねこやなぎ)から預かった以上、かならず元気なお子を産んでもらわねば」

「気が早いのだっ！　私はまだ一ヶ月で……」

「わかっておる。食が進まぬというのだろう……特に御身のような肉食系の御仁は、急な食的嗜好(しこう)の変化に身体(からだ)がついていかぬもの。そこで」

（だ、だめだ。ぜんぜん話が通じない！）

確かに、

「パウーはとにかく無茶が多いから。必要以上に暴れないように」

そういう注意が医者のミロからあったのは、事実だ。

ただ任せた相手がまずかった。最初はシシ自身が世話を申し受けたのだが、王たる者の仕事にあらずとしてサタハバキが猛反対。自らが世話を申し出て、今に至る……。

それでまあ、この沙汰晴吐染吉、

思いこんだらゼロか百かしかない。母体を慮る気持ちは充分あるが、方法論が六道獄長そのまんまなのだ。

「今から某が、妊婦に優しい料理を作って進ぜる」

「ええっ⁉」

「桜のアイスクリームである」

紅菱の従者により運ばれてくるお料理テーブル。サタハバキはピンク色の可愛いエプロンを身に着けると、桶いっぱいの氷に塩を混ぜ込みはじめる。

「氷は塩を加えることで氷点下20度ほどになる。鉄の筒に綿牛の乳、生クリーム、そして某の花力を入れ、この氷の中で冷やす」

「さ、裁判官殿。料理の時ぐらい、籠手を外されては？」

「そうして筒を開け、中身を盛れば……」

サタハバキの屈強な身体がアイスクリームを作る絵面は相当に奇妙なものがあったが、いざ眼前に盛り付けられたそれが出てきてみると……

「おおっ……！」

流石は美意識に優れる紅菱というべきか、ミントも添えてなんとも見た目のいいスイーツが出来上がっていた。この世紀末日本でなかなかお目に掛かれない出来栄えだ。

「腕を解いてやろう。めしあがれ」

「あ、ああ。これは綺麗な……いただきます」

スプーンで掬えばふわりと桜の香り。パウーはすっかり機嫌をよくして、それをぱくりと一口に頬張り――

「しょっっっっっぺえっっ」

顔を真っ赤にして叫んだ。

「昨今のトレンドを鑑み、甘さを控えめにした」

「甘さ控えめは塩を足せってことじゃないぞっっ!!」

「塩は砂糖とお互いを高め合い、しかも厄を除ける。安産祈願も兼ねて一石二鳥！　量も１kg作った。大飯食らいの女傑といえど充分に足りよう、ぐはははは……おっと、」

ごおん、と響く正午の鐘の音を聞いて、

「某、次の裁判があるゆえな。これにて」

「あっ、ま、待て！　おなかの枝を外して……！」

「はたしてどんな傑物が産まれおるか。今から、某も楽しみである」

がちがちがち！

それが笑いであるらしい、白柱のごとき歯を鳴らす仕草をして、サタハバキはそのままズシンズシンと公務に戻っていった。

「……はあ～～～っ……」

　どっと疲れた、という言葉が適当であろう。

　パウーはバカっ広い客間で一人、頭を振って溜め息をついた。

　紅菱たちが親切なのはわかるのだが、彼らも獄中暮らしの感覚が抜けないのであろう。客を大事にするあまり、とにかく閉じ込めて表に出そうとしないのだ。

　楽しみといえばたまにシシが訪ねてくれるぐらいで、

「これでは、我が子の前に――」

「自分が参っちまう、ってな感じだなァ」

「そうだとも。いくらなんでも、過保護すぎ……」

　はっ！　と、

　パウーが顔を上げる。

　聞き覚えのない声が自分の言葉を継いだのだ。

「へえ、妊婦向けにアイスクリームか。あのデカブツ、大御所グルメ気取りかしらんが、洒落たモノ作るじゃないかァ。どれ……ぐわっ、しょっつぺえっつっ」

「何奴ッッ‼」

　謎の人影！

この距離まで気配の欠片も感じさせなかった。咄嗟に跳び上がろうとするパウーだが、腹部を桜で縛られているのを忘れていた。寝台はその膂力で傾き、あわや倒れようとして、

ぐっ、と、人影の伸ばした手で支えられる。

「バカ。下手に動くんじゃないよォ。腹の子に悪いだろう」

「……あ、あなたは……!?」

きらりと光る、翡翠の瞳の輝き……

差し込む光に照るクリムゾン・レッドの髪色は、否が応でも、自分の亭主のそれを思い起こさせ、パウーの敵意を一瞬で鎮めた。

キノコ守りの、女、である。

弓に外套の基本スタイルに加え、唇に空いたピアス、右目を囲う刺青。ぎらりと噛み付くようでいて、不思議な包容感のある……そういう風貌であった。

女はどこか愉快そうに、まじまじとパウーを見て、

「……ま～たえらい強そうなのとくっついたなァ、あのバカ。母親に似て苦労性だ」

「あのバカ、とは……」

パウー自身も不思議なことに、この気配なき侵入者に対して、すでに警戒心は失せている。

「それはビスコのことですか。あなたは、ビスコの……？」

「親戚さね」

女はぼりぼりと後頭部を掻いて、呆れたように欠伸をした。

「祝儀を渡しに来たんだが。嫁ほっぽって何をしているんだか……」

歳の頃がまったくわからない。十代と云われても、三十代と云われても通じる。しかし、そのすらりと剛健な立ち振る舞いは、パウーをして、

（美しいひとだ……）

そう、うずくような嫉妬とともに思わせるものだった。

「赤星家に、親類縁者の話など。主人からは聞き及んでいません」

「このアイス勿体ないな。バニラマッシュの胞子で、塩抜きをしてやって……」

「ビスコに何の用です！　私はっ」

「ケッパダケで滋養をつければ。うん！　美味い。ほら」

女は少女のような笑顔で、何らかの処置をした桜アイスのスプーンを、パウーの眼前に持ってきた。

「？　あ〜ん、しなほら。毒なんか盛らないよ」

「えっ、あ、あ……あ〜ん……」

「いい子だ」

女の放つ不思議な包容力にあてられて、自然とパウーの口が開く。先ほどあれだけ酷い目に遭った桜アイスを、もう一度頬張れば……

「⁉　美味しいっ」

「滋養もある。母体には最適だろうさ」

「どういう手品です⁉　あの塩の塊をっ」

「なんだァ。亭主はこんなこともできないのか？　ジャビの奴、菌術の教育はだいぶサボったらしい……ほら、全部食べな。あ～ん」

なんだかあやされているようだ。パウーは困惑しながらも、女のペースを抜け出すことができず、されるがままになっている。

「んぐ、もぐ。せ、せめて、お名前を……んぐ！」

「マリーさ。マリー・ビスケットのマリー」

「ま、マリー……？」

「あたしなんかの名前より」

マリーはそこまで言って、突き出した人差し指でパウーの喉、胸元をなぞり、すべらかなお腹にわずかに爪を立てた。

「こいつの名前は、もう決まってるのかい？」

「ま、まだそんな。気が早いです」

パウーはマリーの迫力に気圧されて、思わず敬語になってしまう。

「でも、ビスコのように。美味しくて強くなるビスコのように、祈りある名前にしてあげたい。

早く思いつきたいのだけれど。その子を、導いてあげられるような名前を……」

「あたしの意見を言えば、今から気負ってもしょうがないと思うね」

「そうでしょうか？」

「そうさ。あたしなんか、産んだ日に食ったお菓子で閃いたんだ。その子と会って顔を見れば、自然と名前は出てくるものさ……おっと、あたしを参考にされても困るな」

「……あなたは、一体……」

「ほいっ」

　ぼんっっ！

　マリーがぱちん、と指を弾いただけで、パウーを拘束していた桜の枝がキノコに喰い破られる。パウーは自由になった身体でがばっと起き上がり、驚愕に目を見開いた。

「そ、そんな！　花はキノコを喰うはず。どうやって⁉」

「なら死にたがりの菌を発芽させりゃいい。キノコの自殺願望を喰って花が勝手に枯れるさァ。どいつもこいつもこれしきのこと、なんで気が付かないんだか……」

　ぱんぱん、とパウーから木くずを払うマリー。それを見ながらパウーは、

（マリー。……まさか、『菌聖マリー』！）

　ミロから聞きかじった、キノコ守りの伝説を思い出していた。

『弓聖』ジャビと並び立ち、次元の違うキノコの術を身につけた胞子の魔女。菌術の基礎を革

新し、現代菌術の概念そのものを広く広めた胞子学者として、いまも広くキノコ守りに信仰される現人神だ。

そして、パウーにとっては、なにより……

(ばかな……菌聖マリーはとうに死んだと、彼は！)

「いざって時に棍が振れなきゃ困るだろうから、このコンゴウハツを置いていく」

動揺するパウーの前で、マリーはこともなげに腰のサックを漁る。

「胎を守るキノコで、この薬効がある間は、腹の子を気にせず全力を出すことができる。ナナイロの力が少し入っているから、よほどの時以外は呑むな」

「コンゴウハツ……？」

「パウー。会えてよかった」

パウーは膝元に置かれた、小さく金色に輝くキノコをまじまじと見、そして弾かれたように顔を上げる。

「んじゃな」

「マリー！　赤星マリー。あなたは、ビスコの……！」

顔を上げたとき、

ほんのコンマ数秒前までそこにいたはずの、マリーの姿はなかった。

ほのかな胞子の輝きと香りを残して……

菌聖は、最初からそこに居なかったかのように、消えてしまっていた。

（…………。）

パウーに驚きはなかった。

何か不思議なみちびきを感じて、パウーは懐(ふところ)にそのコンゴウハツをしまうと、気取られないように床から立ち上がる。

（運命が動くときのにおいがする。行かなくては。ビスコのもとへ！）

決意とともに、部屋の隅にかけてある鉄棍(てっこん)を摑(つか)むと……

「パウー殿！　お暇(ひま)であろう。某(それがし)、かぼちゃのチャウダーを作って候——ッッ」

（すまない、法務官殿！）

ずしん、ずしん！　と歩いてくるサタハバキを気取って、客間の窓を飛び降りた。パウーは黒髪を閃(ひらめ)かせて、所以(ゆえん)の知れぬ決意を抱き、そのまま紅菱(べにびし)の国を駆け抜けていった。

## 3

そんごくうは……
とうとう　おしゃかさまの　おいかりにふれ、
おおきな　いわの
したじきに　されてしまいました。
「ぐわー！　ちくしょう　ここからだせ！」
さけぶ　そんごくうに、
おしゃかさまは……
……。
……。
………ぐう。
いでッッ！
は、鼻を引っ張るな！　わかった読むよ、読む！
ええと……
そうそう。おしゃかさまは、こういったのです。

ごくうよ、たすかりたくば、よくききなさい。

５００ねんののち、そこをひとりのおぼうさんが……。

……。

いや、俺はやっぱり、ここのお釈迦様は甘いと思うよ。

筋斗雲やら如意棒やらを振り回して、あれだけ神の庭を暴れまわった孫悟空をだ。たかだか五百年の反省で許していいもんかね？

被害者のことを考えたら、ここできっちり始末を……

んぎゃわッッ!!

父親のデコはたくな！　わかったよ、私情は捨てる、ちゃんと読むから……

おほん。

そんなわけで、ごくうは、
ながいときを　いわのしたですごすことになったのです。

あめのひも、かぜのよるも。

そして、５００ねんのときが……。

すぎて……。

……。

………。

そこでとうとう、父親がすっかり眠りこけてしまい、疲労の限界にうんともすんともいわなくなったので、

「……ぱっぱ。そんごくー、よんで、ぱっぱ!!」

シュガーは不満そうに唸って、ぶんぶんとビスコの首をふりたくった。

箱舟から落下し、宮崎県は照岩のあたりへ落ちて……

まだ二日である。

箱舟から逃げ、とんでもない高さから落下した三人は、シュガーが生やしたフウセンダケの発芽によって一命を取り留めたものの、落ちた先がまずかった。

宮崎県照岩といえば、神武十八天の発神より以前、日本三大祖神の一柱を祭る神域であり、子泣き幽谷に並び凶悪な進化生物の温床でもある。アクタガワを失った少年たちが容易に抜け出せる環境ではないのだ。

増して、子連れでは……。

そういう背景もあって、

「ひとまずシュガーを育てよう」

「ええっ、そ、育てる!?　この環境で!?」

「パウーの大事な時期に、このモンスターベイビーを連れ帰ってみろ!　あいつの精神は肉体

と逆に繊細だ、ストレスでお産に差し支える」

「それは、まあ、そうだけど……」

「むしろ照岩に落ちたのは天啓かもしれん。神の子は神の庭に遊べというからな」

そういうことになった。

大変なのはミロで、ただでさえパンダの痣に、さらに深いクマを作ることになる。

シュガーはひとときも落ち着いていない、何にでも興味を持たずにいられない性質で、文字通り無限のエネルギーに永遠に走り回られては母としてたまったものではないだろう。健康管理はもちろん、服を作ったり、遊んだり、寝かしつけたりと、もうケルシンハやアポロと戦っていたほうがよほどマシというほどの疲労困憊ぶりであった。

結果、いま、

ミロママは寝かしつけをビスコパパに任せ、寝袋の上にぶっ倒れている。

そして頼みの綱のビスコお父さんも、膨大な数の絵本を屍のように積み上げて、それを背もたれにして眠りこけてしまっていた。

「おぎゃばぶ―――っ」

不満なのはシュガーで、その後、孫悟空がどうなったのか、なんとか父親を揺すったり叩いたりして吐かせようとしたが、もう死んだみたいに起きる気配がない。仕方がないので父の額から猫目ゴーグルを奪い取ると、その腕から飛び降りて、見よう見真似でゴーグルを装着してみた。

「……おおーっ。」

早朝の水たまりを覗き込めば、幼い顔にごっついゴーグルをした自分の顔がそこに映る。

「ぱっぱ、めがね。シュガー、つよい！」

父の威風をその額に宿し、ご機嫌の様子。

シュガーは先程までの憤懣をもうすっかり忘れて、水面に顔を近づけ……

がぶっっ!!

「んぎゅばっっ!?」

突然水たまりから飛び出した何かに、鼻っ柱を咬まれて後ろにすっ転んだ。鼻を嚙んだ蜥蜴のようなものは、その強烈な顎の力で顔面から離れようとしない。

「オワ〜〜ンっっ!!」

その痛みよりも驚きで、シュガーは素っ頓狂な声を出して跳び上がった。驚きに呼応して、周囲の草むらからぽこぽこぽこっ！　とキノコが咲き、その上をシュガーの小さな身体が転げまわる。

「うんだるら——っっ!!」

ひとたび本気になればシュガーの怪力は凄まじい。何者かを顔から引っぺがして、

どがんっっ!!

その尻尾を引っ掴み、水たまりへ叩きつけた。大きく水が跳ね、アメンボたちが逃げていく。

驚いたのは、トカゲの方、もとい……

これは『苔統』の幼生であった。

眼球をもたず、頭をまるまる口として、白柱のような立派な歯並びを持つ様は、筒蛇と似た進化を感じさせる。かわりに、筒蛇がその名の通り蛇であるのに対して、苔統はいわゆるトカゲ・イモリといった類の由来が濃いであろう。

トカゲよりかなり長めの体側には、左右合わせて十対の足が生え、ちいさな五本指で地面を掴んでいる。『苔統』の名前どおり、背には豊富な苔をたくわえ、小さくカラフルなキノコがその深緑に華を添えている。

ここ宮崎を代表するような、国宝的神獣である、それを——

べぢん、べぢんっっ!!

「ずっ　どどど——んっっ!!」

すっかり興奮したシュガーはやたらめっぽうに叩きつけ、やがて、
ぶちっ！

「んやっ!?」

切り離された尻尾を掴んだまま、バランスを失ってスッ転んだ。尻尾を生贄に一命をとりとめた苔統はもう死に物狂いで、苔むした石の上を這い逃げてゆく。

シュガーはしばらくそれを眼(め)で追ったあと……

「……おややっ。わすれものっっ!!」

自分の手に握られた尻尾を見つめて目を見開くと、ミロが丁寧に履かせた靴をぽいぽい脱ぎ捨て、素足のまま苔統(こけすべ)を追っていった。清水のきよらかな音が響くなか、小川の上の石をぴょんぴょん跳び跳ねれば、足跡から小さなキノコがぽこぽこ顔を出す。

「ずっどーん！　とかげさん、まて――――っっ!!」

無邪気なこの声が、苔統(こけすべ)にとってはさながら阿修羅(あしゅら)の雄叫(おたけ)びに聞こえたことだろう。トカゲと幼児の追いかけっこはすさまじいスピードで続き、やがて照岩(てらすいわ)の深い山の中に消えていってしまった。

……。

一方、キャンプでは。

ミロの枕から「ぼんっ」とスズナリダケが発芽し、りりりり、と目覚ましの音を鳴らす。ミロは喉の奥から「んぎゅう〜〜」と苦悶(くもん)の声を絞り出し、三時間睡眠から無理矢理身体(からだ)をひっぺがす。

「びすこ〜〜。交代だよ〜〜……」

「んぐ〜〜〜」

「……ビスコ？　ちょっとビスコ！　起きてよ！」

「ぐがっ」

涎を垂らして眠りこけていたビスコはミロに揺さぶられてようやく目覚め、

「すまん。えっと。そのとき、さんぞうほうしというおぼうさんが……」

「僕に聞かせてどうするの！　シュガーはどこ!?」

「どこってお前、ここに……」

　ビスコは、シュガーを抱いていたはずの右肩を見て、

「いました。さっきまで、」

「ばかやろ――――っっ!!」

　べしんっっ!!　と凄まじい切れ味のビンタを喰らい、親にもぶたれたことのない令嬢のようなまなざしを相棒に向ける。

「お、お前、そんな強く」

「これだからっっ！　男性の意識の低さが、育児のハードルを上げるんだよっっ!!」

（お前も男性では）

「すぐ探しに行くよ。弓持って、短刀も！」

「そんな慌てんでも。あいつは神様だぞ、そう簡単に……」

「ビスコッッ！」

「はい!!」

一瞬でその眼を覚まし、わが子の足跡を追って跳び駆けてゆくのだった。

苔統に天敵はいない。

照岩のこの深緑の山中において、水陸を自在に駆け回り、木のうろや石の隙間に入り込める苔統を捕まえるというのは、たとえ原生の獣であれ至難の業なのだ。

ましてその名が示すとおり、今このように苔むした石肌に張り付けば擬態も完璧。たかだか人間の幼児ひとりに、見つかるはずがない……

苔統自身もそう思っていたに違いないが、直後、

「マ――――――――ッ！！！」

神の子の咆哮！

風が起こって草を薙ぎ、川を逆巻いて土を撫でれば、そこかしこから『ぼんっっ』『ぼんっっ』とキノコが隆起し、岩々をかち上げる。

はっついていた岩が空中に浮いた苔統の、その恐怖たるや、

「あ――っ！　いたいた――っ!!」

かわいそうなほどに十対の足をばたつかせ、転がるように逃げていく。

「ずっどーんっ！　とかげさん、わすれものだぞ――っ!!」

一方のシュガーは可愛い手に苔統の尻尾を握っており、これを返してさしあげようという意

志に変わりはないらしい。

小さな身体ももう、川水でびしょびしょ、苔と泥にまみれた有様だが、この父をもしのぐ圧倒的な生命力！　神域を我が物顔で暴れまわり、まったく疲れを知らないかのようだ。

そしてとうとうその無邪気な手が、尋常でない素早さで苔統の身体を引っ掴む――

その直前、

「おわわっっ⁉」

ずるんっっ！　と、シュガーの小さい身体が、何か小さなトンネルに滑り込んだ。苔統はシュガーの動きの寸前に大樹のうろの中に飛び込んでおり、ちょうどけつまずいたシュガーがその中に飛び込む形になった。

「オワ～～～～ン‼」

ごろごろごろっっ！　と転がるシュガーの身体は、信じられないほど深く長い木のうろの中を転がり、下へ下へと落ちてゆく。くるくる回る幼児の身体は、コロコロ延々と落ちて、落ちて……ぼふんっっ！

「おぎゃばぶっ‼」

ひんやりと冷えた、木と苔の洞穴のような場所へ着地した。

柔らかに積もった苔のクッションに受け止められ、回った目を戻すまでに十秒ほど。

見回せば驚くほど広い、ドーム状の空間である。天井は編み込んだ樹木の根で覆われており、その隙間から輝く木漏れ日がいくつも差し込んでいる。

すぐに調子を取り戻したシュガーは、まるで新雪のように苔が覆う洞穴の美しさに目を奪われ、苔を巻き上げて
「きゅはは――っ！」

楽しそうに転げまわる、そこへ、
ずるり、ずるり……

湿った闇の奥から、巨大な気配が迫る。それはやがて、差し込む木漏れ日に照らされるシュガーの身体を、影で覆い……

「……⁉　オワワッツ‼」

見上げる幼児の表情を、驚愕に染め変えた。

苔統の、

『ぼ　が　お　あ　――――』

成体である！

見えている頭だけでもすでにアクタガワより大きい。寿命の長い苔統の中でも、これは相当な古株、あるいはこの照岩の主と言ってもいいだろう。

咆哮は柔らかな苔を巻き上げ、シュガーの髪をばさばさとはためかせるほどだ。シュガーはぱちぱちと目を瞬いて、何かに気づいたように懐をあさり……

「とかげおかあさん、わすれもの、どーじょ！」

先にひきちぎれた幼苔統の尻尾を、ちょこんと差し出し、
にこっ！　と幼く輝く笑みを見せる。

その顔面を、
ど、がんっっ‼

一文字に薙ぐ巨大な苔統の舌が、空気を割いて思い切り打ち付けた。

幼児の身体にひとたまりもない。シュガーはそれこそ蹴られたボールのように洞穴をブッ飛び、木の根が絡まり合う洞穴の天井にぶち当たって、どがあんっ！　と白煙を上げる。

「⁉　⁉　⁉」

木屑とともに、どさっ、と地面に落ちるシュガー。

常人ならはじけ飛んでいるであろう身体には、なんと傷ひとつない。しかしその表情は驚愕に染まり、つぶらな瞳をいっぱいに見開いている。

（…………？？？？？）

理解が……

できなかったのであろう。自身が百パーセントの善意でやったことが、なぜ暴力をもって迎えられなければならないのか？

肉体よりも精神のショックで、シュガーは「こぷ」と胃液をわずかにこぼす。

これは大苔統にしてみれば、我が子を半死の目に遭わされたのであるし、そもそも人と獣のモラルが噛み合うはずもないのだが……

ずしん、ずしん！　緩やかだが明確な敵意をもって迫りくる苔統に対し、シュガーは震えながら、握りしめた苔統の尾をもう一度差し出す。

「お、おかあさん。わ、わすれもの、どーじょ……」

どがあんっっ!!

尾の一撃！　今度は直上からの振り下ろしである。その大樹がごとき尾撃をまともに受けて、轢きつぶれなかった生物はこれまで居なかったに違いない。

大苔統は『ぼおお』とひとつ吠え、挽肉になった人間を確認しようと、尻尾を上げ……ようとして、

ぐわあっ、と何か巨大な力に、自身の身体が持ち上げられていることに気がついた。尻尾の先端を何か凄まじい力が摑んで、

「ば　るるるる――――っっっ!!　」

洞穴の360度を、ぶうん、ぶううんっっ！　と振り回しているのである。まさか、己の巨大な身体が宙に浮くとは思っていまい、大苔統も『ぼおあおあお』と恐慌の吼え声を上げて十対の足をばたつかせている。

巨大な力はそのまま、

「ばるあッッ!!」

尻尾を離してぶん投げ、とてつもない巨体を洞穴の壁にぶち当てる。

すばやく体勢を立て直す大苔統は、その眼前に、暗い洞穴の中で虹色に輝く小さなものを見据えて、喉の奥で低くうなった。

風もないのにゆらゆらと、陽炎のようにゆらめく髪。

「ふーっ！　ふーっ！」

全身から超信力の胞子をまき散らす、そのキノコ人間の幼児は……

はじめて味わった「わかりあえない」絶望と行き場のない怒りに煮えたち、天の川のように輝く涙を、ぼろぼろと流し続けている！

「ううう。うう、」

ぽろぽろ泣きながら、

「シュガーを、いじめるな――――――っっ!!」

ものすごい音波を吐き出して、広い洞穴中をがたがたと揺らす。叫びに呼応して胞子が発芽し、地面といわず天井といわず、ぼんぼんぼんっ！　とキノコを咲き誇らせる。

『ぼ　が　お　あ　――――』

吠え返す大苔統。あるいはこれを放っておけば、この棲み処をすら滅ぼされると感じたのやもしれぬ。驚異的な音波に震える洞穴の中、決意とともに地面を蹴り、我が子たちを、神域を

守るため、シュガーめがけておどりかかる、

　その腹めがけ、

「のびろ、にょいぼ――――っっ!!」

どぼぐんっっ!!

地面から伸びあがったキノコが直撃し、巨大な身体を打ち上げる。大地をぶっ叩いたシュガーの力が土を伝い、さながら孫悟空の仙力のようにエリンギを咲かせたのである。

『ぼ　あ　あ　』

「ふたつ、みっつ！」

追って、ぼぐん、どぼぐんっ！　二本、三本と咲いたエリンギがさらに大苔統を高く打ち上げ、洞穴の天井高くまでその巨体を跳ね上げてしまう。

　そして、

「おちろ――――っっ!!」

ず、どおおんっ!!

とどめの一撃、シュガーが手を振り下ろせば、今度は天井から逆向きに生えたエリンギが地面へ向けて大苔統を打ち落とし、ギロチンのように突き刺さる。如来が山を落とすがごとき一撃に地面の苔は四方へ吹き飛び、大苔統は腹を押しつぶされて大きく身をよじる。

　すでに勝負あった。

この小さなキノコの神が、大苔統を制したことはだれの目にも明らかであった、が……

「ぶっころす……！」

絶望と怒りに燃えるシュガーの力が、それで弱まることはない。

優しい心を、裏切られたこと……

初めてのそれが相当にショックだったのだろう、純真だったはずのつぶらな瞳には今や殺意のほむらが揺らめく。ぎりぎりぎり、とエリンギを操る手に力をこめれば、天から伸びたエリンギが大苔統の身体をすりつぶさんと力を増す。

「ころす、ぶっころすっ！　しんでしまええええ――っっ‼」

エリンギに神威の力が宿り、いよいよ大苔統の身体が潰されてしまう、その直前、
ずばんっ！

天空から太陽の矢がひらめき、エリンギの柱を貫いた。ぼん、ぼんっっ！　とその周囲から錆喰いが咲き、エリンギの組織を食い破ってゆく。

「⁉　にがすかーっ！」

間一髪、絶命を逃れた大苔統をシュガーは追撃しようとして、

「シュガーっっ‼」

突如、背後に現れたミロの腕に、その身体を抱かれる。

「シュガー、パパとママが来たよ！　もう大丈夫……」

「はなせーっっ！　ころす、ぶっころす‼」

「しゅ、シュガー……！」

ひとたびミロの体温を感じれば、いつもならその身体にすり寄ってくる可愛らしいシュガーの姿。それが今や……

その歯は牙のように、爪は獣のごとく伸び、ものの数分で小さな身体を怒りの形に変えてしまっている。

(なんて力だ。産後の僕じゃ抑えきれない！)

「コラーッ！　シュガー‼」

びくっ！　と……

響く父親の厳しい声に、シュガーはようやく腕を振り回すのをやめる。

「苔統の神域でなんてことを。自分がやったことをよく見ろ！」

しゅぱり、と外套をはためかせ、ビスコがシュガーの眼前に降り立つ。父の指さす方を見れば、息絶え絶えの大苔統に、子供の苔統たちが寄り添い、その身体を気遣う様が見える。

「だ……だって。だって！」

「お前のことばは超信力をはらんでる。なんでも本当にしちまえるんだぞ！『ぶっころす』は禁止だって、何度言ったらわかるんだ！」

「だって、ひっく、だって……」

「ビスコっっ！　言い過ぎだよっっ‼」

涙をするシュガーを、ぎゅっ、とかばって、ミロのシリウスの瞳がビスコを睨みすえた。

いつになく強気なミロの姿勢に、ビスコもむう、と構える。

「シュガーにだって考えがあるんだ。ことばがままらない子供に、一方的すぎる！」

「神獣に怪我をさせたんだぞ！　礼を失したことを悪いと教えて、何が悪いんだ！」

「また神様が、礼がどうとかって。くだらない見栄を子供に押し付けないでよっ！」

「な……なんだとォッ」

「わ、わ、マンマ、ぱっぱ……」

いきなりのこと……

両親が自分を挟んでヒートアップしたのを、シュガーはなすすべもなく見つめる。

「ぱっぱ。シュガー、いいこだよ。マンマ……」

「いま！　俺の信仰を、くだらないッつったのかッ‼」

「ひっく。ぱっぱ。まんま……」

「へー、やる気なの⁉　ぼこぼこにして、頭冷やしてあげようか？」

「上等だコラァァ――ッッ――」

「ウェ――

「————————ン！！！」

ずわっっ!!

シュガーを中心に凄(すさ)まじい胞子の奔流が巻き起こり、少年たちの外套(がいとう)をばさばさと揺らした。

すぐに我に返ったビスコとミロは、愛娘(まなむすめ)シュガーが爆発的号泣により、その全身を虹色に発光させている様を目(ま)の当(あ)たりにする。

「しゅ、シュガー！　どうした!?」

「……そ、そんな！」懸命にシュガーを抱きしめるミロは、号泣する娘から流れ込む絶望を感じ取って、恐慌(きょうこう)に震える。「『ここからいなくなりたい』と願ったんだ。このままじゃ本当にシュガーが消えちゃう！」

「——瞬(またたび)火弓(きゅう)でシュガーに干渉するッ」

ビスコの決断は早かった。

「心に触って、こっちに引き戻すぞ！　ミロ！」

「わかったっっ！」

ミロが真言(しんごん)のキューブを操り、新奥義(おうぎ)・瞬(またたび)火弓(きゅう)を顕現させる、そこへ！

「間に合った！」

「——にしても不器用なことだなァ、もう。」

「いちいち子供が泣くたびに、奥義でなんとかすんのかァ？」

「昔のあたしじゃあるまいし……。」

「しかたねェ。」

「ほいっ」


しゅばんっっ！

銀色にひらめく矢が弧を描き、少年たちの間をすり抜けると、
とすんっ、と、虹色のシュガーの胸に突き立った。

「あ あっっ!?」

「ウェ――ン!!　……ほえーっ？」

その銀色の胞子、ぽこぽこと体表に咲く雪のようなキノコは、なんと……

シュガーの爆発寸前の虹色の輝きをすっかりぬぐい溶かし、とうとうその発芽を食い止めてしまった。

「「シュガー!!」」

「ほわ～～っ……」

シュガーはすっかり気が抜けたように、「ぷわあ」と欠伸をひとつしてコテンと倒れると、すぐに寝息を立て始めた。

子供の身体に傷をつけない弓の術、発芽力の調整……

少年二人にこそわかる、神業である。

「だ……誰だ。どこから撃ってきた⁉」

「ビスコ！　こ、これは、」

ミロはシュガーから自然に抜けた銀色の鏃をその手に取る。そしてその月のような輝きに、ごくりと固唾を飲んだ。

「霊雹だ。霊雹弓が、シュガーの崩壊を止めてくれたんだ！」

「ばか言うな！　霊雹弓は北海道から貰った奥義だぞ。俺たち以外に、誰が——」

「いやッほ————いっっ‼」

どすんっっ‼

「ごばわっっ⁉⁉」

「ビスコ⁉」

「なんだァ、足腰が弱いなァ。女の一人、ちゃんと受け止めなァ」

隕石のように飛来した人影に乗っかられ、苔の中に頭を埋めるビスコ。ひらりと身を翻すその長身の女に、ミロは目が釘付けになった。

「この子がシュガー！　カワイイ寝顔だァ。昔のコイツにそっくり」

クリムゾン・レッドの髪の……

女キノコ守りである。

「しかしずいぶん成長が早いな。もう人間で言や、三歳ぐらいかな？」

「……あなたは……？」

「てめえ何モンだァコラァァ――ッツ!!」

ぼふっっ、と苔の海から真っ赤な顔で起き出し、女に向かってビスコが怒鳴りつける。

「筋合いもねえとこから、人の娘を勝手に救ってんじゃァねェッ」

「筋なら通っているぞォ？　あたしだって手は出したくなかったが、親があんまり不器用なもんでな。思わず矢が出ちまったァ」

「名を名乗れ、名を！　お前、どこの里のキノコ守り……」

ビスコは、そこまで言って……

指さす先から泰然と見返す、翡翠の色の瞳に続く言葉を詰まらせた。

「……んん？　その眼、どっかで見覚えが……」

「ビスコ。この人は、」

ミロの察し方は素早かった。

その佇まい、獣の気配、鷹のまなざし、すべてが同じなのだ！　鏡合わせのように映った四つの翡翠を見比べて、その白い肌に汗を浮かべる。

「こ、この人は！　きみの！」

「びぃぃぃすこ————ッッ‼　会いたかったぞ！」

「んゴワー⁉」

がばぁっ！　と、立ち上がったばかりのビスコの首根っこに抱き着いて、女の長身が倒れたビスコに馬乗りになった。

「ゴア————⁉　なんだこいつ————っっ‼」

「十五年ぶりだな！　このやろー、元気だったかァ⁉」

「は、離せっ、離　れ　ろ　コラァッ」

笑顔で頰を摺り寄せる恰好を強引に引きはがせば、女は木漏れ日に照らされて「あ————っはっはっはっ‼」と笑う。

ひといきついて手櫛を流せば、真紅の髪が陽光に輝き……

楽し気な唇に、きらりとピアスが光る。

「——おまえ、もうあたしより、背が高いんだな」

（……そ、そんな、バカな、こいつは、）

見上げるビスコの眼は大きく見開かれ、共鳴する遺伝子にその身体を震わせる！

（こいつは、死んだはず！）

「しかし、名を名乗れとはひどいじゃないか。よりにもよって母親に」

「き、菌聖、」

「「赤星(あかぼし)、マリーっっ‼」」

愕然(がくぜん)と目を見開く少年二人！

そんなばかな⁉　と。

誰より二人自身がそう思っている。しかしそれまで影も形もなかった『母親』を瞬時に確信させるほど、マリーの放つ赤星(あかぼし)の遺伝子は主張が強かった。

「おわああっ」と悲鳴を上げて飛び退(すさ)るビスコに合わせ、ミロもシュガーを抱いてマリーから距離をとる！

マリーは残念そうに、

「ああっ、ひどいぞォ！　初孫(はつまご)よこせーっ！」

「ビスコ。お母さんは死んだはずじゃ⁉」

「おばけだ！」

ビスコはぱちぱちと両眼をまたたいて、食い入るように「おばけ」の顔面を見つめる。マリーの瞳には生気みなぎり無論のこと亡者(もうじゃ)には見えないが……

「ジャビ曰(いわ)く。お袋は胞子の調剤をしくじって、自分のキノコで死んだ！　見てみろこの凶悪なツラを！　およそこの世のモンじゃァねえッ」

（あなたそっくりなんですが……）

「調剤をしくじって、死んだだって？」

マリーはぽかんと口を開けてビスコの言い分を聴いていて、やがて「あ――っはっはっ！」と腹を抱えて盛大に笑った。

「こともあろうに、菌聖のあたしが調合自爆とは……ジャビの奴、随分な殺し方してくれたもんだ。まあ、それも皮肉が利いて悪くないかァ」

唇からのぞく犬歯まで、息子そっくりだ。

マリーの口ぶりからすれば、これは……

ジャビが幼きビスコに、母の死を偽っていたということになる。実感なさげなビスコの一方で、ミロは表情を驚きから徐々に覚めさせてゆき、

「……生きていると思ってた」

ふつふつと沸き上がる感情に身をまかせ、一歩進み出る。

「どうしてジャビさんがビスコに嘘をついたのか、理由は知らないけど」

「おい！　おばけに話しかけるな。連れてかれるぞ！」

「それならそれで、なぜ今になって現れたんです」

彗星の瞳でマリーを睨みながら、ゆっくりとつぶやく。

「お、おい……？」

（ほーう……？）

ミロの攻撃的な気配に少し気圧されて、ビスコが後ずさる。一方のマリーはミロの挑戦の視

線を正面から受け止め、どこか楽し気に、風に髪を揺らしている。

「いや、なぜだっていい。何が狙いか知らないけど、シュガーは絶対にあなたに渡さない」

「義母に随分な物言いじゃないか、ミロ。我が子を祝福して、何が悪い？」

「ビスコが孤独なとき、いつも居なかったくせにッッ!!」

ミロの震える声に……

目を少し細く、動じずに……ゆるゆると佇むマリーに対し、ミロはなにか、巨鬼に向かう徒手の戦士のように向かい合っている。

「何度も、死すれすれの窮地を僕らは乗り越えてきた。あなたの助けなしで！」

「見ていたさ。よくやった」

「はじめにビスコが旅立ったとき、あなたはどこにいたんですッ！　菌聖のあなたがその気になれば、錆喰いは必要なかった。ジャビさんだって、すぐに助けられた！」

「あたしがあのとき出しゃばれば、すでに人間は滅んでいる」

マリーはそれが癖なのか、長い爪で唇のピアスを引っ掻きながら、自分に咬みかかるミロの意志力を楽しんでいるようだった。

「ジャビを助けてそれでどうなる？　ビスコは旅立たず、おまえと出会えずに孤独なまま。錆喰いの血にも目覚めず、日本ごと東京の中に沈んだだろう」

「その後だって、ずっと助けてくれなかった。幾度も危機に襲われた！」

「そうとも。そしてその度に強くなった」

「ぎりぎりだったッ！」

「死なんさ。あたしの子だ」

「なんで、そんなに、ドライでいられるんだ……!!」

ぎりぎりぎり、と力のこもる肩に、ビスコが思わず寄り添う。そばに相棒の魂を感じながらも、それでもミロの声は止まらなかった。

「せめて、今際の際のジャビさんに、会いにきてほしかった。相棒だったんでしょう。弓聖と菌聖、無敵のコンビだったんでしょう！　どうして――」

「実利徹底。『愛なきこと』があたしの才」

ぎらりと犬歯が光る。

切なる視線を正面から呑み込むように、マリーがミロに向き直る。

「あいつは老いた。だから去った。おかしいか？」

「あなたって人は……！」

「ミロ!!」

瞳にぎらりと怒りを滲ませて一歩進むミロの肩を、ビスコが止める。

「二人とも間違ってない。マリーは菌聖で、おまえは医者なんだ」

「だとしてもだよ！　ビスコは悔しくないの。お義母さんは、ずっと君を放って……」

「どのみち俺はもう渇いちゃいない」

憤然とした相棒の一方、当人は至って悟ったような表情で、

「『愛なきこと』がマリーの才。自分の才を尊重したことに恨みはない。そのお陰で俺達が出会ったのなら、礼を言うべきだぜ」

なかなか……

赤星ビスコ、達観したものである。

（ふうん……）

これにはマリーも少なからず驚いたようであった。

予想以上にビスコが成熟し、自分から離れていることに、やや、つまらなそうですらある。

（もう、コドモじゃないのか。パパだもんな……）

「そして放任主義の赤星マリーが、いまになって現れたということは！」

ビスコはミロをかばってマリーをびしりと指差し、言い放つ。

「とうとう放っとけないほど、このシュガーが脅威だということだな⁉」

「あーっはっはっ。そういうことさァ」

マリーは気持ちをすぱっと上機嫌に変え、楽しそうにミロの腕の中のシュガーを眺めると、自分の髪をあそびながら言った。

「今見たとおり、シュガーは超信力の塊。子供ならではの無邪気な妄想が、まかり間違えば世界をひん曲げかねない。いまみたいな夫婦の行き違いがあれば、なおさらだ」

ミロが言い返しきれず、言葉をぐっと喉に詰める。

「菌神様の親としてお前たちはまだ未熟なのさァ。そこでこの菌聖マリーが育児を手伝ってやろうと、心配のあまり墓から出てきたわけだァ」

「育児手伝いぃ～？」

「あなたなんかの、力を借りなくたって！」

「そう邪険にするなってぇ。姑の知恵は貴重だぞォ」

「いりませんっ！」

「いるゥ！」

「なるほど……」

ビスコはぶつかり合うマリーとミロの瞳を交互に見つめて、

「ミロ。ここは姑の力を借りよう」

「正気で言ってるの⁉」

「気持ちはわかる‼　しかしミロよく考えろ、シュガーの生命力を。この現状があと三日続いたら俺達は過労死してしまう。実績あるキノコ守りの手助けがどうしても必要だ」

「実績って……どういう実績だよっ⁉」

「少なくともォ」

マリーはビスコをぴんと指さし、

「そいつを腹から出しているが。それじゃ不足か？」

「それはっ……」

ミロ、怒鳴り返そうとして声を喉に詰め、

「……っこ、こころづよい……」

「あ――っはっはっはっ！」

マリーは愉快そうにミロの肩をばしばし叩いて、しばらく白い歯を見せて笑った。

「なあ――に悪いようにはしないさ、ミロ！　ビスコの面倒をここまで見てくれたんだ、お礼返しと思いな。苦労話の一つ二つ、聞かせておくれよ……ほら、どこだい、おまえたちのキャンプは？　親子二世帯、楽しく水入らずといこうじゃないかァ！」

# 4

『こちらスネイル6、前方上空に巨大反応あり！』
『スネイルリーダーよりスネイル6へ。反応を目視できるか？』
『雲に覆われています。降雨弾の許可を！』
『よし、各機警戒しつつ。降雨弾放て！　3、2、1、』
『『『ファイア！』』』

大空を舞うエスカルゴ第8連隊のロケットが次々に尾を引き、積乱雲めがけて次々と突き刺さる。ばあっ、と降雨弾の弾頭が炸裂すれば、雲は瞬く間に分解して人工の雨となり、京都の大地へと降り注いだ。

そして、露わになったのは――

『隊長！　こいつは……！』
『事前情報通りとはいえ、まさかだぜ』

連隊の長・スネイルリーダーは、眼前に広がる光景にひとつ舌打ちし、京都府庁の管制室に向けて声を張り上げた。

『管制室へ。〈箱舟〉を確認！』

大空に悠然と浮かぶ、巨大なる未知の飛行物体！

『ゴピス司令、どうします⁉』

「いま、映像を解析している。焦って攻撃をするなよ！」

『こっちに気づいたようです。モタモタせんでください！』

「黙らんか、阿呆ゥッ‼　こちらも真剣なのだッ‼」

　エスカルゴ連隊からの映像を、あわただしく解析する京都府庁の司令室。広いドーム状の空間に、的場重工の研究チームが懸命に調査に勤しんでいる。

　黒革死せし後、ゴタゴタをうまく乗りこなして京都司令の座にありついたゴピス司令は、

（く、くそ。あたしが司令になったとたんに、なんでこんな……）

　心の内で貧乏クジを呪っているところだ。

「こ、これはスゴイっ。箱舟のエネルギーは、錆や進花を大きく上回っている。い、いや、それらを内包しているといった方が正しいんだ。あれはもはや、海そのものだっ」

「ええい。鉛、嬉しそうにするんじゃないっつっ‼」

　ゲストとして技術顧問に迎えた科学者・鉛神戸のネクタイをひっつかみ、ゴピス司令が吼えた。司令帽からのぞくけばけばしいメイク。鼻ピアスがちりんと揺れる。

「あの箱舟とやらを撃墜するためにお前を呼んだんだぞ。もっと気難しそうに解析しろ。アレは一体なんなんだ⁉」

「く、詳しいことはわかりませんが、こ、これまでの経路を見るに」

鉛博士の指がヴァーチャルディスプレイをなぞれば、箱舟のこれまでの軌跡が日本大陸のレイヤーに重なる。その道々で、いわゆる日本において神獣とされる複数の巨大生物が、箱舟に吸い込まれた事例が表示されている。

「箱舟は、福岡沖で回遊中の北海道を吸収したのち、に、日本大陸に沿って不規則な速度で上空９００ｍを航行。か、各地で神獣とされる、希少生命体を吸収しながら東へ向かっています」

「うーむ。不気味な。一体なにが狙いなんだ……」

「こ、これを見てください。箱舟から零れた海水を分析したものです」

鉛がパチリと指を鳴らすと装置からシリンダが持ち上がり、そこに冷凍された箱舟の残滓がわずかに脈打つ。ずらずら表示されたデータに指を走らせながら、

「お、驚くべきことに、自我があるんです。海水の中に、知性をもたらす微細な粒子が溶け込んでいる。これはおそらく、未知のキノコの胞子……」

「海が、胞子によって、自我を手に入れただとォ!?」

ゴピスは心底呆れたような顔から烈火のごとく怒りだし、

「寝ぼけるな阿呆ゥッ！　そんなことが起きうるものか！」

「か、科学に常識は禁物です！　これまでもキノコの力は不可能を可能にしてきた。あるいは

今回も……ああっ、ま、待ってくださいゴピス司令、あれを攻撃しては！」

「お前を呼んだあたしがバカだった。通信、ゴピスよりスネイルリーダーへ！　全火力を以って、そのデカブツを撃墜しろっっ!!」

『アイ・アイ・マム。スネイルリーダーより各機へ、通信は聞いたな！』

『待ちくたびれたわよ。一発かましてやるわ！』

『今日の打ち上げは遅れた奴払いですよ、隊長！』

『その意気だ。各機、真言弾用意！』

空を舞う六機のエスカルゴ連隊はフォーメーションを組み、島根宗教との合同開発で生み出した新兵器・真言弾のロケットを装填する。

「どうだ。いかにバケモノといえど、真言弾の火力なら迎撃できまいっ」

「ゴピス司令！　だ、だめですっ。科学の明日のためには、」

ごずんっ。ヒールが鉛博士のつま先を踏む！

「おんぎゃあ——っっ!!」

『ターゲット・ロック。しけるば、しゃだ、すなう！』

『『『発射ッ』』』

ばしゅうっっ！

六発の真言弾が弧を描いて飛び、上空の冷たい空気を裂いて箱舟に突き刺さる——

「いけえ――っ！　わはははは……」

それへ、

ぽやんっ、と射出された泡のようなものが、六発の真言弾の前に立ちはだかり、

「……はっ⁉」

つるんっ。

風を裂くような威力をまったく殺して、いずれもきれいにその腹へおさめてしまった。真言弾のねらいである、迎撃を誘発しての大爆発もできない。泡はそのままひゅるひゅると箱舟に回収されて、

『キャプチャリソース　検証………。』

『現代兵器【真言弾】ト　判明。』

『生命体　デハ……』

『アリマセン。』

『タダチニ　リリース　スル。』

保全審査を落選して地上に落下し、ずど―――ん!!　と盛大に爆発した。爆発の衝撃を受けて司令室がめちゃめちゃに揺れる！

「うわあっ！　スネイルリーダー、何をしてるゥッ」

『状況不明！　あのデカブツ、泡のようなもので迎撃を——』

『こちらスネイル４！　箱舟から巨大熱源を探知！　攻撃してきます!!』


『ホーミング・キャプチャ・ビーム・スタンバイ。』

『箱舟二　大統領本体ノ　接続ヲ確認。』

『メア・エンジン　ドライブ。』

『ライフ・オーシャン・ストリーム砲　撃ちィ方ア、』

『はじめ』


ずどうんっっ!!　と箱舟の側部から、轟音を立てていくつもの海水の柱が飛び出し、極太のレーザーのように弧を描いてエスカルゴ連隊に襲い掛かった。第８連隊のアクロバティックな回避運動もものともしないその追尾性能は、

『隊長っ！　だめだっ、敵弾振り切れません！』

『スネイル２ーっ！　もちこたえろ、踏ん張るんだ！』

『こ、コーデリアに、オレは勇敢だったと……うわあ——っ!!』

ちゅるんっ。

『わたしもこれまでか。お先です、リーダー！』

『隊長ーッ！　ぼくのパソコンぶっ壊しといてくださ――い!!』

ちゅるんっ、ちゅるん。

巨大水量を以って瞬く間に五機のエスカルゴを取り込み、沈黙させた。

『うおおお――っっ!!　死神め！　こうなれば俺自身をくらえ――っっ!!』

「阿呆ゥッ、早まるな！　スネイルリーダー、戻ってこいッ！」

『京都中央政府に、栄光あれ――ッッ!!』

すべての部下を失った隊長機は、雄たけびを上げて箱舟に機体もろとも突っ込み……

ちゅるんっ。

箱舟の前で無事保全された。

「なんてこった。うちのエースたちが歯が立たん！」

「あ、相手は意志をもった水ですよ、か、かなうわけがない。しかしとんでもない精度だ、あのエスカルゴ連隊をまるで赤子扱いですね」

「嬉しそうにするな阿呆ゥッ！　少しは自分の立場を――」

『勇壮なる日本国民の諸君!!』

鉛博士につかみかかるゴピスの動きを遮って、京都府全体に巨大なアナウンスが鳴り響いた。慌ただしかった司令部の動きが、一瞬停止する。

『本日は当職、諸君らの信任を求め、演説(スピーチ)に参った』

「な、なな、なんだァ……？」

『諸君の今日までの進化、ならびに苦心惨憺(くしんさんたん)の日々、察するにあまりある。小さな島国をいくつもの県に分割して、限りある資源を奪い合わねばならなかった。それは悪か？　いや、やむを得ぬことだった、この錆(さ)び風の大地では！』

「なんだなんだ⁉　誰が喋(しゃべ)ってる⁉」

「は、箱舟の主ですよ！　カメラを寄せてくれ、もう少し――」

『だが悲運な常識はまもなく覆(くつがえ)る！』

望遠カメラが捉えたのは。

箱舟の舳先(へさき)に立ち、赤・青・白、三色ストライプのネクタイをなびかせる、メア大統領の姿！

日本の選挙風土に則(のっと)ったものか、その肩からゴールドに輝くタスキをかけ……

【日　本　再　生　！】

【あなたの大統領　メア】

【やる気　元気　禁忌】

けばけばしいメッセージを放ち、スーツにはちきれんばかりの腕を大きく振っている。

『この箱舟こそが！　日本の土を洗い流し、清浄な大地へ諸君を導く絶対存在なのだ。箱舟を代表し、この大統領メアは、今こそ諸君の信任を要求するものである！』

　メアは空中をはばたくナナホシテントウカメラをみつけると、

『ジョイナス！』

　びしぃっ、と弩太い指を突き付けた。


　その光景は京都のみならず、生放送で日本中に中継されており、全国のお茶の間がその光景にあんぐりと口を開け釘付けになった。

　東京の侵攻や紅菱の反乱、猫病の蔓延など、数限りない危機を乗り越えてきた日本国民にいまさら驚くことなどなさそうなものだが、

「おでれぇた。きれいな土地に連れてってくれるってよォ」

「ほんまけ父ちゃん？」

「あんた！　坊主の説法聞いてる場合じゃないよ。箱舟に行かなきゃ！」

「こら！　めったにない、大茶釜大僧正のご出張ですよ。説法中に街頭テレビなど……わぁっ、ちょっと！」

　逆に状況対応力が高いばかりに、どどどどっ！　と群れをなして、説法も仕事も放りだし、一斉に箱舟を追いかけだす始末だ。

「ほえ――！　誰もおらんくなった。安易な救いに飛びつくなと、万霊寺ではあれだけ教

えておるのに。プンプン！」

「しかし大僧正。あのメア大統領とやら、何者でしょうか？」

傍に控える美貌の青年僧が、プンプンの大茶釜僧正をなだめながらつぶやく。

「あれだけの凄まじい現象です、有無を言わさず人間を吸い上げるのも容易いはず。なぜこの期に及んで、日本国民の支持を集める必要が？」

「エネルギーの源が民意なのぢゃ。テセくん、コレ開けて」

かりんとうの袋を美貌僧テセに開けてもらい、ぼりぼりと齧る大僧正。

「あやつ自身は海ぢゃ、価値観というものを持ち合わせておらぬ。海にとっては日本ひとつの存亡など、べつに路傍の石のようなものぢゃろ。人間の未来への渇望を、己が代弁・吸収する形で活動しておるのぢゃ」

「私欲はないと。救世大統領とは口だけではないということですか。しかし民意というのは虚ろなもの。心根にはかならず、彼なりの『願い』があるはずと思いますが」

「んむ〜〜！」

大茶釜僧正は、もふもふの奥に潜む眼光を、ぴかりと光らせる……。

「そこが不可解。定命ならぬ海神が、はたしてなにを『願う』のぢゃ？　……あるいは我らが思うような、巨大な動機ではないのか。もっと一瞬の、ささやかな何かのために——」

「大僧正。おひげに食べかすが」

「とってとって～」

『見よ。このスピーチ。このカリスマ！　郷に従ったが上手(うま)くいった』

一方で、京都上空の箱舟、その舳先(へさき)。箱舟は高度を下げ、いまや住居に大きく影を落とし、府民の生活に（文字通り）影を落としている。

『……あれれっ。人民諸君。拍手は？』

怪訝(けげん)そうに箱舟を見上げる人民たちを見下ろして、大統領は大きく手を振る。

『おばあちゃ～～ん！　応援ありがと～～』

「ヒェ～～～ッ!!」

「だいだらぼっちじゃ～～!!」

人民たちは恐れおののいて住居に引っ込んでいく。

『ふーむ？　シャイな国民性だ。もっと派手に出迎えられるつもりでいたのだが』

「お望みどおりーっ！」

『む!?』

悠々と飛ぶ、箱舟のその直下から、

「弩派手(どはで)に出迎えてやるぞ、阿呆(あほ)ゥめッ!!」

どがんっっ!!

くろがねの巨木のような腕が伸びあがり、箱舟の船底をどかんとカチあげて、ぐらぐらと揺らした。

ぐぐぐ、と巨大質量の箱舟を持ち上げる……

同じく巨大な、鋼鉄巨人のシルエット！

「起動シークエンス経過良好！　アクショントレース機構を最適化しますっ」

司令部で空間ディスプレイを忙しく動かすのは、京都司令部技術顧問の鉛神戸（なまりこうべ）。

「起動準備整った。ご、ゴピス司令、ご、号令を出してください！」

「なんだ、その号令というのは⁉」

「か、掛け声ですよ！　テツジン・ゴー、と叫んでください！」

「あほか⁉　嫁入り前の女子がそんなこと言えるか‼」

「いいですか、ロボットは男の子の夢。う、動かすのには気合が必要なんです。乗ると言い出したのは司令でしょう。の、乗らないのなら帰ってください‼」

「く、くそお——っっ‼　せめて一緒に言え！　せーのっ、」

「「てつじぃぃいいいんッッ！　ゴ————ッッ‼」」

ぶうんっっ‼　振りぬかれる両腕はそのまま箱舟をぶん投げ、

『オーッ⁉　ワッダ・ヘル⁉』

大統領ごと比叡山（ひえいざん）めがけて叩（たた）きつけた。響く轟音（ごうおん）、そのスケールはさながら特撮ムービーの迫力そのまんまである。

がちーん！　とポーズを決めたその鋼の巨人は、的場重工(まとばじゅうこう)がいざというときに保管・開発を進めていた、『プロトタイプ・絶対テツジン』に他ならない。

これはメパオシャもとい、黒革(くろかわ)を復活させる過程で生み出されたもので、まだ小型化のプロセスに成功する以前のものだが、性能は折り紙つきだ。

「お見事です司令！」

「はあ、はあ。メパオシャにできたんだ。あたしにだって！」

「箱舟が立て直します」ずおおおっ、と山を崩して持ち上がる箱舟は、テツジンを脅威と認識し、エンジンを噴かして突撃してくる。「ゴピス司令、必殺技で決めましょう、準備を！」

「ま、まってくれ、ぜひゅ、ぜひゅ、」

ゴピスはアクショントレース・システムの中で汗びっしょり、

「なんでこんな機構なの。めちゃめちゃしんどい！」

「か、かっこいいでしょ、えへ」

「おめでてえのだ、阿呆(あほ)ゥッ！」

「胸部冷却風砲を展開！」

「ええいっ、必殺！」

「『瞬間冷凍旋風波(クリオライト・タイフーン)!!』」

絶対テツジンの胸部砲が、絶対零度の威力を伴って箱舟を迎えうつ。箱舟から放たれた海水のレーザーは冷凍風にあおられて凍結してしまい、絶対テツジンに届かない。

「ようし！　厄介なあの海水も、凍ってしまえば！」

「司令！　出力を下げて。そんな薄着じゃ、し、司令も凍ってしまいますよ！」

「ここで退けるか！　あたしはサドなんだあッッ!!」

そしてとうとう、箱舟の巨大な船体が、冷凍旋風にもまれて空中で凍結する！

「出　力　全　開ぃッ!!」

「司令、いまだ！」

「うおおお――っっ!!　猛牛のヒヅメ、受けてみろぉぉ――ッッ!!」

（ぼちぼち乗り気じゃないか……）

「ゴピスッッ！　パァア――――ンチッッ!!」

ずがあんっっ!!

大地を揺るがす一撃!!　極大質量を伴った絶対テツジンの右ストレートは、冷凍された箱舟の真正面を捉え、そのボディをばらばらに粉砕……

……。

しなかった。

舳先の先頭に立つ、ほんの３ｍの潜水服が、

そのほんの指先一本で、

巨大なテツジンの全体重を受け止めたのである。

『…………。』

『タスキが凍ってしまった』

「あ、あ、あ……!?」

「そ、そんな馬鹿な。フルパワー、フルシンクロの一撃を、指一本で!?」

『必殺技とうそぶくわりに、口先だけ、耳ざわりだけ、派手なだけの三拍子。内実なきこと、さながら卑党の掲げる公約そのもの』

「！　いけない、大統領の逆鱗に触れた！　し、司令、逃げてください！」

「だ、だめだ、微動だにしないっ。指一本で抑えられてっ！」

『生命を代表して、当職が、貴政権に！』

ぎりぎりぎり、と潜水服をきしませて、メア大統領はその指先に力を込める。

『不　信　任　案　を叩きつけぇぇ——るッッ!!』

ぴんっっ！

でこぴんの一発である。無敵の鋳花装甲を誇る絶対テツジンの装甲はしかし、大統領の捉えた拳の先から無数の亀裂を走らせていき……

瞬く間に骨格を残し、表部装甲をめくれあがらせて、

どがあんっっ‼

「きゃ――――――――ッッ⁉」

「司令――っ‼」

人類の持つ最強兵器を、とうとう指の一本だけでがらくたへ変えてのけた。がらがらと崩壊する絶対テツジンの亡骸（なきがら）から、悲鳴を上げて落下するゴピスの身体（からだ）を、しゅぱんっ！　とその腕に抱きかかえ、

ずう――ん！　と大地を揺るがし、メア大統領が京都の大地に降り立った。

『これは失礼。女性大臣と知っていれば、加減したのだが』

「わああ。離せ阿呆（あほ）ォッ！　殺さないでくれーっ‼」

『人民等しく救いこそすれ殺しなどしない。可能なかぎりすべてを未来につれてゆけというのが、ママの望みであるうえはね』

「ま、ママ……？」

『さて、今をもって貴職は罷免されたわけだが』

おびえきったゴピスの顔、身体（からだ）をじろじろと見て、メア大統領は一人でうなずき、

『じつに選挙映えするカウ・レディだ！　そのボディ、アンガスの肥沃な大地を思わせる』

「な、なにをあたしにさせる気なんだ⁉　もういやだぁ。おうち帰して！」

『貴職には当職の秘書になってもらう。なあに、着飾って突っ立っていればいいのだ、こんな

楽な仕事はない』

自らの不運に泣きむせぶゴピスにかまわず、メア大統領は地面から突き出したテツジンの骨の一本に箱舟の旗を巻き付け、

『民　意　獲　得　！　』

誇らしげに叫んだ。

今の一幕でおおいに揺れ動いた民衆の心。それはそのままメア大統領の身体（からだ）に流れ込み、その海水の質量を増大させる。指一本でテツジンを粉砕した圧倒的な力がますます膨れ上がる、その脈動を、ゴピスは震えながら感じている。

群がるように集まってきた、テントウカメラたちが……

風にはためく旗と、悠然とたたずむ箱舟の姿をバックに、仁王立ちになった大統領の雄姿を日本中に放映していた。

# 5

「む、む。むむむむ」

「そう。ゆっくり……イメージしてごらん」

　胞子で作った砂場でシュガーが少し念じると、ミニチュアサイズの岩石、そしてその下敷きになった、小さな猿神の姿が形作られる。

「ごごごごーっ！」

　想像力だけで作られた、胞子のジオラマであった。

「おみごと！　シュガー、よくできたねェ。これはなんだい？」

「ばぁば！　これ、そんごくうだよ！」

「ほうほう。なるほど西遊記かァ。この後悟空はどうなったかな？　読んでもらったとおりにやってごらん」

「……シュガー、しらない～」

「なんだァ？　読んでもらってないのかい。仕方がねえ親だなァ」

　マリーが優しくシュガーの小さな手に自分の手を添えると、砂場を伝って意志の力がジオラマに流れ込む。するするする、と胞子たちが寄り集まり、封じられた悟空の前に、天竺（てんじく）へ向かう三蔵法師の一行が形をとった。

「わぁ――っ……！」

「悟空は、徳の高いお坊様、三蔵法師に助けられるのさ。恩を知らずに逃げ出そうとすると、頭にはまった輪っかが締まって……」

マリーの語りに合わせて、まるでアニメのように胞子たちは形を変え、念仏を唱える三蔵法師や、飛び跳ねて苦しむ悟空の姿を表情豊かに映し出す。

「きゅはは――っ！　きゃっきゃっ‼」

「そうして一行は……あれっ。この後どうなるんだったっけェ？」

マリーが怪訝そうに空想を止めれば、胞子のアニメも同様に、ぴたりと止まる。

「あえっ。ばぁば、もっと、ばぁば！」

「そのばぁばってのちょっと。ねぇね、とかにしないか？　ねえシュガー」

「うるせーババアこら‼　ちゃんとやれ‼」

キャンプの遠くから叫びかける声に、マリーがむッと表情を変える。

「業を清算するチャンスだぞ。息子に読めなかった西遊記だ、シュガーにぐらいちゃんと読んでやれ！」

「お前にだって読んでやったさァ！　覚えてねェだけだろォ‼」

「ぱっぱ、うゆさい！　しゅがー、おすなばしてゆの！」

「お〜よちよちそうだよねェ。ぱっぱ、こわいこわいでちゅね〜〜」

「ビスコ！　修行の邪魔しちゃだめだって。こっちに集中！」

　一方のこちらミロとビスコは、
難しい顔で調剤機を挟んで向かい合い、複雑怪奇な胞子の調合式を見ながら、マリー直伝の胞子調合について習得せんとしているところであった。

「えーと……エリンギ2、カエンタケ4、ビシャモンダケ4で……この、アトミック・マッシュになる。さらにこのアトミック・マッシュに、さっきできたニトロしめじを……」

「出来るモンがいちいち物騒すぎるな。あのババア、子供の顔が見てみてぇよ」

「大きい声出さないで！　音波だけでも胞子が咲きかねない」

　二人の最終目標とするキノコは『霊泡』といい、
　これはいわゆる霊雹のジェネリック胞子とも呼べるもので、霊雹に比べて威力の劣るかわりに普通のキノコとして扱うことができる。

　つまりいちいち真言弓を出す必要がなくなるわけで、いつまた発作を起こすか知れぬシュガーの親としては、必須の胞子と言っていいだろう。もちろん、二人のもともとの目的である、パウーの安産に役立つことも間違いない。

　ミロは額の汗をぬぐいながら、

「医学部入試が可愛く見えてくる！　菌聖マリーの菌術はただの伝説じゃなかった」

「うん。こんな調合、普通の頭じゃ思いつかねえ」

複雑な調合式に汗をぬぐうミロの一方、ビスコはいたく感動したふうで、

「胞子それぞれの『性格』まで計算に入れてるんだ。爆薬の他にも、ドーピング剤や、催眠剤……知恵や知識を与えるものまである。なるほど、さすがは……」

「子供より、菌術の才を取るだけある？」

「そういうことだな」

（ドライすぎ！）

キラーパスをこともなげにすかされて、ミロがむぅ――っ！　とふくれる。都会の文明の中で育ったミロからすれば、この赤星(あかぼし)家の親子観はどうしても納得できないものだった。

「あのなあ、少しはババアに優しくしてやれよ。手伝ってくれてんだから」

「冷たいのは僕じゃない！　きみのほうだよ、ビスコ！」

「なにい？」

「マリーさんのこと、他人だと思ってるでしょうっ」

ずっ、と近寄ってくるミロに、ビスコがやや気圧(けお)される。

「だって他人だろ！　急に現れて――」

「おいしくて、つよくなる、ビスコ。きみの名前に暖かい祈りを込めたのは、誰⁉　他人が込めたの⁉」

「それは、」

ビスコ、言い返そうとして、

「………。」

「見限っちゃだめだ、わかりあわなきゃ。僕たちはマリーさんを恨んで、赦さなくちゃいけないんだよ。いまからだって、親子にはなれるはずなんだ！」

「そんな事言ったってお前いまさら――――！」

「びぃぃすこぉ――いっっ!!」

「「おわぁぁっ!?」」

「そぉーいっ！」

どすんっっ!!

脚を息子の首に絡めて地面にぶっ倒すマリー。そのあまりに年甲斐なき所業に少年たちの迷いは一瞬で消し飛び、派手にビーカーの胞子をこぼしてしまう。

「あーあ。あたしを受け止めないからァ」

「わあああっ。ニトロしめじがっ」

「てめ〜〜〜！　少しは落ち着いていられねーのか!?」

「あーっはっはっ！　お互い様ァ」

マリーはひゅばりと外套を翻して、からからと楽しそうに笑う。

「急ぎの用ができた。マニタケを取りにいく、パパだけついておいで」

「ま、マニタケだと⁉」

「シュガーの成長力は正直あたしの思った以上だ。見てみな」

マリーが顎をしゃくると、その先には……

「う、うわあっっ‼」

「むむむむ～！」

胞子の砂場に、驚くほど見事に形作られた……

『西遊記』の舞台全域が顕現しているのである！　ジオラマとはいえその造形は細部に至るまで完璧で、天竺の背後で後光を放つお釈迦様、荒涼とした砂漠に立つきらびやかな都、また筋斗雲に乗って妖魔を打ち破る孫悟空の一挙手一投足に至るまで、極めて細かくリアルにアニメーションしているのだ。

「むむむ～っっ」

「もういいよォ、シュガー。お～しまいッ」

ぱんっ、とマリーが手をたたけば、

「ぷはっ！」

ざあん！　と空想を解かれた胞子たちは一瞬で形を失い、もとの砂場にもどる。砂をまるごとかぶったシュガーは、「きゃわ～！」などと喜んで胞子の中を転げまわっている。

「し、信じられないよ。あれをシュガー一人で⁉」

「意志に胞子を呼応させるトレーニングだったが。まさかものの数十分で、あんな精密なイメージをするとはねェ。万霊寺の僧侶が総出でかかってもあんな真似は無理だ」

「さすがは俺の子！」

「つーよりは、あたしの孫ォ」

「ババア水差すな‼」

「問題はシュガーの超信力に『道徳』が追い付いていないことさ。今、もしシュガーが機嫌を損ねて、ネガティブな空想をすると世界がひん曲がっちまう。だから……」

「マニタケを食わすってのか⁉　そ、そんなもん、教育と言えるかよっっ‼」

「ねえ、その、マニタケ、っていうのは、何のキノコなの？」

「……回すと経を読んだことになる『マニ車』が由来のキノコで……」

ビスコは判断のスピードでマリーに先手を取られ、やや焦り気味だ。

「食ったやつの自制力を育て、規範道徳を身につけさせる、らしい。俺はよく知らんが……昔は、不良キノコ守りを改心させるのに使われたとか……」

「なあに、分別がつくまでをごまかすだけだ。マニタケを食べている限り、発作的な超信力でいたずらにモノをひんまげたりしなくなる。ワクチンを接種するようなものさァ。よく考えろ、もし友達ができて、今のシュガーと喧嘩でもしたら。どうなると思う？」

「だからってっ！　キノコで道徳をつけるなんて。干渉しすぎだろ、シュガーの人生だぞ！」

「シュガーの不幸にシュガーは耐えられる。でも、」

マリーの視線が、ふっ、と、

「お前が耐えられない」

愛とも冷徹ともつかぬ色を帯び、息子に注がれる。

「親として。できることをしてやれなかったと、かならず後悔する。その傷跡は、おまえの長い人生を、ずっと蝕(むしば)みつづける」

その……

静かに語るマリーの声は、ミロの心の琴線に触れ、

（……！）

その心のうちに、何かを確信させた。

「さあ行こうすぐ行こう。準備しな」

「ええっ⁉　待てよ！　シュガーの世話だって、ミロ一人じゃ……！」

「ビスコ！　僕は大丈夫」

「ミロ⁉」

「大丈夫だから！　マリーさんと行ってきて」

ミロは相棒を振り向かせてにこりと笑い、

「こっちは平気。シュガーと待ってるね！」

「……すまん。国語、理科、図工は済んだからな。次は……」

「うん！　算数はまかせて！」

「いいママだァ。お義母さんは安心さ」

菌聖は息子そっくりな顔で笑って、

「さあハリネズミ。天岩戸まで競争だよ。どんだけ速いか見てやる。がっかりさせるなよ！」

「ババアに脚で負けるかァッ！」

しゅばんっっ、と振り返りもせずに照岩の山中を駆け出すと、弓をひっつかんだビスコがそれを追いかける。真っ赤な二つの直線が森の中へ消えてゆくのを、ミロはわずかな安心とともに見送っていた。

「……マリーさん、心のうちが少し見えてよかった。霊泡の調合も目途がついたし……」

「ママ〜〜！」

「はいはい、シュガー！　よくがんばったね。おなかすいた？」

「ママー。シュガー、もっとおべんきょーすゆ！」

「ええっ。お勉強するの⁉」

きらきら輝く娘の瞳をのぞき込んで、ミロは面食らい——

（これは僕似だな）と思う。

「えらいよシュガー。じゃあ、ママとお勉強しようか！」

「シュガーえらい。かしこい。ずっどーん！」

「もちろん。血筋がいいし、それに先生がいいからね」

ミロは荷袋から数字の本を取り出して、にこっ！ と娘に微笑んだ。

「僕に任せて、シュガー！ きみを大学に入れてあげる！」

＊＊＊

しゅばっ、しゅばっ、しゅばんっっ‼

うっそうとした苔の森を駆ける二つの赤い影。片方は放物線を描くように、もう一方は矢のような直線で、苔岩の上を跳ねていく。

明らかに、スピードで勝るはずのビスコは、しかし……

（……おかしい。追い付けねえ！）

一見ゆるやかなマリーの動きを、もう一歩捉えることができない。ゆるりくるりとかわす独特の動きに、持ち前の鋭さを読み切られているようだ。

（ただの人間のはずだ。それが、どうして……！）

「なあんだ？ 思ったほどじゃァないねェ。錆喰いの血の力に頼って、あたしに追いつく気でいたのかァ？」

「な、何ぃッ！」

「あーっはっはっ。甘い甘い。ジャビに何を習ったって？　ネクタイの締め方、履歴書のマナーでも教わったのかよ？」

「っ、ババア――ッッ‼」

ぶわっっ！　とビスコの全身から、錆喰い（さびく）の胞子が吹き上がる。まさか親子の追いかけっこで呼び覚まされるとは錆喰い（さびく）も思っていなかっただろうが、とにかく全力を尽くさねば何をおいてもマリーにはかなわない。もう超信力（ちょうしんりき）一歩手前のような飛び駆け方で、ビスコはとうとう目的地の岩戸を視界に捉えると、

（見えたッ！　俺の勝ちだァッ！）

その眼前の土を思い切り踏み――

ぼぐんっっ‼

「⁉　うわあ――――ッッ⁉」

「あ――っ、はっはっはっはっ‼」

着地点に仕掛けられたオニシメジの矢にまんまと引っ掛かり、太陽の粉を振りまきながら頭上の木の枝に引っ掛かった。

ぶらぶらと揺れるビスコの下で、マリーは腹をかかえて笑っている。

「んひひひひひ……！　血は繋がっているんだ。考えることはお見通しさァ」

「く、くそう……！　てめえっ！」

どさんっっ、と地面に落ちて、ぎりぎりと歯をくいしばるビスコは、

「あたしの負けだ」

「……んえっ⁉」

「よく育った。ビスコ、お前は速い」

あっさりと負けを認めた母親に対し、振り上げた拳の行方を決めかねて、しばしぽかんと口を開けて固まった。

「鷹の子は鷹というわけか。二歳の頃から、あたしには解っていたけどね」

「けエッ。今更、母親面か⁉」

「する気はないさァ。二つの過ぎたる才覚、共には生きられん。だからお前から離れた」

ゆるり、ゆるり美しく、楽しんでいる。

摑まえ所がないのだ。ミロの言葉でいちど母として意識してしまうと、ビスコの心持ちもにわかに穏やかでなくなってきた。この菌聖マリーに、認められたくなる。それが呪いだとわかっていながら、褒められたくなってしまう……

ビスコは緩みかける自分の心に、ぶんぶんぶんっっ！　と頭を振って、無理矢理コワイ顔を作ってみせる。そんな息子の胸中を知ってか知らずか、

「さあ、天岩戸といえば日本三大祖神の祭祀場だ」

マリーは外套を翻しててくてくと歩き、巨大な一枚岩の前へ進み出る。

岩の隙間から流れる、ひやりとした風が……

中にある空間、鍾乳穴の存在を肌に伝えてくる。

「ジャビから聞いてるかい？　天岩戸の話は」

「知ってるさ。かつてキノコ守りが祖神を怒らせたとかで、この洞穴を塞いだんだ。まったく、どこの不心得者がそういうことをするんだか……」

「まあ、あたしなんだけどねェ」

「……はあっっ⁉」

「マニタケの因子がこの中にしかなかったのさァ。中をさんざん荒したら、神様もさすがに機嫌を損ねたらしい……いや、その時のジャビの怒りようったらなかったよ。ま、菌聖マリーの才のためだ、致し方ないよなァ」

「ば、ババアっっ‼　ふざけんな、そんな罰当たりな……」

「おまえだって娘の人生のためじゃないかァ。ほら、ここを開けなァ」

ビスコも娘を盾にとられては信仰心に蓋をせざるを得ない。それにビスコは神武十八天に誓いを立ててはいれど、三大祖神についてはあまり理解がないのだ。

「ぎぎぎぎ……！」

　ごごご、と音を立ててわずかに岩戸が開けば、マリーは暗闇の中にするりともぐりこんでゆく。ビスコも後を追ってそこへ入れば、かすかに小川のさざめきが聞こえるほかは、まったく真っ暗な空間が広がっている。

「暗ァい。ビスコ？」

「少しは自分で動けよ！　くそ……」

　ビスコが灯し茸の胞子を口に含んで洞窟に吹き付けると、きらきらとほのかに輝く胞子が洞窟中に広がり、親子をうすく照らした。

「うーっ、にげえ。これ、苦手なんだよ……」

「……くくく……」

「なんだよ⁉」

「昔のあたしそっくりだァ。あの頃は、ジャビの横でオウガイに乗るのも一苦労だった」

　マリーは洞窟を進みながら、

「……そうか。ジャビは、死んだか……」

　まったく今更のように、そんなことをこぼした。ビスコはぱちくり目を瞬いて、ずんずん歩くマリーを慌てて追っていく。

　洞穴の中、ひやりとした静寂の中に、靴音だけが響く……。

……。

………。

「……『愛なきことが、マリーの才』」

「？」

「それを見出（みいだ）したのはジャビさ。あたしに愛なきことが、ビスコに千尋の谷を登らせる。愛から離れろ。ワシの亡骸（なきがら）に背を向けろ。そうすれば、お前は世界の維持者（ブラフマン）になる」

「……それを、ジャビが、言ったのか？」

「息子が錆（さび）の海に沈もうとするとき、東京に呑（の）まれんとするとき、進花（しんか）に喰（く）われんとするとき。力を持つ母親（あたし）が、観測者でいられるか？　それには『愛なきこと』の才覚が要る。そしてジャビの教えどおり、あたしは天才だった……」

「……。」

「……。」

「……。」

「ビスコ。」

「……。」

「あたしが憎いか？」

「……。」

「くく……、忘れな……あった、これだ」

靴の音だけが響く鍾乳洞の壁に、小さなクリスタル状のものがきらりと光を放った。マリーはそれをもぎ取り、ビスコに対してそれをさらしてみせる。

「これは……鉱石、じゃない。花だ！」

「進花の一種だ。『鏡蕾』という」

のぞき込めば名前どおりに、小さな蕾がビスコの顔をぴかぴかと反射する。世紀末の自然には詳しいビスコも、こんな光の届かぬ神域の花など初めて見るものだ。

「あたしの知る限り自生するのはこの洞窟だけでね。こいつにシメジ針を刺してやれば、マニタケが生える」

「用は済んだってことだな。早くシュガーんとこへ帰ろう！」

「バカだなァ。一個で足りるわけないだろう。大体一年分持たせるとしても、六、七個は必要だ。帰りたいならさっさと探しな」

（くそ……どう考えても神聖な花だぞ。シシが何て言うか……それを六、七個だって⁉）

明らかに神域を侵している罪悪感にビスコの心中は高鳴り、とにかく神の居ぬ間に済ませてしまおうと、しゅばばばっっ！　と洞窟を走り回って、

（あっ。あれは！）

青白い湖水の向こう側に、きらめく鏡蕾がいくつも自生しているのが目に入る。それは幻想的にきらきらと集合して輝き、六つといわず二十、三十とありそうだ。

　ビスコがざぶんと水に飛び込み、そのクリスタルの群れにめがけて泳いでいく……

「うーん？　しかし、おかしいな？」

　その途中に、呑気（のんき）な声。

「鏡蕾（きょうらい）が自生するということは、その親玉が洞穴内にいるはずだが……」

　ビスコは、それを背後に聞きながら、
　こつん、と、泳ぐ足元に何かが当たる感触を覚えた。

（……？　浅い？）

　湖の中頃が奇妙に盛り上がり、立って胸上まで出るほど浅くなっている。

　靴の裏側に若干の違和感を覚えたものの、高いところに生えた鏡蕾（きょうらい）を取るにはお誂（あつら）えだ。

　ビスコはそのまま、背伸びをするように頭上の蕾（つぼみ）に手を伸ばす、そこに、
　びかあっっ!!

「!?　うおわあっっ！」

「ん!?」

　足元！　青白い湖の底から、強烈な光がビスコを照らした。直後、ざばああっ！　と水面を割って、何か大きなもののシルエットが浮かび上がる！

　びかあーっ！

「ぐおあーっ！　目、目がッ！」

「ゴーグルは飾りか、バカ！　相手をよく見ろ！」

「く、くそっ……足を！」

　何か鎖のようなものに脚を絡まれ、宙づりになっているビスコ。

　がちゃっ、と猫目ゴーグルを下ろし、相手を見据える。それは驚くべきことに、クリスタルの身体にシダ状の鞭を持つ進化植物であり、その発達した花弁の奥から、まるで強力なハイビームのように光を放ちつづけているのだ。

『リーーーン』

　ハウリングする、音叉のような鳴き声！

「八咫鏡蕾だ」光から目を守り、マリーが叫んだ。「まずいぞォ、ご神体を怒らせた。さっさとシダを切り離して、こっちへ来るんだ！」

「だ、だめだ。こいつは神聖樹だ。手が出せないッ」

「おまえ、バカかァ!?　生きるか死ぬかだぞ!!」

「悪いのは俺たちじゃねえか！　そう簡単に、手が出るわきゃねえだろォーッッ！」

　ビスコが本気になりさえすれば、脱出は可能なはずだが……

　どうにもそこに根付く信仰心がその力を鈍らせた。錆喰いの力は意志の力、ひととき気持ちが萎えてしまえば、そこらへんの蟻にも勝てないとはミロの弁である。

「バカ息子……！」

マリーは意を決して弓を引き絞り、

しゅばん、しゅばんっ！　と抜群のコントロールで、八咫鏡蕾の頭上、洞穴の天井を矢で射抜いた。

ぼんっ、ぼんっ！

しゅばんっっ！　天井に咲いたギロチン・マッシュが自重とともに落下すれば、鋭い切っ先がビスコを捕えるクリスタルのシダを切り落とした。暴れたくるハイビームに照らされて、ビスコの身体がざぶんと湖水に落ちる。

「ギロチン・マッシュだ。切り落とせッ！」

「水の中はそいつの巣だ。何してる、早く上がってこい！」

（く、くそ、足を花力でやられた！）

後天性キノコ人間であるビスコに対して、進花である八咫鏡蕾の花力は覿面であったのだろう。思うように泳げないビスコへ向けて、八咫鏡蕾はシダで何やら印のようなものを結ぶ。

「どうしたビスコ！　急げ、何かやってくるぞ！」

知恵持つ神樹、八咫鏡蕾の花力が練られれば、

『リィ――――ン』

無数の鏡蕾が躍るシダに顕現し、ぎらりと凶悪な光を放つ！

「ビスコ！」

「くそッ！」

しゅごうっっ、と空気を切り裂いてシダが振りぬかれれば、クリスタルの蕾が一斉にビスコめがけて襲い掛かった。一方のビスコも、ぎらりと瞳を輝かせ、

（どのみち不死身の身体だ。受けてやるぜッッ！）

迫りくる鏡蕾の群れを睨み、覚悟を決める！

どどどどどっっ！

水面に飛び散る鮮血。するどい蕾が、食い破ったのは……

「――あ、ああっっ⁉」

「無事かい」

菌聖マリーが盾にした、その背中であった！

その外套を貫いていくつものクリスタルが肉を食い破り、どす赤い血に光っている。

「手間のかかる子だよ、全く」

「ば、ババア、おまえ何をっっ！」

「咄嗟のことでいいキノコが出なくてね。肉を盾にした」

「そういうことじゃねえだろうッッ‼」

ビスコの瞳は衝撃に震え、

平然と……いや、慈愛をたたえて己を見つめる、マリーのそれを見つめ返している。

「あんな攻撃、俺なら何発でも耐えられた!!」

「そうだねえ」

「馬鹿野郎っっ！　愛なきことが！　あんたの才じゃなかったのかッ!!」

「才のためなら子も捨てる。愛なきことがマリーの才」

　血でぬめる指が、
　優しく、ほつれたビスコの髪をなでた。

「だとすればヤキがまわったよ……」

「……!!」

『リィ――――ン』

　びかああーっ！　と光る八咫鏡蕾のハイビームが、ふたたび花力を練り上げてシダに無数のクリスタルを浮かべる。湖水に広がってゆくマリーの赤い血を見て、ビスコは……

　ぶわあっっ！　と、己の中の血が尋常ならざる意志に満ちるのを感じた。

　先の花力などまるで意に介さぬように、錆喰いの胞子が頭髪をゆらめかせ、洞穴全体を太陽の輝きで包んでゆく。

『　リイィ――――　』

「おれの。」

「俺の、」

「俺の、母さんに！！！」

マリーを背につかまらせ、引き抜いた矢がプロミネンスの尾を引く。ぼんっっ、と湖底からせりあがったキノコが足場になり、湖水から弓を引き絞るビスコの雄姿を露わにする。

『――――ンンン』

「手を出すな――――――ッッ‼」

ひゅばんっっ‼

陽光一閃！　ジャビの奥義『志紋弓』を受け継いだ錆喰い矢の一撃は、変幻自在の軌道で襲い来る蕾のすべてをたたき落とし、そのまま八咫鏡蕾の花弁の中央を貫いて、

ぼぐんっっ‼

咲き誇る錆喰いで、そのクリスタルの神樹を見事に砕き散らした。

『！！！』

花力がキノコを喰うスピードより、はるかに発芽の勢いが上回っている。もはや相性差を覆す錆喰いの威力に、神樹はハイビームを八方にのたくらせながら、

『リィイ――――ン……』

次第にその光を弱め、とうとうその活動を休止した。

「はあッ、はあッ、」

ビスコは肩で息をし、滝のような汗を流しながら……

「や、やっちまった……!!」

背信におののく！

「な、なんてことを、俺は、うわああ……」

「あ――っはっはっは！　まったく罰当たりだねこの子は。祖神の守り樹を壊しちまうとは……天罰覿面、いつかお叱りを受けるよォ」

「おまえのせいだろっっ！」

ビスコは振り返りざまに、

「……いやまて。おい、大丈夫なのか!?」

「あ〜ん？　何がだァ？」

「何がじゃねえッ！　ババア、俺をかばって、大怪我を……」

「かばった、だあ？　あ――っはっはっはっ……」

マリーを気遣う素振りを見せるも、本人に重篤な様子は全くない。いかなる菌術で治癒したものかとっくに血は止まっており、洞窟にはからからといつもの笑い声が響く。

「せっかくご神木がたくさん鏡蕾を出してくれたんだ、かわして砕いちまうのは勿体ないだろう。だからあたしの外套で受けたまでさ」

「ああっっ⁉　そ、それはっっ」

「どじゃ～ん。レア・マテリアルが大量だぞ」

マリーが外套の裾に包んで見せつけるのは、己が肉をもって食い止めた無数の鏡蕾であった。いずれにもマリーの血がついているものの、形は極めてきれいに保たれ、マニタケの素材としては申し分ない。

「鏡蕾は貴重だ、あればあっただけいい。あたしの菌術にも役立つ」

（く、くそ、なんて無信心なババアだ……怒って損した!!）

「まあそう気落ちするな、ビスコ。八咫鏡蕾はあれしきで枯れたりしない、むしろ錆喰いをゆっくり喰ってより強く育つだろう。神前に言い訳は立つ」

「うるせ――っ！　用が済んだら帰る。こんな場所二度とごめんだ！」

「おいおい、レディを連れて行ってくれよォ。血を出しすぎて、足がふらつくんだ」

「もう知らん!!」

頭から湯気でも立つかのように機嫌を損ねて、ずんずんと洞穴を戻っていくビスコを、マリーは笑いながら見送っている。そしていまひとたび、息子が咲かせた八咫鏡蕾の錆喰いを眺めて、数回、長いまつ毛を瞬かせた。

（……。）

マリーの心情は……

ドライな表情の中に押し込められ、察することはできない。息子の気配が遠ざかったのを察して、マリーが懐（ふところ）からマリンブルーのキノコを湖に投げると、

『ずわっっ』

と、湖水が渦巻いてキノコを中心に球状をとり、そこに丸く浮かんだ。

水の球体は、

『ポータブル・ライフキャプチャ・システム・スタンバイ』

中心から『ぴーッ』と赤い走査線を走らせ、倒れた八咫鏡蕾（やたのきょうらい）の輪郭をなぞる。

『…………。』

『検証（アナライズ）　ヲ　完了。』

『未捕獲植物【八咫鏡蕾（やたのきょうらい）】ト　確認。』

『推定生命力　３億９１００万ライフラ。』

『大統領　ゴハンダン　クダサイ。』

「あたしが許可する。保全しな」

『ママによる代理決定ヨシ。キャプチャ・ウェーブ　スタンバイ。』

「ここにしかいない貴重な神木だ。丁重にお迎えしなよ」

『ソフトニ　レスキュー　スル。』

球体から発せられるソフトなキャプチャ・ウェーブが、大きな神樹の身体を少しずつ吸引し

……やがて、ずるんっっ！　とその身体を吸い込みきってしまうと、

『キャプチャ完了。　ツヅケテ　キャプチャ　シマスカ？』

球体はその中央に小さく八咫鏡蕾をたたえながら、機械的な声を発する。

「あの子と話したい。あたしの言った通りにしているか？」

『大統領のプライベート　ニ八　ママ権限デモ　アクセス　「デキマセン」』

「なーにがプライベートだ。船にエロ本でも隠してるのか？　まったく……」

『他の御用件　ヲ　ドウゾ』

「もういい。引っ込みな」

『システムシャットダウン。シーユー・レイター』

ばしゃん！　と水の球体は湖の中に引っ込み、あとにはただ、何もなかったかのように灯し茸の明かりが照らすだけになった。マリーは何か考え込むように、しばし腕を組んで……

「おいババア――ッッ!!　何もたもたしてんだ。閉じ込めるぞ！」

「あっはっはっ。かまわないがァ？　断りを入れるあたり、親思いじゃないか」

「ミロが待ってる。さっさと来いっつってんだ！」

まあひとまず考え事は置いて、ビスコの焦りに付き合ってやることにした。

ひゅばっっ、と鷹のような身のこなしですぐに洞窟から出てきた母親に、

「少しハプニングはあったがァ。息子の成長が見れて楽しかった」

「ふん。相手が神聖物じゃなきゃ、苦戦なんてしない」

「あんなはずじゃなかったでちゅかァ。そりゃ、この先も楽しみだ」

「皮肉を言ってねえと死ぬ体質か、ババア！」

「あーっはっはっ。お互い様ァ」

いいようにあしらわれて、ぶすうーっっ！　と顔を膨らませる。その怒りの一方で、不思議と安堵したような、これまでにない気持ちをビスコは覚えるのだった。

## 幕間

ママ。
また泣いているの？
そんなに、なみだをこぼしたら……
ぼくが、どんどん大きくなってしまうよ。

ぼくが、ママとよぶだけでは……
ママは、わらってくれない。
ぼくがにんげんでは、ないからだろうか？
しあわせ、よろこび、かなしみ、
にんげんのそれは、みじかすぎて、ぼくには、わからない。

そうだ。
にんげんの、のぞみの力を吸えば。
ぼくにも、にんげんのこころがわかるかもしれない。

たくさんのにんげんを、けものを、自然を、幸せにすれば……
ママを幸せにする方法が、わかるかもしれない。

それならば　ぼくは　すべての生命の代表になろう。
この世の愛のすべてを　救い上げて、
かなしいものは　あらいながしてしまおう。
そうすれば……
ママはきっと笑顔で、あらたな地平を生きられる。

みそこなうな！
ぼく自身に、
いかなる愛も見返りもいらぬ。
ぼくは海。
当職は、メア大統領！
永久のいのちを一瞬に賭け、
ただ母の笑顔のみを誓うものなり!!

# 6

『賢政なれど悪徳の黒革知事。正義なれど愚政の猫柳知事！』

がやがやと観衆ひしめく、忌浜県庁前。

『忌浜に兵なきこと著しきかな。あちらが立てばこちらが立たず、これまで忌浜は痒いところに手が届かぬ政権下にあった。しかしこれからは違う！』

来る忌浜県知事選に先駆けて。

ド派手な街宣車の上、襷をかけた候補者の一人が、拡声器で大声を張り上げている。

〈大義錆びまじ〉〈富県強兵〉〈迷わず行けよ〉……

襷に書かれた達筆からも、「なかなか」のものが窺える。

『吾輩、忌肌火照、無所属！　いまこそ忌浜を愛する諸氏に、信任を問うものであ――――るっっ!!　ではいつものアレでお願いします。いくぞー！　1、2、3……』

「どぉけどけぇ――っ、阿呆ウッツ!!」

どどどどど、どがんっっ!!

『ダワ――――ツッ!?』

かわいそうに上り調子の忌肌火照候補は、急遽広場になだれ込んできたモクジンの一群に街宣車ごと跳ね飛ばされ、演説を打ち切られてしまった。

赤・青・白のストライプカラーに塗られたモクジンの肩に乗り、声を張り上げるのは、

「県知事選などもはや意味はない。おい愚民ども、注目しろ！」

京都政府の元司令、猛牛鞭（もうぎゅうべん）のゴピスである！

呼ばれた「愚民ども」の視線は、ゴピスの胸の開いたドレス……からスライドして、その手に掲げた『ＪＯＩＮ ＵＳ!!』のポスターに移っていく。

「ありゃ、噂（うわさ）の……」

「メア大統領じゃないか？」

「京都が降伏したのは本当だったのか」

「日本をキレイにしてくれるってよぉ」

ざわめく民衆に向けてモクジンたちがポスターをばらまけば、人々はためらいがちにだが、それを手に取ってゆく。

「信任しろ！　おまえたちの信任こそがメア大統領の力になる。県などという小さな自治は捨てろ！　メア大統領のワントップで日本は再生される」

（ご、ゴピス司令。ほ、本気で言ってます？）

（しょうがないだろ！　今やあたしらは奴隷だ。いいからモクジンを動かせ！）

後ろに隠れる鉛（なまり）博士に、舌打ちまじりにゴピスが返す。

「いいか！　近いうちに京都ホワイトハウスで大統領選がある！　その結果をもって日本再生は行われるのだ。忌浜県民であるお前たちも、必ず投票に……」

ゴピスの演説の一方、

「そんなこと言ったってなあ」

「こんな顔のない人、信じられないしぃ」

「給料あがんのぉ？」

「つれねが」

ぼちぼち富める忌浜県民には、どうにも求心力はいまいちなようだ。

「ええい、この阿呆ども……」

「や、やっぱり大統領本人のカリスマがないと。れ、連絡してみたらどうです？」

「こいつらメパオシャになびいたくせに、あたしじゃ不足なのか！」

ゴピスはかえるフォンのおなかに「ゲコ」と番号を入れ、

「もしもし！　大統領。いまどちらです⁉」

『秘書くんか。おおちょうどここから忌浜が見えるぞ。ヤッホー』

「忌浜県民は所得が高いせいか手ごわくて。ご助勢を……えっ、忌浜が見える⁉」

『当職いま神奈川砂漠に来ている。しかし猫が選挙権を持っているとは知らなかったな。こちらが終わりしだい行くから、まあ頑張ってくれたまえ』

「ご、ゴピス司令っ！　空を見てください、あれっ、あれ！」

鉛博士の指さす空を向き、ゴピスが『ぎょっ』と表情を固める。その様子を見て同じく民衆もそちらを向き、『ぎょっ』と一様に固まった。

「あわわ、あれは……」

「『箱舟』だっっ！」

「し、信任するしかねえ。あんなモンにかなうわけねえ！」

恐慌する民衆！　その視線の先に、繰り広げられていた光景は——

＊＊＊

『ンマ——————————————————オ』

でっぷりとだらしない、とてつもなく巨大な猫の身体が！

まるでつきたての餅のように、箱舟に吸い上げられてゆく有様であった。神奈川砂漠の鉄砂をざらざらと身体からこぼしながら、尻尾、おしり、末脚までもが、いままさに渦巻く海水に飲み込まれようというところだ。

『未捕獲超生命体、』

『【猫門】ト　確認！』

『推定生命力　のべ1000億ライフラ。』

『大統領　ゴハンダン　クダサイ。』

『………。』

『大統領　ゴハンダン　クダサイ。』

『大統領？』


『アイム、ビジー、ナウ！　状況を見てものを言え！』

「瞬火剣(またたびけん)、」

『むう！』

ぎらり、白刃(はくじん)が！

「鯉(こい)のぼりいい――ッッ!!」

「！　ジーザスッッ」

ばぎいんッッ!!　と大木のような両腕を捉え、大きくその身体(からだ)を仰(の)け反(ぞ)らせた。防御を崩された メア大統領の表情は驚愕(きょうがく)に（おそらくは）染まり、

『なんたるインパクト。これがサムライ・スラッシュ!!』

３ｍ超えの巨体をぐらりとよろめかせる。

八ッ橋羊羹、振り返る猫目に勝機を閃かせ、

「月餅！」

「ここを置いて勝機なし。合わせよ！」

「わかってるッ！　にゃん、にゃだ、びびき、すみゃう……！」

背後に妻猫の気配を感じながら、駿足で箱舟の床を蹴りぬく。

「超信矢よ、奔れ！」

「瞬火剣、奥義ッッ」

新名刀・大金鍔を振りかぶれば、その刀身に超信矢がぐるりと回り、一瞬で刃渡り7mの巨大黄金刀へと変貌させる！

『ワッ・ダ・ファ××！　待ちたまえ、当職はあくまで友好条約を……』

「黒　船　撃　滅　、」

「尊猫攘夷ですわッ！」

「「金　剛　七　支　刀────ッッ‼」」

ずばあんっっ‼

黄金刀は八ッ橋羊羹の抜群の技量によって振りぬかれ、メア大統領の潜水服を、見事に腹から両断してのけた。ばしゃあああっっ！　と夥しい海水が箱舟の上に散らばり、その中から、ずぶ濡れの一匹の猫がべちゃんと転がり出る。

「うげほっ、げへっ！　げほげほ……」

「きったねえわね。外にお吐き」

「爺！　無事か！」

「う、上様っっ‼」

海水を吐き出し、必死の顔つきで羊羹を見上げるのは、
毛をびしゃびしゃにして小さくなった、老中・柴舟その人である。

「瞬火剣が、この老いた心に触れたのがわかりもうした」

老中柴舟、その円らな瞳に涙をいっぱいにうかべて、

「ご無事でおられたかっっ。お恨み申します、この爺、どれほど上様に焦がれたことか～ッ」

「もう殿ではないが、猫摩護国の志は変わらぬ。あやつに民たちは吸われたのだな」

「！　にゃりませぬ、お逃げください。あれとやりあってはにゃりませぬッッ」

感傷に浸る場合ではないと、慌てて羊羹にすがりつく。

「あれなるは海神！　ひとたびわれら猫摩幕府が、信任せぬと撥ねつければ」

柴舟は先ごろの恐怖をまざまざと思い出し、ぶるぶると震える。

「猫門ごと民を吸い上げるこの強硬手段！　民意などとは上辺だけ、野望の悪神にありまする。

それにっ、いかに瞬火剣といえど、いまの上様は隻腕！　神を相手に、分が悪うございます
ぞ――ッッ」

「ふむ？　爺をして、己れがかなわぬと……」

「確かに奴にとってはお遊びね。いまの一撃も、まるで効いてねえのが事実だわ」

空飛ぶ箱舟の上、ぶわりとゴージャスな毛をはためかせながら、月餅は油断なく猫言を練り、超信矢をひらりひらりと遊ばせている。

「あいつはどうやら海そのもの、その体内に無数の生命をかかえている。個の心に瞬火剣でいくら干渉しても、きりがない……」

『イグザクトリー！』

ずおおっっ！　と海水がにわかに湧き上がり、切断された潜水服を巻き上げる。それはいとも簡単に断面を接着され、ふたたび、どしん！　と足音を立てて猫たちに立ちふさがった。

『そこまでわかっていながら、なぜ交渉に応じない？　そのキャット・サムライ・ブレード、まさしく無形文化遺産。我が体内で滅びを逃れることこそ、猫の文明開化である！』

「伴天連の物言いであるな」

「悪いけど！　わたくしたちは自由の獣。お誘いは遠慮するのわよ。あなたの狭苦しい鎧の中では、このファビュラス・ボディを持て余しますの」

『クレバー・セレブ！』

メア大統領はごぼごぼ泡立ち、びしり！　と月餅を指さす。

『フロリダの灼熱を思わせるダイナマイト・レディだ。どうかな、当職の秘書に？』

「ですって」

「んん⁉　だめだ。馬鹿なことを！」

「ごめんあそばせ、主人がこのように。オーッホッホッ……」

『つがいであったか。保全計画にとり、これはますます好都合（コンヴィニエント）ッ』

ずわあっっ‼　と箱舟のあちこちから海水が湧き上がり、すさまじい勢いでメア大統領に吸収されてゆく。圧縮されきったその密度はもはや、一滴一滴が鋼鉄といっても差し支えないであろう。

『国賓待遇は終わりだ。猫幕府よ、威力外交と行くぞッ』

「望むところ。猫摩国（びょうまこく）を返してもらうッ！」

『生命保全機構（メア・エンジン）！　ライフ・オーシャン・ストリィィ――ムッッ‼』

ぐわあっ！　とメアの腕から、竜巻のような海水の奔流が渦巻き、意志持つように羊羹（ようかん）に襲い掛かった。しかし閃（ひらめ）く猫の身体（からだ）、「けェッ‼」と奔（はし）る月餅（げっぺい）の超信矢（ちょうしんし）をサーフボード替わりに、羊羹（ようかん）はその上を滑ってメアに切り掛かる！

『おおッッ⁉　当職の海を足場にッッ⁉』

「瞬火剣（またたびけん）……！」

赤眼がひらめき、名刀・大金鍔（きんつば）の鈴が鳴る！

「戻り鰹（がつお）――――ッッ‼」

　ばぎいんッッ‼

　振り下ろす羊羹（ようかん）の一太刀が、ついに大統領の脳天を捉えた！　びしりと顔面に入るヒビ。大統領はぐらりとよろめき、

『ワッ・ダ・アメイジング・アタック……！』

「む！」

『しかし！』

　ずしん！　と踏みとどまった！

『片腕では必殺ならぬ。なぜなら相手が、』

（しまった！　こやつ、なんたる根性……）

『大　統　領　だからだアア――――ッッ‼　』

　ずばんっっ‼　と撃ち抜かれる掌底！　「ごばっっ」と血を噴く黒猫の身体（からだ）をひっつかみ、メアは羊羹（ようかん）を至近距離で覗（のぞ）き込む！

『その身体（からだ）が完全ならば……惜しい。しばし当職に身を任せたまえ』

（か、敵（かな）わぬ、か……）

『生命保全機構（メア・エンジン）・ラァァイフ・アベレージョンッッ‼』

「ぐおおおーっっ‼」

「あなたっっ‼」

渦巻く海水が羊羹の口の中に潜り込み、いかなる目的か、体内の生命力を撹拌してゆく！

羊羹のしなやかな猫の身体はみるみる小さくなってゆき……

「奔れ、超信矢ィッッ‼」

ばぎんっっ‼

『シイット！』

その力を吸いつくされる直前で、叩きつける月餅の超信矢によって拘束を逃れた。全霊で大統領の動きを食い止める月餅の下で、羊羹はゴホゴホとせき込む。

「な、なんてこと。あなた、身体が！」

「？　己れの身体が、にゃんだと……」

羊羹、素早く立ち上がろうとして……

つるん、とだぼだぼの着物で転ぶ。二足で立てないのだ。八代将軍の身体はいまや、かわいらしい子猫のそれへ退化している！

「にゃんだこれはっっ⁉」

『ライフ・アベレージョンの技法。生命力を吸いがてら、バランスを平均化した……年齢を犠牲に、貴職の前足を再生成したのだ』

メアは超信矢に打ち据えられた頭を振り、体内にごぼごぼと泡を立てる。その発言に驚く羊羹だが、確かに身体は退化したものの、失ったはずの腕が再生している。

「むう‼　本当だ。己れの腕が……！」

「腕はともかく、何を勝手に！　わたくしの主人を、ガキにしてくれやがりますのッッ‼」

『グッドな夫婦の形ではないか。歳の差がなんだ？』

「誰がババアわよ――っっ‼」

　奔る超信矢となんと拳で撃ち合い、どがん、どがんっ、と箱舟を砕く勢いで攻撃しつづける大統領に、月餅も防戦一方である。

「月餅‼」

「だめよ。わたくしの後ろへ隠れて！」

『満ちた攻撃だ、ぬるいぬるいッ。その程度の「渇き」では！　海は干上がらんのだッ！』

　ばぎいんっ！　メアの喉笛を狙った一撃が弾かれれば、その拳が超信矢の矢羽根をついにへし折り、空中へくるくると舞う。

「月餅、超信矢が！」

（ここまでね……！）

　月餅、何かを見切ったか。

　超信矢の矢羽根をキャッチすると、足元の羊羹にそれをしっかりと握らせた。

「超信矢のかけらよ。しっかり握って」

「⁉　お主、なにを⁉」

「この大統領はからっぽだわ。だから強いの。かならず背後に何かいる」

月餅、ひらりと髪を流し、

「あなたを赤星に導く。かならず正体を突き止めて」

「待つのだッ！　まだ刀は振れる。お前を置いてなど！」

「信じてるわ。ちゅっ」

びゅばんっっ!!

輝く矢羽根は羊羹の身体を持ち上げ、そのまま箱舟から逃がし——

「月餅——————っっ！」

はるか雲を抜け下り、地上へと運んでいった。かすむ目は、メアの豪腕が月餅に振り下ろされるのを捉え……直後に雲に呑まれ、何も見えなくなってしまった。

＊＊＊

なんたることだ!!

月餅を、自由の獣にすると誓っておきながら……

よりによって猫摩国のために、その身を犠牲にしてしまうとは。

加えて、我が身は、力なきこの子猫の有様！

八代将軍、不甲斐ない……

……喝！

見失うな、羊羹！

あの海神メアは、人間や猫にとどまらず、すべての生きとし生けるものを、その身に捕らえようというつもりに違いない。

猫と人を助けられるのは、無双のさむらい……

赤星と猫柳を措いて他になし！

うむ、己れの使命心得た。

月餅の言う通り、なんとしても、この矢羽根を赤星に……

………。

はて、落ちるのが止まらんぞ。

このままでは、大地に、

激突する！

おおっっ！　地面が！　南無三！

……うむ、まあ面白い一生ではあった。

さらば！

「菌斗雲よ——いッ！」

　ぼふんっっ！

「むぎゃおっっ！」

　宮崎県の大地に激突し、あわやぺしゃんこになる運命の黒猫を、すっとぼけた声が救った。

無邪気な言霊が中空の胞子に働きかけ、小さなキノコの雲を形作ったのである。

　羊羹はそこにぼふんと激突し、頭を菌斗雲の中にまるっと埋めてしまう。菌斗雲は子猫を突き刺したまま、すい～、と声の主の前までやってくる。

　声の主は、ばたばた暴れる羊羹の尻尾をひっつかんで、
　ずぼんっっ!!

「にゃぼっっ！」

　逆さになった羊羹の顔をのぞき込み、

「ほえ～～？？？」

　視線を合わせた。目を回している羊羹にかまわず、その子供はじろじろとその身体をながめまわして、

「ネコチャンッッ!!」

　びっくりしたような大声で、羊羹の眼を無理やりさます。

「ネコチャンだッッ。シュガー、ネコチャンはじめてみた！　ほんとに毛がいっぱいだ～～。

おっぱいが10コあるってほんと？」

「にゃっ、にゃにゃ、にゃんだあっ」

「にゃんにゃかほい。ほいッス！」

「ほいっす。ではないが。お主、何者だ？」

「シュガーはシュガーだよ」

幼児、というには大きい。背丈七歳ほどの、子供……

本人いわく「シュガー」は、摑んだ尻尾でくるりと羊羹の身体を反転し、頭についた雲の胞子をはらってやる。

「かわいいかわいいだねえ！　でもネコチャンどうして落ちてきたの？　死にたくなったの？」

「落ちてきた……はっ、そうであった！」

羊羹は咄嗟に握りしめた肉球を開いてのぞき込み、そこに光る超信矢の矢羽根を認めて、安堵にひとつ「うむ」とうなずく。

「矢羽根は無事……む、しかし、それならば何故？　この矢羽根は、赤星ビスコの超信力をめがけて飛んでいたはず」

「ネコチャン、パパのおともだちなの？」

「……にゃにっ、ぱ、パパだと！」

羊羹はびっくりした顔で、シュガーの顔をじろじろ見つめる。

「赤星が、おぬしの⁉　まさかあれに子があるとは。己れの眼も鈍ったか……」

「ちょうどよかった。ネコチャン、パパったらひどいんだよ‼」

ぎゅうっ！　と子供にあるまじき力で抱きしめられ、「にゃげぇ～っ」と苦悶のうめきをあげる羊羹にかまわず、シュガーは堰を切ったように話し始めた。

「おままごとで、がんばってお砂のお団子つくったのに、食べてくれないの。シュガーにはいつも、自分に嘘をつくな！　って言うくせに、食べたふりで逃げるんだよ‼」

「そ、それは、泥団子を喰う間抜けがどこに……」

「だからシュガー、家出してきたの。ママのしつこい算数ももうしない！　だって意味がわかんないよ、A子さんが出かけた十五分に、なんでB子さんが出かけないといけないの？　ジューイシのシンガイだと思う」

（な、な、なんとうるさい女児か）

でかい声量をマシンガンのように叩き込まれて、羊羹は目を白黒させる。一方でシュガーは両親以外のカワイイ話し相手ができてよほどうれしかったのか、よろこびいっぱいでその腕から羊羹を離そうとしない。

「わかったから離してくれ！　遊んでいる場合ではないのだ」

「ネコチャンいいにおい！　すーはーすーはー。シュガーね、ねこアレルギーなんだ～。みてみて、ぢんましん！」

「おい、聞き分けぬか！　今にもあの海神より追手が、」

背後の空をさししめす羊羹の、その先に、

「かかるやも……むっ、あれは⁉」

「むゆ⁉」

びかびかっ！　と太陽に照らされ輝く、巨大な箱舟の姿があった。猫門のある神奈川から宮崎までの距離を、いかなる原理か、一瞬で移動してきたらしい。

「箱舟だ！　転移の奇跡まで操るのかっ」

そこから、ずどん、ずどんっ！

いくつも隕石のように落ちてくる、球状の海水。それらは明らかに意志を持ち、羊羹をめがけてとびかかってきているようだ。

「いかん、見つかった。子供の敵う相手ではないぞ！」

「よかったね。シュガー、子供じゃないよ！」

「逃げろと言うのだ‼　むざむざ、若い命を――」

「菌斗雲っ！」

土を蹴って飛ぶ子供の脚が、空中に顕現した胞子の雲をつかみ……

どん、どんっ、どんっっ‼

激突する海水の隕石をすり抜けて、疾風迅雷、変幻自在の軌道で低空を飛んだ。砕き飛び散る岩や水が、ぴちぴちと二人の頬をたたく。

「何いっ。この神通力は⁉」

「ネコチャン、つかまってて。悪い人が来る！」


『着地に成功』

『シークレット・サービスを派遣します』

『スーツ・オン』


巨大な水まんじゅうがごとく、大地にぷるぷると揺れるその水隕石の中から、ビシッと決まったスーツの一群が、ざばばばばっ！　と飛び出してきた。

いずれも、海水で筋骨たくましく造形された、海の分身……

大統領お付きの、いわゆるSPたちである。SPたちはそれぞれネクタイを直しながら、じつに数十体でずらりとシュガーを取り囲んでいる。

『箱舟へ、こちらSP1。黒猫を捕捉した』

口元のインカムに話しかける。しかしそのクールな佇まいとは裏腹に、SPたちの間にはざわざわと動揺が見て取れる。

『あの子供はなんだ？』

『事前情報にない。民間人だろう』

『地面から浮いているようだが……』

『見間違いだ。おい、ＳＰ８、猫を引きはがせ』

『こんにちは、リトル・レディ』

　ＳＰ８は海水の顔をマット・デイモン似のハンサム・ガイに作り替え、きらりと歯をのぞかせてシュガーに笑いかけた。

『うちの飼い猫が迷惑をかけたね。こちらへ渡してくれるかな？』

「やだ！　ネコチャンはシュガーのだよ！」

『困ったな。ほらキャンディをあげよう。これと交換でどうかな？』

「ネコチャンはだめだけど……」

　シュガーはハンサム・ガイの好意を無下にできずに……ところがぱっと閃いて、

「でもキャンディはもらってあげるね！」

『（マジかよみたいな顔）』

『『『オー、プリーズ！　ワーッハハハ（アメリカン・コメディ）』』』

『ワハハハ――ふざけやがって、フルハウスはここまでだ』

　痺れをきらしたハンサム・ガイは急にスマイルをやめ、

「うゆわっ!?」

「やめろ、シュガーに触れるな……ぐわっ！」

ぶわぁっ、と膨れ上がって、その海水の体内にシュガーと羊羹(ようかん)を呑(の)み込んでしまった。反応する暇もない、まるでクリオネの捕食がごとき早業である。

『箱舟へ、こちらSP1』

事態の収拾を見て取って、リーダーであるSP1がインカムに呼びかける。

『猫を確保。イレギュラーも捕獲したが、こちらも合わせて――』

『ま、待て、SP1！』

『なんだSP3。報告中だぞ』

『あれを見ろっっ！　なんてことだ、SP8が……！』

SP1が怪訝(けげん)そうに顔を向ける、その先には。

ずごごごっ！　とすさまじい音、SP8の体内から、シュガーが思い切りその海水を吸い上げ、己の身体(からだ)の中に収めているのである!!

『ワッ・ダ・ヘル!?』

『うわ――!!　なんだこのガキは!?　助けてくれ――っっ』

自分が吸うことはあっても吸われる経験はなかったに違いない。SP8の驚愕(きょうがく)の叫びはどんどん小さくなり、ずごごご！　と吸い続けるシュガーの口の中にちゅぽんと収まると、とうとう聞こえなくなってしまった。

「げっぷ」

「な、なんたる神業か！」

驚いたのは羊羹（ようかん）も同様だ。シュガーの腕に抱かれながら、猫目（ねこめ）をまんまるに見開いている。

「しかしあれだけの海水を一息に……。人の身ではもたぬぞ！」

「シュガー、きのこだもん」

『聞いたか、SP1！』

『うむ。あれこそ大統領ご執心の究極菌生命（ミラクル・スポア・キッド）、超キノコ人間に違いあるまい』

SPたちは一斉に油断なくかまえ、認識を改める。

『現場判断でミッションを変更。あの子供を最優先で捕獲しろ！』

『スクラムでいくぞ！　セット！』

『ハット、』

『ハット、』

「むっ。連中、結合して突っ込んでくるぞ」

「しょっぱいし、もう飲むのやだな～」

『ゴーッッ‼』

SPたちはスクラムを組み、巨大な局地的津波となって突っ込んでくる。シュガーはくるり

と首に羊羹を巻くと、

「うふーん、パリコレ～！」

「ふうーむ。首巻きにされた将軍も他に居まい」

優雅なポーズを一転、可愛らしい顔に父譲りの獰猛な牙をむき、

「来ぉぉ――――いッ、大菌棍ッッ!!」

一声叫んで腕を振り上げれば、どがあんっっ!! と岩盤をへし割り、金色に輝くキノコの棍が大津波を蹴散らした。津波はふたたびそれぞれのスーツに分かれて、『うおお――っ』と叫びながら八方へ飛び散ってゆく。

天空に伸びた大菌棍は、そのままシュガーの手にしゅるしゅると呼ばれ、圧縮されて、大きさ実に１ｍ半の長棒としてその手に収まった。

（……うむ、こやつまさしく赤星の血族！）

弩級の奇跡を目の当たりにし、羊羹の眼光も侍のそれへと変わる！

『あの子供、武器を！』

『スクラムでは不利だ』

「分散戦術で来る」マフラーと化した羊羹が、将軍の見地から危機を脱する策を練る。「されば手勢を用意し、将への道を作るが定石だが……」

「おともだちを呼ぶの？」

「心当たりがあるか？」

「シュガーに、おまかせあれっ！」

シュガーは得意げに大菌棍をくるくると回して、自分の赤い髪を舞い上げると、うち数本をぷちぷちと引き抜き、それをふうーっ！　と吹いた。

息から虹色の胞子が舞い上がって、髪の毛にからみつけば……

ぽん、ぽん、ぽん、ぽん、ぽんぽんっ！

「ずっど――ん！」

「ほいほいっ」

「オギャバブ」

「⁉　こ、こやつらは‼」

羊羹が驚くのも無理はない。シュガーの髪から顕現したのは、かつて猫摩の国を混乱の坩堝に陥れた、鬼ノ子たちだったのである！

「はいはい、みんな、せいれーつ！」

「ピッピッ」

「せのじゅん」

「は？」

「うるさい順だぞ」

「「「わぎゃわぎゃ――っ」」」

「しずかに――っ！　みんな出番だよ。悪い子たちをやっつけてっ！」

シュガーの指さすほうから、ずるずると地面を這うように、無数の海スーツたちが接近してくる。

鬼ノ子たちはお互いを見回して、

「つよそうなんだが？」

「マッチョだぞ」

「おれもだぞ」

「めたぼ」

「一等の手柄を立てたものには、八ッ橋将軍家よりかならず褒美があろう」羊羹がうまいこと口を回し、鬼ノ子を乗せる。「次第によって、百万石の億万長者ぞ！」

「「「ずっど――――ん‼」」」

なんとも単純なこと。羊羹の号令に合わせて鬼ノ子たちはいっせいに片腕を振り上げ、わらわらとSPたちに立ち向かってゆく。

『な、なんだ、こいつらは⁉』

『スモウだ。オオゼキだ』

『SP1、こいつらも捕獲対象なのか……うわあっ、なんて力だ⁉』

『落ち着くんだ！　一匹一匹は鈍重な生き物だ。冷静に対処すれば——』

「だい　きん　こぉぉ————んッッ！」

ずわんっっ!!

直上からの大菌棍がSP1に振り下ろされ、その身体をべしゃりとひしゃげさせた。SP1はずるりと液状化してかろうじて必殺を免れ、開けた岩の上に飛び退る。

『一対一というわけか、リトル・レディ！　だが、他のSPと私は一味違うぞ』

「シュガー！　手先とはいえ相手は海。叩くだけでは必殺ならぬぞ！」

「むーん！　どうすればいいの？」

『ばかめ。いかなる奇跡も、液体相手に通るものか！』

SP1はそう言い放ち、己の身体を巨大な水のメイスへ変化させて、ばがん、ばがんっ！と遠慮なしにたたきつけてきた。岩が割れ飛び散る破片をかわす菌斗雲だが、攻撃を意識しながらではコントロールも難しい。

「だいきんこん、え——いっ！」

ぶうん、びしゃあっ！

『ははは！　可愛いレディだが、しつけがなっていないな！』

「むーん！　ネコチャンのいうとおりだ。大菌棍がきかない！」

「かつて、猫摩に伝わる伝説では、」

羊羹はSP1の動きを見定めながら、なんとか糸口を摑もうと言葉を続ける。

「猫照大神が海神の悪行に怒り、太陽の光でその水を干上がらせたとか。……いやいや、ばかな。こんな時に神頼みなど、己れらしくない……」

「おひさま……？　そうかっ‼」

ばがんっ！　と打ち付けられるSP1をかわし、シュガーの顔が、ぎらりと父の獰猛な笑いを取り戻す。

「シュガーおぬし、なにを⁉」

「育てっ、大　菌　棍　――――――ッッ‼」

ぶんぶんぶんぶんっっ‼　と極めて器用に、高速で回転する大菌棍へ、さらに虹色の胞子がからみついてゆく。それは大菌棍の先端を、まばゆい光で包み込んで……

「顕現ッ！」

びしィッ！

「大菌棍・太陽ッッ‼」

「おおっっ‼　このまばゆい輝きはッ」

羊羹、大菌根の切っ先に顕現した輝く球体を見つめて、

「まさしく日の出。極小の太陽そのものが、シュガーの大菌棍に実体化したのか！」

『んなアンビリバブルな話が、』

二人に影を落として躍り上がる、巨大な海水のメイス！

『あってたまるかあ――――ッッ‼』

「いくよ、ネコチャン！」

「うむ！」

シュガーは避けなかった。菌斗雲を降りて大地に立ち、振り下ろされるメイスに向かって、大菌棍の輝く先端を、思い切り突き上げた！

「必っっっ殺ッッッ、大菌棍！」

「「大　煙　幕――――――ッッッ‼」」

じゅうっっっ。

じゅわあああっっっ‼

『う、うお、うおおおお――――――っっ⁉⁉』

ＳＰ１の驚きは想像に難くない。

大統領に授かったはずの無敵の身体が、子供の放つ太陽の奇跡で、すごいスピードで蒸発してゆくのだ。

大菌棍・大煙幕とは名前どおり。ぼこぼことＳＰ１の身体中が泡立てば、おびただしい煙が空へ昇り、スーツもネクタイも消し炭になってゆく。

『ば、ばかな。乾いてゆく。蒸発してゆく！　無敵のはずの、海の力が――っ⁉』

「あふれる知恵にふるえたか！　ママが理科で言ってたの。水は、熱で蒸発する！」

「お主、知恵で勝ったつもりなのか。これで？」

「シュガー、学校出てますのでっ」

ばちーん！　と決まるシュガーのウインクに、

（ママ。なるほど。こやつの母は……）

羊羹は猫柳ミロ（の悪い部分）の面影をみてとって、半笑いで首を振った。

『うわ――っ。なんてことだ、なんてことだっ』

すっかり蒸発して小さくなったSP1は、危ないところで大菌棍をのがれ、10cmほどの小さな身体でコロコロと逃げてゆく。

『大統領に報告だ。みんな退け、退け――――っっ』

『とんでもない国だ』

『はなせ、スモウどもっっ』

SP1の号令で、鬼ノ子に手を焼いていた他のSPたちも、それこそ波が引くように引き上げてゆく。鬼ノ子たちは、

「勝ったぞ」

「は？」

「おれだし」

「どすこい」

「ずっどーん！」

好き勝手なことを言い終わると、ぽんぽんぽんっ！　とその身体を胞子にもどして、主のシュガーの身体の中へ吸い込まれていった。

『ファ×ク・オフ！　あのガキめ、手向かいやがって。保全などさせてなるものか。大統領に密告して……』

毒づくSP1の上に、覆いかぶさる影……

『……ああっ、あなたは！　お気を付けください、あのガキは脅威──』

べしゃっっ‼

SP1の言葉は、踏みつけられる靴の裏で途切れてしまった。地面にしみこんで逃げてゆく海水を、翡翠色のさめた瞳が見送っている。

「ばぁばだ‼　ばぁば──っ！　こっちだよ！」

「こぉらシュガー！　マリーおねえさん、と呼びなァーっ」

笑い声。クリムゾン・レッドの髪を風になびかせて……

赤星マリーが弓を手に、苔を踏んで静かに歩み寄ってくる。

「まったく菌斗雲で好き勝手飛んでぇ。探す身にもなってごらんよォ」

「ばあば、ということは……」

「パパのママ。すごいんだよ、キノコの胞子をまるで自分みたいに操っちゃうの！」

（おぬしもでは……）

「パパは反省してたよ。さあ、あたしと帰ろう」

　マリーはつかつかとブーツを鳴らして歩み、シュガーの前まで来て顔を覗き込む。

「おや。新しいお友達かい？」

「ネコチャン！」

「…………。」

　羊羹、マリーの精悍な顔を下から見上げ、

わずかに、鼻をぴくりと鳴らす。手の中の超信矢の矢羽根が、冷たくぶるりと震えるのを、羊羹は感じ取った。

「そうかい。随分なついているようだ……連れて帰ろうねえ」

「ウン！　えへへ……」

「さあおいで。菌斗雲はまだ危ない。あたしと歩いて……」

　しゅばんっっ！

　猫の爪がひらめき、差し出されたマリーの手を払う。子猫の身体に似つかわぬスピード。驚くシュガーの身体を咥えて、しゅばり！　と羊羹は後ろへ飛びのき、マリーと距離を開けた。

「ね、ネコチャン⁉」

「猫の鼻を舐めるな」

その鋭い顔は、若きサムライの魂を蘇らせたか。太刀がなければ爪でとばかりに、シュガーをかばってその前に四つ足で立ち、低くうなる。

「いま、己れの瞬火がおまえの心に触れた。先代将軍・落雁と同じ温度。孫を見守る笑顔の奥に、邪なる値踏みの冷たさなり！」

「ネコチャン、急にどうしちゃったの？」

「ずいぶん賢しい猫だねえ。シュガー、いたずらでもしたのかい？」

「野望あるなら為すのもよかろう。しかし、子や孫を策謀の駒とする卑しき所業、それだけは許せぬ。この羊羹の目の前で！　二度とは繰り返させんぞッ‼」

ぶわっ！　と、風が……

森林の中を駆け抜け、羊羹の毛並みと、マリーの赤髪を揺らした。

「ね、ネコチャン……」

シュガーはその出自により、先天的に真実を悟る素養を秘めている。

ゆえに動けぬ。

いまの一幕に、自分の中で狂ったように回る精神のコンパスに狼狽して、なかばすがるように、赤星マリーの顔を見やった。

マリーは……

しばらく不自然なほどに表情なく、眼前の黒猫を見つめていて、

不意に孫娘の視線に気づき、

にこり、

と笑った。

＊＊＊

「真言志紋弓(しんごんしもんきゅう)ゥゥ――――ッッ!!」

「一矢(いっし)千撃ッッ!!」

ずばうっっ!!

ミロとビスコの集中により練り上げられた真言志紋弓(しんごんしもんきゅう)は、甲板で踏ん張る二人の靴跡を長く引く勢いで放たれ、大きなカーブを描いて箱舟の横っ腹に、

ずどんっっ!!

と突き刺さり、反対側から貫き出た。さらに志紋弓(しもんきゅう)は空の反対側で折り返し、

ふたたび、ずどんっっ!!

『オ――――ッッ、マイ、ガッッ!?』

穴だらけになってゆく箱舟から、もうもうと昇る黒煙！

『やめないか――!!　箱舟になんてことを……ええい、どかないか！』

「にゃご――っ！　この柴舟、赤星たちの邪魔はさせにゅぞ！」

「おん、にゃだ、びびき、すみゃう……！」

ぎりぎりと締め上げる黄金の鎖が、メア大統領をがんじがらめにし、動くことを許さない。念を込める月餅の呪力が、海水になって逃げようとする動きを封じ込めているのだ。

「瞬火剣・白鯨縛りぃぃ――っ！」

一方で、その鎖鎌を握るのは、老中・柴舟の、矍鑠たる足腰である！

「老いたりとて瞬火剣士が一人。この柴舟をあにゃどるでないわ！」

「歳のわりには動けるのね。癪だけど助けられたわ」

「惚れてはにゃりませんぞ。上様に申し訳が立たぬ」

「このバカ、これで老中ですの？」

『ファッキン・ブシドー!!　何が和の心だ、４on１で恥ずかしくないのか。ＳＰ!!　なにしてる、猫どもをなんとかしろ！』

「手勢ならあんたが主人に割いたのよ。もうお忘れかしら？」

『グムム……』

「大統領、あなたは無敵だ。僕たちじゃ、今のところあなたにダメージを与えられません」

真言の錆をきらきら空中に躍らせながら、ミロがシリウスの瞳で、ふんじばられたメア大統領を睨み見下ろす。

「でも目的が分かれば交渉はできる。メア大統領、心の準備を」

『弾劾裁判のつもりかね？　なら弁護士が先だな』

「ビスコ」

「あい」

『まさか。待て待て待てっ』

ずどんっっ!!　ばがあんっ!!

『オ――ッ、ファ×ク!!　ディスイズクレイジ――ッッ！』

「これは拷訊です、大統領」

ミロの冷たい言葉が、ぎぎぎぎ、と震えるメア大統領に圧し掛かる。

「アクタガワや、猫たち。そしてすべての日本生命体を返還してください。そうでなければ、ビスコの矢が強制的にそれを執行します！」

『ばかな、聞き分けたまえ!!　汚染されきった日本の土に、文明に未来はない。一度すべてを洗い流し、新たな地平で生きようという、希望に満ちたこのプランを。諸君はなぜ否定するのだ!?』

「今の世界が好きだからだ、バカ野郎」

真言弓の維持に気をとられながらも、横顔でビスコが言う。

「師匠や、ライバルたちの骨が埋まった土だぞ。不幸だの汚れてるだの、外野が好き勝手言いやがる。過去からつながる運命の縁を、許可なく洗い流されてたまるかァッ！」

『…………。』

「大統領、まずはアクタガワを。身体(からだ)から出してください」

『……彼も当職の中が居心地がいいと言っていてね。説得してみるが、彼も頑固で……』

「ビスコ」

『わァッわかったわかったツッ!!　ホーリーシット。こんな屈辱』

とうとう箱舟最高権威は交渉(ネゴシエイト)に屈し、身体(からだ)をぼこぼこと泡立てる。油断なく鎖を締め付ける羊羹(ようかん)の目の前で、大統領がフェイスカバーを開けると……

ごぼぉっ！　とこぼれる海水の中から、オレンジに輝く大鋏(ばさみ)が飛び出してきた。

「アクタガワ！」

「おい、早く出せ!!」

喜ぶ少年たちの背後で、

「吸うのは慣れていても吐くのははじめてのはずさ。勘弁してやりなァ」

しっとりと冷たい声が、ビスコのうなじを撫(な)でた。

「……ババア！」

「お義母(かあ)さんっっ！」

箱舟の甲板、風に真紅の髪を流す、赤星マリーである。

「見てくれ！　俺たちの知恵の勝利だぜ。これでアクタガワを――」

ひゅんっっ、
母に手柄を示す息子の頬を、切れ味するどい風がかすめ、
ずばんっっ!!

「!?　ぐばっっ!!」

「「「ああっっ!?」」」

その鏃が、黄金鎖を引く柴舟の肩口に突き刺さった。老チンチラの身体はその威力にぐわりと浮き、舟べりに強かに叩きつけられる。

「シバフネっっ!!」

「じじい!?」「柴舟さまっっ!!」

『メイク・ジ・ア――――ス』

瞬火剣・白鯨縛りがひとたび緩めば、

『グレイト・アゲインッッ!!』

ばがあんっっ!!　叩きつける大統領の拳が甲板を砕き散らし、防御ならず浮き上がった月餅の身体をひっつかむ。

「月餅さん！」

「やめろ――――ッッ！」

ずばんっっ！

ビスコが射抜く矢は潜水服を通り抜けるばかり。

「きゃ――――っ!!　おんどりゃボケ、腹こわすのわよ――――っっ!!」

『ノープロブレム。当職は悪食なのだ』

伸ばす猫の手もむなしく、ちゅるん！　と……

月餅は大統領の顔に飲み込まれ、飛び出しかけていたアクタガワも、再度ちゅるりと海の中におさまってしまう。

「うう。上、様……」

『オールド・キャット、忠心みごと。新たな世界でまた会おう』

ずごお――っっ、と吸い上げる海水のハリケーンで、もはや抵抗力を持たぬ柴舟も同じく、その顔の中に吸い込まれてしまった。

じつに、
ものの五秒の間の出来事である。

「……弓聖ジャビの残した奥義、志紋弓……」

しっとりと――

しずかな声が、慟哭する二人とまた自分自身へ語り掛けた。

「胞子を啓蒙して現実を誤認させ、矢の飛び方を捻じ曲げたのか。……あのジジイのロマンチストぶりには恐れ入った。リアリストのあたしでは、届かぬ技だ」

「ババア、てめえぇッ、どういうことだァッッ!!」

「動くなッッ!!」

一喝が、影縫いのように少年たちの足を食い止める。そのマリーの背後から、ふわりと現れた二つの水泡の中には……

『ママ――――ッッ!!』

「シュガ――ッッ!!」

そこに捕らわれた愛娘・シュガーが、切望を両目いっぱいに溜めてミロに叫んでいた。泡の膜はまるでゴムのように破れる気配なく、必死に引っ掻くシュガーの爪をものともしない。

『赤星っ！　この女には敵わん！』

羊羹も必死にシュガーを抑えながら、眼前のビスコに危機を訴える。

『お前以上に、猫智を越えたキノコの技を持っている。増して背後に海神あれば敗北は必定！　ここは我らを捨て逃げ、他のにんげんに助力を乞うのだ！』

「逃げられるかはともかく、猫の言う通りさ」

戦慄く二人の少年の前で、マリーは凍てついた声を放つ。

「あたしがひとつ指を鳴らせばこのシャボンダケは圧縮されて、この子たちはまとめてミンチだ。当然、孫の命が惜しいお前たちは——」

『攻撃を止め、おとなしく当職に保全されるほかないわけだ。パーフェクト‼』

「メア。うるさい奴は免職だよ」

『ソーリーマム』

「なんでだ。最初から、最初からッッ‼」

ビスコの慟哭が怒声となって、箱舟全体を震わせる。

「これがお前の計画だったのか。ぜんぶ計算づくだったのか！　俺達に、シュガーに見せた笑顔は、嘘だったのかよッッ‼」

「『愛なきことがあたしの才』。でも……」

わずかに。

マリーの声が震え、温度を持つ。

「おまえを産んではじめて、あたしは自分の才を呪った」

「……っっ‼」

「『才覚』を選んだあたしは、繰り返す修羅道のなかばで……血塗れの両手を見て身悶えした。そして問いかけた……あのときもし、『母』を選んでいたら？」

「勝手なっっ‼」

「ミロ、危ない、下がれ‼」

「その飢えた涙を吸ってメアは膨れ、育ち、あたしの深層心理の代行者となった。そしていま、母親らしいことをするチャンスをくれたんだ」

「それが、この保全計画だって言うんですかっっ!!」

ミロの怒りを孕んだ叫びに、マリーの髪が舞い上がる。メア大統領が警戒して戦闘態勢を取るのを、マリーの視線が厳しく制する。

「母親らしいこと、だって……!?　日本を洗い流して、過去を断ち切ってまで！　僕らをどこへ連れていく気なんです!?」

「……。」

『菌聖マリーが才覚の果てに辿り着いた、大陸生命誕の菌法！』

口を結ぶマリーに業を煮やしたように、メア大統領が声を張る。

『それは北海道同様、偉大なるキノコの力を以って、己を大陸生命へと変えるもの……』

「何だてめえは！　口挟んでくんじゃねェッ!!」

『まだわからんか!!　諸君が住むのはママ自身だ。赤星マリーは己の身体を菌床とし、新たな日本列島になる覚悟なのだッ!!』

ぐわあっ、と煮え立つようなメアの咆哮！　驚くビスコの一方、ミロはマリーから視線を外さず、マリーもメアの勇み足に小さく舌打ちをする。

「ババアが……に……日本列島になるだとォッ」

『菌聖の力を持った新たな大地！　そこは錆のみならず、一切の侵略を排除できる楽園だ。母なる大地そのものとなれば、ママも二度と諸君らから離れることはない』

「黙りな、メア……」

『永遠にそばで息子たちを守れるッッ!!』

「喋りすぎだッ、黙れメア!!」

「独善的すぎるっ!!　独り勝手に覚悟を決めないでよ。新しい世界なんて必要ない。ビスコを幸せにしたいなら、ただ一緒にいればよかった！」

「おまえも黙りな。赤星家のことに口出すな」

「大きすぎる愛情を無理やり押し付けたって、何も取り戻せやしない。コミュニケーションになってない！　エゴそのものじゃないかっ！」

「──お義母様にずばずば言うじゃねえかよォ、ガキィ」

ぎらり！　マリーの殺意が、ぎらりとミロを射抜く。同時にそれは菌聖に生まれた精神の隙であり、ミロは一瞬の視線移動でビスコにサインを出している。

「はじめからそのツラが気に喰わなかった。この子を、自分のものみたいに──!!」

（ミロ、いまだ！）

（うんッ！）

しゅぱんっっ！　ビスコの意志で雲の間から飛んでくる志紋弓の矢を、ばしりとミロの手が

摑む。真言の色に輝くその矢を振りかざし、

「won / shandaleber / baller / snew!!」

ずばあんっっ！

箱舟の甲板に突き立てれば、矢を通して伝わるミロの真言が、突き出す無数の錆の槍で箱舟中を貫いた。

「っ!?　ちぃッ」

『オ——ッツマイガッッ!!　な、な、なんてことをっっ』

空に散らばる木材、響くアラート!!


『アラート！　クリティカル・ダメージ』

『箱舟　損壊率　23%』

『コノママデスト　生命　ヲ　保全　デキマセン』

『落下シマス』

『至急　修理　サレタシ』


「あたしとしたことが。メア、機関室へ急げ。予備浮力に切り替えな！」

『アイ・マム！』

「ビスコ、シュガーを！」

「うらあっ‼」

ビスコは咄嗟に飛んでシュガーの入ったシャボンダケを奪い、それと入れ替わりに、抜き放ったミロの短刀がマリーに振り下ろされる。

「でやあ────ッッ‼」

「ガキの太刀筋ィッ」

ばきぃんッッ！　と弾かれるミロの短刀。マリーの朱塗りの短刀は、返す刀をミロに切りつけ、すぱんっっ！　と寸前でその前髪を切り飛ばす。

「エゴと言ったね。そうさ。あらゆるエゴを、あたしの才は通してきたッッ‼」

（……こ、このスピード、パワー！　だめだ、真言の武器でないとっ！）

「弱いなら親の言うことを聞け！　撥ねのけてから我を通せ。てめえらの幸せは、あたしによってッ！　導かれるんだアア────ッッ‼」

「won! / ul /viviki...」

「おそいッッ！」

ぎぃんっ、ずばんっっ‼

ひらめきかけた真言のキューブを、斬り上げるマリーの短刀が断ち切った。「ああっっ！」と驚愕するミロの体の内にすべりこめば、ごづんっっ‼　とその鳩尾に、無慈悲な肘が強か

に突き刺さった。

「ごばぁっっ……！」

「ぬるいんだ、ガキが……！」

（強、い……）

マリーの対キノコ守り戦法。

これは完璧だった。ミロの信じる力が無敵なら、それを育てる隙を与えなければよい。ミロは遠くなってゆく意識を自覚しながら、

「だめ、だ、マリーさん。わかりあわなきゃ……」

「……。」

「いまからだって。おそく、なんか……」

後方に倒れ――

どさり、とその身体をマリーに受け止められた。

マリーの細い指が……

ミロの前髪を、優しくなでる。

「…………。」

「礼を言わなきゃいけない相手を、」

「殴っちまった。」

「………。」

「……あたしのかわりに、ビスコと、」

「幸せになってくれ、ミロ……」

マリーは気を失ったミロの顔をしばらく見つめ、アラートの中、ゆっくりと振り返る。

『パパ――!!』

「くそッ。短刀が通らねえ……そうだ!!」

刃をぶよぶよと跳ね返すシャボンダケに、ビスコは閃いたようにアンプルサックを漁って、シュガーの子育てに使う『霊泡』のアンプルを引き抜く。

それを注射すれば、ばしゃん!

「ぷはっっ!」

「シュガー!」

「パパ――ツッ!!」

泡が割れ、そこから泣きじゃくる我が子がビスコの胸に飛び込んできた。羊羹も濡れみずくの身体をぶるると振り払い、一瞬でモコモコの手触りを取り戻す。

「いかぬ、赤星! ここで我らを解き放ったとて、あの二人相手に……!」

「シュガー。よく聞くんだ」

鋭く澄んだビスコの声に、羊羹はハッと退く。その目の前で、親子の四つの瞳が見つめ合い、強く共鳴して輝いた。

「俺たちの時代は、強くなければ幸せになれなかった。打ち倒さなければわかりあえなかった。でも、お前は違う。戦ってもいい、戦わなくてもいい。誰とわかりあって、誰を幸せにしてもかまわない」

「パパ……なにを、何の話をしてるの？」

「おまえが、神になろうと。

悪魔になろうと、
パパとママはお前を信じてる。

感じたままにするんだ、シュガー。

百億のだれかの言葉より、おまえの一瞬が正しい」

「……パパ………。」

（………。）

（おまえ、なんて……）

（澄んだ瞳をするんだ、シュガー……。）

　ビスコは、言葉なくただ自分を見つめる娘としばし顔を合わせて、その首をぎゅっと抱きしめた。目を閉じれば、小さな鼓動が大きく脈打つのが、己が心臓に伝わる。

「………ヨーカン、矢羽根を！」

「おぬし、なぜそれを⁉」

　ビスコが超信矢の矢羽根を握れば、乾いたはずのそれはふたたび超信力を充填し、輝きを取り戻す。ビスコはそれを羊羹に返しながら、

「娘を頼む」

「ばかを言うな！　刀を貸せ。己れも戦う！」

「シュガーは強い。でもまだ生まれたばかりだ。心が震えすぎたら世界が壊れちまう……瞬火剣のあんたで良かった。安心して託せる」

「赤星……‼」

「シュガー！　いつもネコチャンをどうしてるんだ？」

「！　あのね、えへへっ」

　シュガーは父の言葉に応えてくるりと羊羹を首に巻き、得意げにポーズを決めてみせた。

「みて！　パリコレ〜〜」

「マフラー扱いするにゃっっ！」

「西遊記、読んでやったよな。しばらくは悟空と同じ我慢のときだ。でも俺には見える。鉄棍(てっこん)の三蔵法師が、かならずお前を解き放つ！」

ビスコはにやりと笑い、大きく娘の身体(からだ)を持ち上げて、

「シュガー！『三蔵法師(あいつ)』の言うこと、よく聞くんだぜッ！」

ぶうんっっ！

甲板から空に向かってぶん投げた。羊羹(ようかん)に輝く矢羽根が、二人の行く先を照らすように明るく輝いている。

「そんな……やだ、パパ、パパ――――ッッ!!」

「赤星(あかぼし)――――っ！　心得たぞ。娘の心、己(お)れの瞬火(またたび)で守ってみせる!!」

手を伸ばすシュガーが、どんどんと雲の向こうへ隠れていってしまう。

ビスコは笑いながらそれを見送って……

「さあて」

ごきり、と首を鳴らし、背後のマリーを向き直った。

「親子の触れ合いを待っててくれるとは。随分お優しいじゃねえか、ええッ？」

「……どのみち時間はあるんだ。安心しな、シュガーも、パウーも連れていく」

マリーは、

「つらい思いを、させた」

すでに弓に矢をつがえている。風が二人の髪を撫で、空に二筋の赤い尾を引いた。

「でも、もういいんだ。呪われた過去など洗い流してやる。あたしを踏んで平和な未来を生きろ、ビスコ。菌聖の才覚全てを以って……お前の幸せを全うさせてやる」

「つらい、思いだあ？」

「……。」

「心当たりがねえな。洗い流したいのは、あんたの過去じゃないのか？」

「……！」

ずらり、と弓を引き抜くビスコ。

「運命も愛も命も、時間によってつながっているんだ。洗い流すことはできないし、する必要がない。俺は人生の一瞬たりとも呪ったことはない」

「強がりをォ……！」

「そう思うか。俺を見てみろ、ババア！」

言い放つビスコの瞳へ、マリーが目を合わせる。

ぶつかり合う翡翠の光の中に、自分自身の姿。その輝きは、マリーの思う悔恨の息子像、孤独の飢えや渇きと無縁の、無限の生命力を迸らせている。

「ぐうっっ……」

「てめーがどう思おうが俺は日の照る道に居る。そうなるように生きてきた！　誰かに幸福を差し込まれる隙など、ないッッ‼」

びりぃっ‼　と喝がマリーの髪を舞い上げる。

マリーはすでに決然と己を築き上げた息子の、その強烈な哲学に仰け反って……

しかしなお萎えなかった‼　マリーも赤星の血族、歯嚙みした口にぎらりと犬歯をむき出しにして、挑戦者の気概を取り戻す！

「……くひひひひッ。そうかよ。それなら、それで……」

「言われてどうする。引き下がるか、ババア‼」

「こじ開けてやるさ。風穴開けてェッ、そこにあたしをねじ込んでやるッ！」

「上ォォ等だアッ」

ぎらり、と、
二人の牙が光り、お互いに獰猛な笑いをぶつけあった！

「親子の！」

「「キャッチ・ボールといくかアッ‼」」

ずばんっっ！

ずばん、ずばんっっ！

人間の目に留まる速度ではない。お互いから放たれる神速の矢は、まったく対角線上からその鏃をぶつけ合い、どかんどかんっ、と二人の間でキノコを咲かせる。

今のビスコに対して……

正面から撃ち合うことができるのは、ジャビ亡き今このマリーを措いて他にあるまい。

しかし、

（クソッ……このガキ、なんてパワーなんだッ！）

「俺の親孝行を喰らえエッッ」

ぼぐんっっ！

スピード、技量は互角、しかし膂力においてやはりビスコが勝った。鏃同士が嚙み合えばわずかにビスコが勝つ。徐々に押され、ラインを下げられるマリーは、

（負けるわけに、）

ぎらりと翡翠の眼を光らせ、乾坤一擲の賭けに出る！

（いかないんだ。あたしは、この子にッ！）

こぉおおっ、と深い呼吸から、

「顕現、」

「！　何イッ」

「霊雹弓ッッ‼」

体内から月の胞子を放ち、自分の弓をそれで覆うと、銀色に輝く月の弓を顕現させた。

（このババア、一人で霊雹弓が撃てるのか！）

「年の功だッッ。観念しなアア――ッッ‼」

「抜かせェ」

ビスコもそれに呼応し、ずわっ！　と、錆喰いのプロミネンスを燃え上がらせる！

「こっちが先に食い破ってやるッッ‼」

「「喰らえぇぇ――ッッ‼」」

ずばんっっっ、ぼぐんっっっ‼

箱舟の中央で、太陽と月のキノコがぶつかり合い、巨大な衝撃で二人を揺らした。胞子の舞い散る中、すかさず次の矢を番える、達人同士のその動き……

（ぐ、う！）

一瞬、マリーが遅れた！

単身での霊雹弓の一撃、それが果たしてキノコ守りにどれほどの負担を強いるものか想像に難くない。ビスコはその一瞬に完全なる勝機を見出し、

「ここだア――ッッ‼」

引き絞る矢を、マリーの、母の身体へ向け、

その、

ただ、切々と、祈るような表情と目を合わせてしまう。

(…………ッ!)

——この、000コンマの世界で、一瞬でも精神に後れをとること。

それはつまり——

「愛なきことがあたしの才。そして、愛深きことがおまえの才。」

「おまえは愛によってこれまでを勝ち取り、」

「そして、」

「今、愛によって、負ける……。」

ずばんっっ!

閃光(せんこう)がお互いを貫いた。

『クリティカル・ダメージ』

『箱舟　八　不時着　シマス』

『衝撃二　ソナエテ　クダサイ』

箱舟は大きく黒煙を上げ、ゆらゆらと斜めに傾き……

そのまま高い山脈の向こうへ消え、ず、どおおん！　と日本中に響く轟音（ごうおん）を立てた。

# 幕間2

お〜〜い、マリー！

ぜえぜえ。

なんじゃ、一言も言わずに行くつもりとは、冷てえのォ。

今生の別れになるのに、薄情な女じゃワイ。

さすがは、愛なき女――

ウヒョホホ……


おいおい、怒りなや。

旅立つお前にコイツを渡しに来たのよ。お前の最高傑作じゃァ、きちんと世話しろい。

ほれ手を出しな。ぽちゃん、と……

いまはただの海水の球だが、お前の開発した知恵シメジが中に芽吹いておる。育てば人間以上の知恵を持つ、海の神様ができるじゃろうて。

ワシには過ぎた力じゃが。

修羅道をゆくお前の話し相手には、丁度いい。

もう一人の息子と思うて、大事に育てんしゃい。

ウヒョホホ！

ビスコのことなら心配するな。望み通り、死んだと伝えるとも。

親子とはいえ、ふたりの過ぎたる英傑……

並び立たぬこと必定、お前の決断を誰も責められん。親子の才が潰し合うのを、ワシだって見たくないわい。

……でもな、マリー。

もし、修羅道で疲れ果てて、こんかぎり足が動かなくなったら、

ビスコに会いにきな。

あいつはきっと、お前をコテンパンにして、そこから救ってくれる。お前の修羅を内包し、なおもはばたく生命力が、あやつにはある！

ウヒョホホホ！　その、ムッとした顔！　自分に敵うはずないと言いたげじゃな。

血は争えん。

さあ、もう行け。振り返るなマリー！　自分の菌術を信じ切って、心臓が止まるまでやってみろ。たとえいつか道たがえようとワシは、ビスコを通してお前を——

——見守っているぞ！

# 7

広島県西部。

かつて島根方面から、まるごと北海道に食い破られてしまったこの土地も、今や懸命な復旧作業によって埋め立てが終わり、ようやく元の繁栄を取り戻しつつある。

「それ自体はええことなんやが。ただね、旅人さん」

カバ引きの荷馬車はがたがたと揺れながら、舗装もそこそこの街道を歩いてゆく。

商人はガスマスク越しにノイズの乗った声で、

「街の復興の影には、かならずそれに群がるハイエナが湧くもんなんや。この赤肝峠なんかは、件の山賊が出るんで有名や。かといって他を通れば、ウキビルどもの餌になってしまう」

「……件の、山賊？」

「まさか！　知らんはずあらへん。いま世間をさわがす、鬼ノ子どもですよォ」

荷台の後ろを振り返りながら商人が声を張るが、一方の旅人、外套のフードを深く被り、まったく動じる気配はない。

「その鬼ノ子の統領ってのがこれまたやりたい放題だ。『斉天菌子』と己を名乗り、その神通力ときたら、見晴らしのよかった釣牙丘のてっぺんに、一夜にして豪華絢爛な大宮殿を築きよったって話です」

「そのような超力あるとなれば、出雲の僧侶たちが黙っていまい」

「もちろんです。しかしカンドリ様率いる明智衆が悪事を諫めにいったところ、ほんの息の一吹きで追い返されちまったとか」

「息の一吹き？」

「さぞ、バケモンみたいな奴なんでしょうなあ」

「カンドリたちが、息の一吹きでか」

旅人は真面目くさった顔から、少し間を置いて……

「ははは……」

「笑いごとやおまへんで全く。あのねえ、達人と見込んでタダで乗せて差し上げとるんや、いざって時には……」

「んまてまて〜〜〜い‼」

「ん……」

旅人が、呼びかける声に顔を上げれば……

街道を挟む丘の上から、ずんぐりとした体躯の鬼ノ子たちが、その手にキノコの槍を持ち、

「そこのカバ車、まて〜い‼」

「ずっどん」

「よこせっ」

「おいてけ〜〜っ」

ぞろぞろと集まってきているのが見て取れる。

「あわわ。き、鬼ノ子だっ。旅人さま、お出番で！」

狼狽する商人をかばうように、旅人が進み出で、少し声を張る。

「あまり善良な市民を脅かすな。感心しないぞ」

「なんだあこいつ〜」

「要望はなんだ。刀傷沙汰が望みではあるまい」

「「「あまいもの　おいてけ〜っ」」」

どん、どんっ！　と槍を地面に鳴らして、鬼ノ子たちが斉唱する。

「あまいものを　おいていけ〜っ」

「でないと　ひどいぞ」

「ずっどん！」

「なんとも……」

旅人は首を振って、震える商人の肩をたたく。

「お菓子狩りだ。奴らはただ、甘いものが欲しいだけらしい。貴殿が恐れるような性質のものではないよ。ただ、手持ちのお菓子を差し出してやれば……」

「だから震えとるんでしょォ〜〜ッッ！」

商人は悲鳴に近い声で、荷馬車の天幕、その意匠を指さした。

キレイにペイントされている、その荷馬車の横っ腹には……

『おいしさと健康　グリコ』

世紀末を生き抜きいまなお人々に笑顔を届ける、グリコ社のロゴがキレイに描かれていた。

「うちはグリコさん専門の行商人や。お菓子を差し出せって、それじゃ積み荷がスッカラカンやがなぁっ」

「なるほど？」

「おかしのやまだっ」

「きんのえんぜる」

「ごでぃば」

「「かかれ――――っっ」」

「ふうむ。手荒な真似をするつもりはなかったが」

ずざざ――――っ！　と丘を滑り降りてくる鬼ノ子たちに向け、フードの奥から藍色の瞳をぎらりと光らせて……

「ちょうどいい。少し可哀そうだが、しばらくぶりの手慣らしといくか！」

旅人は、背中から得意の得物をずらりと引き抜いた！

＊＊＊

「ごらんください菌子さま。こちらは『ダンシング・フラワー』というおもちゃでして」

商人が、

豪華絢爛な宮殿の王室で、何やら商品をプレゼンしている。

とんでもないプレッシャーの中にいるのであろう、その顔は汗だくで、作り笑顔はまるで蠟で張り付いたかのようだ。

一方、巨大な玉座に股を開いて下品に腰掛け、左右を鬼ノ子の美女に扇であおがすのは、見た目でいえば十歳程度の美少女、

もとい『斉天菌子』その人である。

斉天菌子は、鬼ノ子美女が差し出す桃を摑んでむしゃりと齧りながら、果汁をびしゃびしゃこぼし、商人の次の言葉を待っている。

（こ、子供ながらに。なんたる不遜、妖艶さ……！）

「どうした？　つづけろ」

「う、歌や手拍子に合わせて踊るのでございます。その様はまるで――」

「のうがきはいい。やってみろ」

顎でしゃくる。

「は、はい！　では、し、失礼しまして……ぎ、銀～の龍のぉ～背にぃぃ～～」

古のおもちゃダンシング・フラワーは、商人の声に合わせてくねくねと身体を動かした。そのなんとも不気味な動き、傍目にはとても愉快には見えない。

（ありゃ駄目だぜ）

（死んだなあいつ……）

順番待ちの商人が、ぼそぼそこぼしながら目を伏せる、そのしばし後……

「…………きゅはっ」

「乗ぉ～ってぇ……!?」

「きゅははははっ。きゅははは……」

笑っている。

その不気味な踊る花のおもちゃがよほどお気に召したらしい。斉天菌子がぱちりと指をはじくと、商人の前に輝く日貨の山が、どどどどっ、と降り注いだ。

「うせろ。花はおいていけよ」

「は、はは――っ!!　菌子さまの心広きこと……このたびはまことに……」

もう斉天菌子は商人から完全に関心を失っている。鬼ノ子美女が持ってきたダンシング・フラワーを眼前に持ち、心をときめかせてそれへ――

「マ――――――――――――――――ッ！」

一瞬でとんでもない声量！　お付きの鬼ノ子たちは耳からぼんぼんと胞子を噴き、商人たちも転げまわるほどだ。

そして一番かわいそうなのは音波をクリーンヒットさせられたダンシング・フラワーで、それはまさしく命の限りに踊り狂ったあと、

ぼんっっ!!

黒煙を立ててはじけとび、消し炭が菌子の手からこぼれおちるだけになった。

「…………。」

「あ、あ、き、菌子さま」

「こわれた」

「ふ、不良品だったようです！　す、すぐに替えをお持ちしま……」

「……シュガーを。ばかにしとんかコルルァ――っっ!!」

ぐわあっ！　と、斉天菌子の瞳が虹色に輝く！　商人は人ならざる力におののくもどうすることもできず、その周囲を胞子の雲に覆われて……

がしゃあんっっ！

なんと、胞子で組まれた牢に、一瞬で閉じ込められてしまった。「お許しを〜〜っ!!」と嘆く商人の声も響かず、でっぷり太った鬼ノ子たちが牢をどこかへ運んでゆく。

「ちぇーっ。途中まで面白かったのに」

『菌子さま。まだまだ、おもちゃ商人はいますわ』

『おいしいお菓子の商人も』

「ウン。次の人を呼んで」

「ならぬ!!」

　玉座の後方、ぶら下がった鳥かごを揺らして……

　ぎんぎら贅沢な衣装を強引に着させられた、子猫将軍・羊羹がさけぶ。

「ならぬぞシュガー。民を苦しめ贅沢三昧、かようなことが許されようか！」

「どうしてだめなの？　シュガーは神様なのに」

「今、お主に絶望あってはすべては水泡に帰す。父母なき孤独を埋めるため、あらゆる我儘を許した。しかしこれは度が過ぎる！」

　羊羹、カッと両目を見開き、

「そなたの父、赤星ビスコも豪放不遜の輩。しかし奴には信仰があった！　シュガー！　おぬしはただ、己の力に振り回されているだけ。何故それがわからぬ!!」

「……パパの名前をだすな。パパと、シュガーを、」

　シュガーの瞳がぎらりと光り、ぎりぎりぎり、と鳥かごをひしゃげさせてゆく！

「比べるな――――ッッ!!」

「……ぐうう、こ、殺すがよい、シュガー！」

死地にあって、羊羹の猫目も負けじときらめく！

「かならずおぬしを守ると、赤星に誓ったのだ。かくなる上は、己れの死をもって、お主を止めてみせる‼」

「……っっ！」

がしゃあんっ、とひときわ揺れる鳥かご。シュガーは危うく、羊羹を殺めかけた自分の力を呪って、わなわなと自分の両手を見つめる……

そこへ、

「「オワ～～～～～～～～～～～～～～ン‼」」

ばんっっ！　と王室の扉を蹴破って、槍を持った鬼ノ子の先兵隊が慌てふためいて入ってきた。シュガーは今の動揺を悟られぬよう一瞬で冷徹な表情になり、

「なんだ、騒々しい！」

「キンシさま。やべえっす」

「やばやば」

「はらいて～」

「何がやばいのか言えっ！　要領を得ないやつらだ」

「棒がやばい」

「やばいにょ」

「黒い棒がブンってなったら、みんなやられた！　今、下まで来て、みんなで――」

扉を指さす鬼ノ子の、その指の向こうから、

「「「オワワワワワワ――――――ンッッッッ！！！」」」

ずわあっっ！　とじつに数十体の鬼ノ子が、何か強烈な衝撃に舞い上げられて一斉に吹っ飛び、王室の中に転がり込んできた。阿鼻叫喚の悲鳴のなか、

かつ、かつ、かつ。

ブーツの音が、大扉の中に歩み入ってくる。

「……なんともみごとな宮殿だ。菌子どのの、想像力のたまものだな」

フードを目深に被った……

先の旅人である。

「なにものだ、おまえ……！」

「さて、私が何者か？」

旅人は、ふむ、とたおやかな指を顎に充て、少し考えこんだ。

「確かに、正義の妖怪退治……というわけでもない。傍若無人の大菌姫に忠言つかまつる、通りがかりの三蔵法師といったところかな」

「……!!　さんぞう、ほうしだと……!!」

「よくぞここまで、超信力（ちょうしんりき）を練り上げたものだ。でも、褒めてくれる人がいない。すごいね、がんばったね……どれだけ力をふるっても、その一言にとどかない」

「ッッ!!」

わずかな言葉が、シュガーの逆鱗（げきりん）に触れた。

菌子（きんし）の威光を示すゆとりもなく、

「無礼千万ッッ、わたしはッ！　斉天菌子（せいてんきんし）だぞ――ッッ!!」

数本の髪を引き抜き、ショットガンのように旅人に投げつけた。そのとんでもないスピード！　到底人の身で避けられる技ではない。

しかし、

すぱあんッ！

武器を抜きざまの一撃！　懐（ふところ）から飛び出した長棒が閃（ひらめ）けば、その身に刺さるはずだったシュガーの髪針は四方に飛び散り、壁に刺さって、ぼぐん！　とキノコを咲かせる。

「!?　おまえッ、一体!?」

「会いたかった。シュガー」

フードを剝げば……

長く黒い髪がばさり、と空中に躍り、鉢金がきらりと輝く！

「お、おまえ、は……!?」

二人、

（ま、ママ……⁉）

初の邂逅のはずである。

しかし、震えるシュガーの心にも、慈しむ女傑の瞳の奥にも、お互いの存在はまるで原初からの記憶のように響き合っている。

「……ちがう、だれ……？　だれだよっ、おまえっっ⁉」

「甘えたいざかりに、一人きりにするなんて、まったく悪いお母さんだ」

百戦錬磨のその威容。

黒鉄旋風、白蛇棍の戦士、猫柳パウー！

ひらりと鉄棍をひらめかせ、

「両親の不始末は私がつけよう。さあ、甘えておいで……それとも反抗期なら、思う存分、私に反抗してみなさい」

ゆるりとその切っ先を細指で撫で、静かに床に突いた。

「う、う、うううッ」

怯え後ずさるシュガーは、肺いっぱいに息を吸い込み、叫ぶ！

「来ぉいっ、大　菌　棍　ッッ‼」

ずわっ！　と地面をへしわって、必殺の大菌棍を引き抜くと、それに虹に輝くナナイロの力

を込めて、

「大菌棍ツッ、大蠍イィ――――ツッ!!」

大上段に振り上げた棍を、流星のように繰り出す!!　まさしく大気圏を引き裂く蠍座の尾のような一撃がパウーを捉え、その骨を粉みじんに――

「……いぃッ!?」

するはずであった、が！　ずばあんっっ、とカッ飛んだのはなんとシュガー自身の肉体。シュガーは大菌棍・大蠍の大威力をそのまま反転され、小さな身体を宮殿の天井に強かに叩きつける！

どがんっっ！

「――がはっ!?!?」

「愛には愛。力には力」

降り注ぐ瓦礫を鉄棍で払って、パウーのするどく短い呼吸。

「享受と反射の技、白蛇棍・蛇映鏡だ」

相手の殺意を反射する合気の棍。それでもパウーの胸元には、強く焼け付くような大菌棍の痕が刻まれている。

いちど、愛おしそうにそれを撫でて……

「熱いよ、シュガー。良かった。お前の心は枯れてはいない」

「おまえなんかにいいいい――――――っっっ！！！」

「おいで」

萎えるどころかますます燃え上がるシュガーの殺意！　シュガーは落下の勢いをそのままに、ふたたび必殺の大菌棍・大蠍を振りかぶり、白いうなじ目掛け叩きつける。

ずがんっっ‼

「ぎゅばあっ‼」

またも吹き飛んだのはシュガー。しかし叩きつけられた壁を蹴り、次の瞬間に身体は閃いている。鼻血を噴き散らかしながら、三度の大菌棍・大蠍！

ずがごんっっ！

「ぎゃぼおっ⁉」

「もっとだ。まだ甘え足りまい」

「だまれええええ――――――っっ‼」

どばあんっっ‼

「すごいよ、シュガー。孤独に耐えて、ここまで自分を磨きぬいた。かわいそうにな。がんばったな。まだ、生まれたばかりで……」

「うるさいっっ‼　シュガーはっ、」

どがんっっ！

「無敵なんだっ！」

ずばおんっ！

「つよいんだっ。さみしくなんか、ないんだああああ————っっ！！！」

どがあんっ、がきいんっっ!!

とうとう……。

振り下ろす大菌棍は、その中腹に走った亀裂から大きく割れ、まっぷたつに損壊してしまった。武器を失ったシュガーはそのまま吹っ飛び、

どずんっっ！

流れ星のように自らの玉座へ激突し、白煙を上げた。

（う、うう、）

朦朧とするシュガーの眼前で黒髪を揺らす、パウーの姿。

パウーの全身は、凄まじい力で何度も打ち据えられた傷をいくつも刻み、焦げるような熱に煙すら上げている。

シュガーと同等以上のダメージを負って、なお……

それでも毅然と、膝すら突かずに立ち誇っている。

「怒ってくれる、人が……。」

かつ、かつ。ゆっくり歩を進めるパウー。

「居なかったのだものな。」

（うう――っ……）

かつ、かつ。

「ご、ごめん、なさい、」

かつ。

「ごめんなさい。ごめんなさいごめんなさい。シュガー、さみしいの。どうしていいか、わからないのおお……」

………。

ぎゅうっ。

「ごめんなさい、ごめ――」

やわらかな感触、そして肌を通した血の温度が、優しくシュガーを包み込んだ。

パウーは、ただ愛しさを込めて、シュガーを抱きしめ……見開かれる目、その上のおでこを、優しくなでた。

「大丈夫。もう、さみしくないよ、シュガー。」

「………。」

「すごいじゃないか。こんな大宮殿で、日本にとどろく大盗賊になったんだ。パパもママも、きっと喜ぶよ。かならずシュガーを、誇りに思う」

「う、うう、う、」

「もちろん、私もだ。ひとりきりで。よく、がんばったね、シュガー……」

「うぇぇぇ────んっっ……」

「よしよし。好きなだけお泣き」

「びぇぇぇ────」

「あっはは。胸が涙でびちょびちょだ。大丈夫、パパとママはいかなる死地からもかならず帰ってくるんだ。もちろん、今回も……あの、ちょっと、」

「びぇぇぇ────!!!!!!」

「うん、いくらでも泣けとは言ったが、ええと、ちょっと泣きすぎ……」

ぽこ、ぽこぽこ、と髪の間から生えるかわいいキノコを、パウーが気にしだす、その直後、

ぼぐんっっ、ぼぐんっ！

「うわぁっ、言わんことではないっ」

堪(こら)えに堪(こら)えた感情の発露に合わせて、大宮殿のそこらじゅうからキノコが咲きだし、壁や柱を砕き散らして瓦礫(がれき)の雨を降らせた。「きゃあきゃあ」「オワワー」とさわぎたてる鬼ノ子(きのこ)たちは、ぽんぽんっ！　と自らを胞子に戻してシュガーの中へ逃げ、それができない商人たちは我先にと王室から駆けのがれてゆく。

「びぇぇぇ────ん!!」

大声で泣くシュガーを首につかまらせ、

「お、俺たちはどうなるんだ!?」

「助けてくれ～～!」

「せえいっ!」

玉座の脇に積み上げられたキノコの牢へ棍を一閃すると、それらは　ばがんっっ!!　と縦一文字に割れ、そこからデロリと抜け出した商人たちが、青ざめながら逃げていく。

「この宮殿も想像力の産物、崩れれば一瞬だ。私たちも逃げよう!」

「お——いっっ!　御仁、己れも助けてくれ」

「ああっと!」

パウーは引き返して、天井から下がった鎖へ棍の一閃、落ちてきた鳥かごの中を覗き込むと、そこの黒猫と目を合わせる。

「よくぞ姪の絶望を、間一髪食い止めてくださいました。この感謝、かならず」

「姪とな……お主、まさか猫柳の!?」

「話はあとに。籠はせまいが、今しばらく辛抱なされよっ」

ばんっ!　と駆け出し玉座を蹴れば、王室の床は役目を終えてばらばらと崩れ落ち、パウーは転がるようにして宮殿を脱出する。

この大宮殿は、山を切り崩して谷に囲まれた、まさに魔王の城のような立地で、そこに宮殿に続く谷に威風を示すような大橋が一本渡してある。

「絵にかいたような……にわかに信じがたい地形です」

「うむ！　シュガーの妄想が作った魔窟なり。おそらく何かの絵本か……」

「ウェ――――ン!!」

「シュガーの想像力がこれで終わるはずもない。急ぎましょう！」

先に逃げた商人たちがカバ車で橋を渡りきるのを遠くに見て、シュガー、羊羹を抱えたパウーが、橋の中腹にさしかかる、そこへ、
ず　お　お　お　ん　！

『お　ぼ　――――――』

「「うわあっっ!?」」

谷底からずわりと伸びあがった巨木のようなキノコの腕が、ばごおんっ、と大橋を叩きくだき、パウーの行く手を塞いでしまう。

大入道のように、その眼前に姿を現したのは……

『が　ら　が　ら　ど　ー　ー　ー　ん　っ　』

「鬼ノ子。いや、これは最早鬼ノ子城の規模！」

「ウェ――――ン!!」

「攻撃を避けるのは簡単だが、橋を砕かれてしまいます！」

「シュガー！　妄想を止めるのだ。ほら、尻尾でこしょこしょ……」

「ううううぇぇぇぇ――――――ン！！！」

鈍重な巨大鬼ノ子の握りこぶしが、大きく振り上げられ、橋上に振り下ろされる……

その寸前、

「裁　罰　必　定　也――――ッッ!!」

ずごばんっっ!!

太陽を覆い隠して飛んだなにか大きなものが、隕石のように鬼ノ子の頭上に降り注ぎ、その脳天に閻魔尺の一撃を叩きつけたのである。

『お　わ　あ――――』

その青大鎧の大男は暴れる鬼ノ子の上で大きく閻魔尺を振り上げて、

「民の往来を妨げ、人命を脅かすその不遜。天が見過ごし地が赦してもォッ、ぁこの染吉が許し措かぬわァッ」

（カカンッ）と見得を切ってみせたものだ。

「にゃ、何者だ、あの奉行っ!?」

驚く羊羹の横で、パウーはげっそりと顔をゆがめている……。

「なんてしつこい。もう追い付かれたのか……」

「知り合いにゃのか⁉」

「残念ながら」

「六道全書第二十三項、過失往来危険罪によりッッ、懲役百年を申し付けェェ――――るッッ」

『ひ　え――――』

沙汰晴吐染吉のまさしく閻魔のような気迫にやられて、すっかり気勢をそがれた巨大鬼ノ子はずるずると谷底へ引っ込んでゆく。

「む、橋が崩れおるか。捕り物は後！」

サタハバキはひらりと宙へ飛ぶと、己の中に溜めた花力を解き放ち、

「桜花ッ！　満開五条橋ィィ――――ッッ」

ひゅばんっっ！　と己を中心に、その両腕から伸びた桜のツタで、崩れた橋に己の身体の橋を繋げた。

「さあ渡れいッ」

「法務官どの！　お手出し無用とあれほど……」

「紅菱王シシよりの、王命であるッッ‼」

（カカン）

「いや！　命あるまでもない。赤星の世継ぎを産む身体とあれば、この染吉が傷つけさせぬ！

さあ早く渡るのだ……ぐわっ、顔は踏むな」

「ウェ――ン！　ウェ……」

シュガー、桜の橋の中央で踏みつけられたサタハバキを見て、

「……きゅはは っ」

ようやく笑った。

一同は崩れ行くシュガー城から離れ、そのまま人里めがけ駆け下っていった。

＊＊＊

『中継つながっておりますでしょうか。

本日は京都府庁……いえ、旧京都府庁から私、古鉢（ふるばち）リポーターがお届けいたします。

きらびやかに建ち誇るこの、まっ白な洋風建築に……

ご覧くださいこの長蛇の列。

メア大統領の『箱舟官邸（ホワイトハウス）』に向けて、なんとしてでも選挙ボランティアに加わろうと、市民たちが我先にと押し寄せております。

ボランティア参加者は優先して〈大波濤（ジェノサイダル）〉を生き延びるという、箱舟側の傲慢な提案。

この列も列です。大統領の掲げる新世界公約に賛同し、日本国を見捨てようという、これは

なんたる浅ましい心根でありましょうか。

錆び風を撥ねのけてたくましく生きる、日本国民の誇りはどこへ行ったのか。毅然とNOと言える大和魂は消え失せたのか⁉　ご安心ください、当番組ニュース・ナインは、愛国者の皆々様の味方であり――

えっ？

ボランティアにキャンセルが出た？　今参加すれば、箱舟に乗れる？

あっ、ふ～ん……

リポートの途中ですが私、急用のため、ここまでとさせていただきます。

さようなら。

……おぉ～～いっ‼　オレも乗せてくれぇ～～っ‼

ああっ、カメラマンお前っ、離せ、オレが乗るんだっ‼　オイふざけんなてめぇコラッ、飯おごってやっただろ……離せ～っっ……

ザ――――――――――。』

「情けない！　猫も見限って地下に潜るわけだ」

羊羹のぼやきを聞きながら、パウーが白い指でテレビの電源を落とす。

空き家の一室であり、

どうやら家の主はすでに箱舟めがけて夜逃げした後のようであった。

「メア大統領の本質は邪悪ではありません、そこに皆が感化されるのでしょう。あれは、菌聖マリーが知恵の胞子を操り、我が子に愛を示したいがゆえに生み出した海神」

爪で唇を掻き、パウーがつぶやくように言う。

「ビスコやミロが負けたのも、相手の本質が『愛』だからです」

「某は合点がゆかぬ」

キッチンで何かを作るサタハバキが、ばかでかい声でがなる。ただよってくるふわりと甘い香りにうっとりと吸い寄せられそうになる自らを、羊羹が首を振って自制する。

「めあとか言う、総身に知恵が回りかねたバケモノ「お主が言うか！」にいちどき吸収されたとして、命ある赤星が体内で黙っているはずがない。何故、腹を食い破って現れぬ⁉」

ピンクのかわいい（巨大な）エプロン。

「奉行！　そう簡単な話ではないのだ」

羊羹、それめがけ声を張って、

「あれの技を身をもって受けた己れにはわかる。あやつの中はまさしく母の胎内そのもの、他の狂暴な生命体が暴れ出さぬのも、それに意志の力を奪われたため。あの安心感には逆らえぬ。まさしく、無辜の『愛』につつまれたような……」

「しかし、将軍はあ奴に一太刀浴びせ、猫を引きずり出したとか」

「瞬火剣あればこそだ。確かに一瞬、奴の中に触れることはできたが、無数の生命に同時に干渉はできぬ。瞬火剣は、繊細な奥義なのだ！」

「お主の腕の問題であろうが。ふん、二分咲きの技よ」

「――貴様、己れの剣を愚弄するか！」

「法務官、羊羹どの！　まったくもう、大人気ない……！」

諫められ「「ふんッッ」」と顔をそらす二人を見つめて、パウーはひとつため息をついた後、しかし今のやり取りの中に活路を見出したようであった。

「羊羹どの。瞬火剣は複数の心に干渉できない、とは、本当のことですか？」

「当然のこと。一対一でわかり合わねば、心と心ではない」

「しかし、主人と弟の放った『瞬火弓』の奥義は、鬼ノ子の集合体である『超信球』へ干渉し、まるごと意識を変えたとか。その説明がつきません」

「……うむ。確かに瞬火弓の力は、瞬火の法則をはるかに超えた技であった」

羊羹、パウーの研究心に気を取り直し、身を乗り出す。

「おそらくは、瞬火剣を超信弓の力で増幅したのが、あの瞬火弓の本質。赤星のカリスマを介して、無数の心に同時に入り込んだのだ」

「では、勝ち目が」

ぬっ、とキッチンから顔を出すサタハバキをパウーは目で追い払って、

「あるということですね。瞬火弓を放ち、メア大統領の中、保全された生命すべてに干渉すれば……」

「しかし誰が撃てる!? 赤星・猫柳なき今、瞬火弓を一体だれが！」

当然の返答である。

大きく響く羊羹の問いかけに、パウーは唇を結び、

「………超信力を放てる生命は、この世界にいまただ一人」

静かに答えた。羊羹ははじめ、その妙に確信ありげな表情に怪訝な顔をしていたが、

「まさか！」

ばんっ、と子猫の力で机を叩き、

「ならぬ！ お主、なんということを考えて！」

「二人の子です!! あの子の棍が、私の肌に教えてくれた。あの子には二人の……いえ、それ以上の奇跡の意志力がある！」

「可、不可の話をしているのではないッ！ 他者の心に触れることが、どれだけの反動をもたらすかわかっているのか。赤星と猫柳の絆があって、あれははじめて成しえたこと。あの子一人に、そのような重い――」

「やる――――っっ!!」

どばんっっ!!

空き家のドアを凄まじい勢いで蹴破り、元気きわまりない声が外から入ってきた。「「うわあッッ」」と椅子から落ちかける二人へ、泥まみれで机に飛び乗ったシュガーが、

「パウー！　シュガーやるよ。パパとママを助けるっ！」

「しゅ、シュガー！　聞いていたのか……な、なぜそんな泥まみれに⁉」

「大菌棍の修行してたの。みんな、おいで〜っ！」

シュガーの言葉に呼ばれて、へとへとになった鬼ノ子たちがドアから入ってくる。

「つかれた」

「スパルタすぎんよ」

「きんにくつ〜」

「パウーに教えてもらった技、みんなで修行してたの。もう免許皆伝っ、シュガーいつでもいけるよ‼　えーいっ、おろち咬み――っ‼」

がうん、がうん、がうんッッ‼

「わあッ！　わかったわかった、危ないッ」

「シュガー！　己れは反対だぞ！　赤星は、お主の幸せのために己を捧げたのだ。親の心を思ってみろ。娘が死地に赴くことなど、望んではおらぬはず！」

「かんけーねえぜっっ！」

ぶんぶんぶん、びしィっ！

うなる大菌棍が、ネコチャンの眼前にびしりと止まり、その毛を風圧で逆立てる！

「おやじのおもいどおりになってたまるかっ。シュガーはシュガーの！　やりたいようにやるんだぜ――――ッッ!!」

　空間全体を、呆気に取らせる……

　そういう一喝であった。

　この女児の前では、一切の論理も理屈も、感情によって薙ぎ払われるばかりだ。それは半分の驚愕と、半分の愛情を強くにじませるパウーをして、

（――ビスコであるし、ミロなのだな……）

　そう、かつての少年たちの姿を、その小さな背中に重ねあわせた。

　一方、きりりと決めたシュガーの髪の毛の中に、ぱちぱちっ、と咲く桜の花びら。

「幼くてもさすがの物言い。天晴れ、千両咲きなりィイ――ッッ！」

「およっっ!?」

「かようなたおやめ相手となれば、某も腕の振るい甲斐があるというもの。よいところへ戻ってきた。はい、めしあがれ」

　無骨な指で、ことん、と机に置かれた皿の上には、

「……わぁ～～っ！　ホットケーキだ～っっ！」

『祝　寿賀亜　誕生』となんとも達筆で書かれたチョコレートボード、五段重ねのパンケーキ

の上に純さそり蜜がたっぷりとかかって、甘い匂いを部屋中に振りまいている。

「にゃんと。風体のわりに器用な」

「花おじさん、すご～～い!!」

「修行の後とあれば腹も減ったろう。たくさんおたべ。猫将軍！　おぬしも食え。鬼ノ子ども
も、パウー殿も遠慮するな」

「ええんか？」

「うまそ～」

「ずっどん！」

「わ、私は結構……ていうか絶対たべない……」

「「いただきま～～～す！」」


「「しょっぺえええええっっ」」

ぼぐんっっっ!!

咆哮とともにキノコが咲き、隠れ家の屋根を盛大に弾き飛ばした。近隣の住民が「なんだな
んだ」と顔を出すのに隠れるようにして、サタハバキ達の身体が家から転がり出る。

「しゅ、シュガー大丈夫か！　ほら、飴を舐めて……」

「ウェ―――ン!!　しょっぺ～～!!」

「急に嗚咽とは！　手作り料理が父母を思い出させてしまったか。さぞ我慢していたのであろう、可哀そうに……」

「底抜けのうつけでは⁉　人間は、かような奉行に人を裁かせるのかっっ」

「ここで居場所が割れるわけにはいかない。法務官！」

「承知ィィ――ッツ」

サタハバキの巨軀がくるりと丸まれば、それは行く手に転がる瓦礫や大岩を砕く砲丸となって、ゴロゴロと凄いスピードで道を転がってゆく。

パウーとシュガーは器用にその上に乗って、

「さあ、一緒に走ろう、シュガー！」

「ウェーン！　たまのり～～‼」

そのスピードに任せて人里から遠ざかり、そこからすぐに姿をくらましてしまった。

# 8

京都府にそびえる、きらびやかな金閣国会議事堂。

その施政に世紀末国民の反感こそあれ、日本の誇る最高頭脳たちの砦として、民草たちから畏敬を集めてきた建物である、

が、

今やその隣に……

ずでんっっ!! と、その二回りも大きい真っ白な『箱舟官邸』が、金閣をまるごと覆う巨大な影を落とし、すっかりそのお株を奪ってしまっていた。

本日この日は、記念すべき大統領選。

豪華に誂えられたパレードの沿道には、それでも箱舟許すまじと抵抗勢力が拡声器を振り回し、悲壮な演説に声を張り上げている。

『無所属・忌肌火照が、皆様に申し上げる!!』

『メア大統領なる侵略分子の、あまーい言葉に、惑わされてはなりません！』

『英霊の眠るこの大和の大地を、洗い流されてよいものか！　断じてッ、否であるッ！』

ワァア――ッツ。

【強制保全計画　絶対反対！】

【大和の民よ立ち上がれ】

【侵略者　メア大統領に　不信任を！】

大小さまざまなプラカードを掲げて、プレジデント・キャデラックの行方をふさぐ、それらデモ隊のバリケードを……

『今こそ立てよ国民よ！　いつものアレいくぞー！　1、2、3、』

「どぉけどけぇ――ッツ、阿呆ども‼」

どかんっっ‼

『ダワ――ッッ⁉』

「ぶつけてきやがった」

「逃げろ――っ」

「大統領のお通りだァッ。道を開けろォッ！」

まったく遠慮なしのフルアクセルで跳ね飛ばすゴピス秘書の4WD！　その後ろ、大統領のキャデラックは悠々とパレードの道を進んでゆく。

周囲には、もとは京都所有のSPモクジンたちがものものしくキャデラックを守り、沿道にはメア大統領に心酔した市民たちが、車中に向けて黄色い声援を送っている。

「大統領様――っっ！」

「日本をお救いくだせえーっ」

「恰幅(かっぷく)がよくて、すてきだわ――っ！」

『フィール・ソー・グッド！』

メア大統領は車中にパンパンの身体(からだ)で手を振り返し、

『当職のおどろくべき政治手腕。箱舟が修理中で動かなくても、保全する相手側からやってくる。これこそカリスマ、大統領の資質である！』

「ビスコは保全したんだ、今後お前の好きにしろとは言ったァ。でも！」

隣に座るマリーは、海水でパンパンの潜水服に押しつぶされ、「せ、狭いッ」とうめきながら、自分の服装を指さして叫ぶ。

「一体なんだこの派手なドレスはァ!?　か、肩が出てるじゃないかァ」

『ブリリアント！　母なる海を想起させるエメラルド・ブルー、海面に映る星々のようなスパークル。素晴らしいドレスだ。それにママ持ち前のクリムゾンの髪が――』

「お前、あたしをバカにしてるなァ」

マリー、菌聖の落ち着きはどこへやら耳を真っ赤にして、

「いい歳(とし)して着れるかこんなモンッッ。あたしは降りる！」

『それは困る。パレードに大統領のママは欠かせないと決まっている』

「そりゃ大統領夫人の間違いだァ!!　いい加減にしろ！　ふんッ……うわっ！」

キャデラックを降りたマリーに対し、嵐のようなフラッシュが注がれ、その視界を奪う。SPたちがカメラマンたちを押しのけるうち、ずんぐりと車から這い出してきたメア大統領が、群衆にむけ大きく手を振った。

『メーイク・ジ・アース、グレイトアゲインッッ！』

わぁあああぁ……

歓声、紙吹雪、鼓笛隊のド派手な演奏。

敷かれた赤じゅうたんの上を悠々と歩く大統領にエスコートされ、マリーはもはや反論する気も失せ、目をひくつかせてそれに従った。

前方のホワイトハウスにふと目をやれば……

特設ステージ、『特設信任投票』と書かれた大仰なパネルの両脇に、二つの投票箱が設置してある。投票箱の上には電光スコアボードが置かれ、どうやら入れられた票の数をすぐに計算表示する仕組みであるらしい。

「おいメア。なんだあれは？」

『見ての通り、投票会場だが？　間もなく信任投票開始だ』

「いまさら信任も不信任もあるか、バカ！　もう威力的には日本を制圧したのも同然なんだ。いまさら国民に信を問う必要がどこにある⁉」

『当職は〈大統領〉であるぞッッ』

くわっっ！　と威を増したメアの気迫に、「おわっ」とマリーも引いてしまう。

『民主主義なくして幸福なし。選択の自由の上にこそ、カリスマは成立するのだ！』

（……なぜあたしの子供たちはこう、バカなのか……）

『さあ、パレードにお集まりの諸君。すでに投票用紙は配られたことと思う』

演説台に立ち、真っ赤な投票用紙をメアが掲げれば、沿道の人間たちも歓声とともにそれを振りたくる。

『当職も、人民の中に反対勢力が居ることは承知している。鎮圧するのは容易だ、しかし……マイノリティを全く無視して、それが善なる政治といえるだろうか⁉』

ワァァァ――ッッ。

『ここに信任・不信任、二つのボックスを用意した。遠慮なく！　忌憚なく！　当職への思いをぶつけてくれたまえ。万一、不信任が上回った場合、即座に日本から箱舟は撤退することを約束しよう！』

「ええっ。バカ、お前！」

『なお、これはおまけ情報だが……この場で信任に投票してくれた諸氏には、かならず箱舟に乗せることをお約束する』

ワァァァ――ッッ！

なあにが民主主義だ、という言葉を呑み込んで、マリーは首を振った。

こうした茶番に付き合っているのも、ひとえにメア大統領のパフォーマンスを維持するためである。キノコの『信じる限り無敵』という性質は、ビスコ同様、知恵の胞子で動くメア大統領にも当てはまるのだ。

（しかしまあ、このインチキ選挙なら負けるはずもない。気分よく当選してくれれば、大波濤（ジェノサイダル）を行うエネルギーも溜（た）まるだろう）

『さあいよいよ投票開始だ。並んで並んで！　ハット、ハット、ゴー！』

ワァア――――‼

どどどどっ！　と人の波が投票箱に押し寄せる。押し合い圧（へ）し合（あ）い、票を投じてゆく市民の群れの勢いはすさまじく、信任スコアは早くも３００００、４００００、５００００を突破しようというところだ。

反面、不信任の箱には、ゲバ棒にヘルメットの過激派がなけなしの票を投じるばかりで、スコアも伸びずなんとも頼りない。

『オーゥ！　ワーッハッハ……ベリー・ワイズ・ピーポー！』

「おい。全員乗せるといったが、箱舟にそんな空きがあるのか？」

『心配ない、ママ。公約というのは果たされずに終わるものさ』

「なんて奴（やつ）だ⁉」

「め、メア大統領！　予想外の事態です……」

上機嫌なメア大統領に駆け寄り、秘書ゴピスが耳打ちする。

「投票所にすごい数の人民が押し寄せています。今は食い止めていますが、見覚えのない市民団体で……あの阿呆ゥども、いったいどこから湧いて出たものか」

『それが何の問題なのだ？　票は多ければ多いほどいい。迎え入れたまえ』

「しかし、もう信任には充分です、追い返すべきかと！」

『ええい何を弱気な。当職のカリスマを疑うのか⁉　いいから――』

どどどどどっっ‼

閉鎖していた入り口のSPたちを跳ね飛ばして、何やら黒いスーツのずんぐりした市民たちが、ごろごろと転がるように投票所に入ってきた。

なんともふくよかな身体に、ネクタイ、シルクハットの紳士スタイル。

……それが一人ならわかるが、百人、いや、千人を超えようかというそのずんぐり市民たちは、一様にその恰好で、

「ずっどん！」

「いっぴょー」

「２いじゃだめなんですか？」

ころころころっ、と転がるように、次々に不信任に票を投じてゆく。その絶え間なく続く投票の津波！　はじめは圧倒的優勢だった信任スコアは徐々に８：２、

『オーウ、ハハハ。ヤンチャなマイノリティがいるのはいいことだ』

やがて7：3、

『当職に投票しなかった……そのことを恥じることはない。君たちのような反骨の徒が、必ず未来の政治を切り開く――』

6：4、

『ファ×キンイディオット！　ファ×キュー!!　ゲラウヒー!!　ワッダクレイジー、ブルシッ、ホーリーシッツ』

メア、沸騰!!

潜水服を真っ赤に染め、頭から夥しい湯気を噴き出している。

「いかん、大統領がお怒りだ！　おいっ！　その阿呆どもを止めろォ！」

ゴピスの号令でモクジンたちが摑みかかると、だぼだぼの大きなスーツが剝げ、中から

「つるんっ」

「サカゼン」

金色にかがやく鬼ノ子たちが、飛び出しざまに投票箱へ一票を投じ、そのままぼぐんっ、と胞子に戻ってゆく。その投票の波状爆撃に、もはや得票差は五分！

「これは、鬼ノ子ども……！　シュガー、やってくれたな！」

マリーがたくらみに気づいて周囲を見回すも、時すでに遅く！

『ふ、不正だ。こんな投票は無効だぞ――ッッ』

「まずい！　時間が……！」

　信任　１７８３４５票、

不信任　２９８５６８票！

投票締め切りまで残り五分。膨れ上がってゆく鬼ノ子(きのこ)たちの不信任票はもはや信任を大きく突き放し、間もなく30万票を数えようというところだ。

『な、なん、なんと、なんということだ』

これはもはや、決定的な票差……

それまで自信満々に腕を組んでいたメア大統領の身体(からだ)が、わなわなと震えだし、

『不信任……ぼくが、解任されるというのか!?』

がくんっっ！　と、とうとう膝をついた。それまで如何(いか)なる攻撃にも屈しなかった無敵の身体(からだ)が、決定的な敗北の予感に、叩(たた)きのめされてしまったのだ。

『お　呼　び　で　な　い　！』

民意獲得ならず！　どうっっ、と飛沫(ひまつ)となって、大波濤(ジエノサイダル)の源である海水のエネルギーが、メアの身体(からだ)中からあふれ出し、零(こぼ)れていく。

（まずい！）

『大統領』としてのアイデンティティが失われれば、大波濤(ジエノサイダル)が為(な)せぬのみではない。メアは

弱体化の末に、海神としてのかたちを保てなくなってしまう——しかし息子の危機に、マリーの頭脳と隼の弓がぎらりと閃いた！

投票締め切りまで、あと3秒、２秒……！

「そっちが、そう来るならッ‼」

しゅぱんっ、ぼぐんっ！

『ああっ⁉』

「集計不能だァ！」

キノコに破砕され、膨大な票をあたりにまき散らす投票ボックス。電光掲示板は集計をやめ、煙を吹き出して動作を停止してしまう。

『ママ、民意になんてことを⁉』

「民意がなんだ‼ 有象無象の傲慢な信任なんぞ、津波で洗い流してやれ。ただ一人天才のこのあたしが、お前を信じているんだぞッ！」

『ま、ママ……』

「さあ、元気におなり。自信を取り戻すんだ。そして、大波濤を——」

くずおれ、海水を漏らし続けるメアに檄を飛ばし、助け起こさんとする、それへ——

「不法目せり。意図的な集計妨害、これは！」

「⁉ 誰だ！」

　マリーが声に振り返れども姿はない。しかし瞬間の後、ごごごご、とその足元が震えたかと思うと、ぐわあっ、ばぎばぎばぎっっ!!

　アスファルトに無数の亀裂を走らせ、そこから仁王のごとき巨鬼が立ち現れた！

「公 職 選 挙 法 違 反 であ――るッッ!!」

「ゲェェ――ッッ⁉　こ、この阿呆ゥはっっ⁉」

　秘書ゴピス、顔面蒼白の戦慄き!!　鼻ピアスと奥歯がガタガタと揺れる。

　トラウマあればこそ無理もない。六道獄の閻魔尺を掲げ、ヌウと広場に影を落とすのは、元六道囚獄獄長、サタハバキその人であったのだ。

「侵入者だぁっっ!!　モクジンども、あいつを殺せぇっ!!」

「清き一票踏みにじる、不心得者どもめがァア――ッッ」

　護衛を四方八方へぶっ飛ばし、暴れたくる閻魔尺。

「この沙汰晴吐染吉に、治外法権の四文字はない。桜の天秤の前では、たとえいかなる施政者も、神も悪魔も！　お裁き逃れることかなわぬ!!」

『オーマイガッ!!　し、司法だ。司法が出てきた!!　弁護士を呼べ……』

（法務官……なるほど。メアの精神を狙ってきたか！）

『大統領』という格式に囚われたメアの哲学を突き、その力を弱らせる作戦であろう。しかしマリーの居直り方も堂に入ったもの、巨鬼を前にし、ふんぞり返るように臆さない。

「誰が何を裁けるっていうんだァ、デカブツ！　悪意の不正を仕掛けられたから、無効選挙にしただけだァ。御相子だろうが！」

「そ、そうだそうだっ‼　やりなおしたっていいんだぞっ‼」

マリーの陰にこそこそ隠れて、ゴピスが叫ぶ。

「何度やったってメアの勝ちだ、阿呆ゥッ！　どのみち他に候補者は――」

「いるぞ――っ！」

上空より響く声。

見上げる群衆を突っ切って、音速の菌斗雲が空を裂く。しゅばんっ！　と雲を蹴って、小さな虹がサタハバキの眼前に降り立てば、

「みんなの命は、シュガーが預かるっ！」

「何ァにィィ……」

「全生命体代表、赤星シュガーでありま――すっっ‼」

ぶんぶんぶん、びしっ、と決まる大菌棍！

出馬表明である。この土壇場で、菌神シュガーが大統領選に躍り出たのだ！

『あれはっ‼　スポア・キッド⁉』

「おいっ、海神メアっ！」

シュガーは大菌棍を束ねたマイクの形に変え、驚くメアに啖呵を切る。

「たかが紙切れの多い少ないで、シュガーたちの勝負を決めちゃう気⁉」

『選挙ってそういうものでは⁉』

「人の治世ならばそうであろう。しかしこれは、神　対　神　の代表選！」

メアの前で仁王立ちになり、腕を組んだサタハバキが言葉を継ぐ。

「菌神と海神、同じく命の祈りを吸いあげ、力に変える神性を持つ。強きことがすなわち信任の証！　さすれば、お互いの力をぶつけあい、勝ったものこそッッ」

べべん！

「「大統領の資格ありーっ‼」」

「茶番くれてんじゃないよッ‼　メア、耳を貸すな！」

『………………。』

「⁉　ま、まさかお前ッ」

『……強きことが信任。戦いこそが選挙か。勝てば、ぼくが大統領か！』

（くそゥ、まんまと釣られやがって！）

マリーの額に汗が浮く。理屈が通っている・いないではなく、メアが説得されたらおしまいであり、それにサタハバキの口上は完璧にハマっていた。焦りを殺意に変えて、青鬼の白柱のごとき歯をめがけ、隼の弓を引き絞る――

（舌の根を抉り抜いてやりゃ、それまでだッ！）

　しかし、瞬間、
　陽光にひらめく一筋の棍を、マリーの視線の端が捉えた！

「天罰、覿面、」

「……な、にィィ――ッッ!!」

「悪鬼覆滅！　キャァァラァァ――――ッッ!!」

　がうんッッ!!

　ばぎいんッッ！　と咄嗟に抜いた短刀で受けて、マリーの身体が大統領から離れ、大きく撥ね飛ばされる。ずざああ――っっ、と尾を引く白煙を見て、

「うわあっ。テロだ」

「テロ集団だ!!」

「選挙がむちゃくちゃだー！」

　沿道の市民たちが一斉に逃げ惑う。

「シュガーの邪魔はさせない。我らは我らの闘いがありましょう」

　それを横目に見送り、くるり鉄棍を回して。切っ先をびしりと示す、鉢金の女黒蛇！

「不肖、猫柳パウー。蛇棍の技にてお相手仕る！」

「前置きなしに姑に殴り掛かるとは、ネジの飛んだ嫁もいたもんだァ」

　口端から零れる血を拭い、嚙みつくように笑うマリー。

楽しそうだ。

「順番が違うだろォ？　パウーさん埃が積もっていてよ、の一言があってからだ」

「ビスコとそっくりです、その言い草、その貌も」

ぎらり！　双方の眼が、一分の怯みもみせずにぶつかり合う。

「亭主が及ばぬなら私が始末をつける。ご無礼仕ります、お義母さま」

「腹に子がいる女が。あたしに敵う気でいるのかよ？」

「胎教には丁度いい相手です」

「ほォざアけエエ――――ッッ！」

しゅばん、がうんッ、ばきんッ!!

瞬間に嚙み合う弓柄と棍の撃ち合いが、まばゆい閃光となっていくつも散らされる。女二人の繰り出す一撃一撃は、あまりのスピードと重さに目でとらえることすら不可能である。

「――よし。菌聖マリーを、メアから引きはがした！」

戦い遠ざかってゆく二人を見つめながら、シュガーの懐から飛び出した黒猫が首にしゅるりと巻き付き、リン、と鈴を鳴らす。

その姿、子猫ながらまさしく、瞬火剣・羊羹のものである。

「ネコチャンの作戦、ばっちり！」

「うむ！　しかしシュガー。精神攻撃で半減したとはいえ、海神メアに未だ神威あり。ここより先は一対一、根性の勝負だぞ！」

「え。そめよしのおじちゃんは⁇」

「法務官は中立なり」

「ほぎゅぇ〜〜〜‼」

『……当職の力が、半減？』

メアの失意、それは……

『くだらん！』

わずか一瞬に過ぎなかった！　政敵たるシュガーを眼前に挑戦の気概を取り戻し、噴き出す海水を身体の内に食い止めると、ずしん！　と飛沫を散らして立ち上がる。

『笑止。削がれた民意はたかだか人間一種族。保全せし三千万種族の生命信任は、いまだ当職の体内にあるッッ‼』

「三万だか三億だかしらねえが。数をたのんで、シュガーには勝てないぜっ！」

『その傲慢、粛清してくれる‼　ラァアイフ・オーシャンッ・ストリィィ――』

シュガー、ひらりと片腕を振り上げ、

「来ぉおいッ、だ　い　き　ん　こ――――んッッ‼」

ずがあんっっ‼

顕現した大菌棍を、袈裟懸けに振り下ろす！　ばがあんっ、と大岩盤すら割ってのける大菌棍の威力はしかし、メアの強靭極まる肩口に食い止められている。

『アメイジング・パワー。しかし「子供にしては」だッ！』

「黒蛇棍、」

『当職の鋼鉄硬度の水の前には――』

「おろち咬みィィ――――ッッ!!」

ずどばんっっっ!!

なびくシュガーの髪がぐるりと円を描き半転、逆の脇腹へ一撃！

『!?!?!?!?!?!?』

ごばあっ！　と身体から噴き出す海水！

メア大統領が、己のダメージを自覚するのに、数瞬かかった。

通常、乾坤一擲の棍撃に二の太刀などありえない。それを、全身の膂力を以って逆側から死角の一撃を放つ、黒蛇棍『おろち咬み』。

猫柳パウーが十年の歳月をかけて会得したこの奥義を、

「まさか。ものの一日でやってのけるとは！」

天才剣士・羊羹をして、これは驚愕の一撃である。ごぼっ、と飛沫を噴き出し、次の防御が遅れるメア大統領に向けて、

「まだまだまだまだ――――ッッ!!」

蛇は一匹ではないとばかりにシュガーの犬歯はぎらりと輝き、
がうんッ！

「八竜王(はちりゅうおう)、ナンダッ！」

強烈な一撃！

「ウパナンダ、マナシ、シャガラ！」

返す二撃、三撃、まるで八又の蛇が矢継ぎ早に咬(か)みかかるような、怒濤(どとう)の滅多打ち。大統領は悲鳴を上げる間もなく潜水鎧(よろい)をべこべこにし、

「タクシャカ、アナバダッタ、ウハツラッ、ヴァスキッツ！　これでぇぇ――ッッ」

『こ、硬度が保てんッ。こ、この力、一体どこからッ』

「八竜棍(はちりゅうこん)・輪廻転生打(サンサーラ・ヒット)だァア――ッッ！」

ずどうんっっ!!

『ごばあーっ!!』

顎を捉えてカチ上がった喉元に、シュガーの蹴りが突き刺さる。鉄よりはるかに重いはずのメア大統領の身体(からだ)はボールのようにカッ飛び、ホワイトハウスの壁に強(したた)かに叩(たた)きつけられた。

「一瞬九撃、決ィまったぁ――っ！」

喜ぶシュガーの首で、羊羹(ようかん)、白煙立ち上るそちらを見つめ、

「八竜棍(はちりゅうこん)・輪廻転生打(サンサーラ・ヒット)！　狂暴そのものの奥義(おうぎ)、あれではひとたまりもあるまい。猫柳(ねこやなぎ)パウ

ーの技は、活人棍と聞いていたが……」

「パウーの技じゃないよお」

「にゃんだと⁉」

「シュガーのオリジナルだよ。パウーよりかっこいいっしょ！」

ばち――ん！

ウインクが炸裂する。すでに幼いながら色気を発する年頃になっているだけに、なんとも始末に負えぬ性格といえる。

羊羹、やれやれと首を振り、すぐに表情を引き締める。

「よし、この隙に瞬火弓を練らねば。シュガー！」

「おっけー！　来ぉい、マタタビキュ――――ッ‼」

し～ん……

「おやや？」

「だめだ、気持ちが血気にはやっておる。瞬火を操るには殺意を消さねば！　あれだけ練習したであろう……シュガー、上だ！」

「むおっ⁉」

ずがんっっ！

上空から振り下ろされる大質量の一撃！　シュガーも間一髪でそれを避けた。しゅばしゅばっ、と後転で飛び退るシュガーの眼前には、すでにもうもうと白煙が立ち上っている。

「まじかよ〜。あんなギタギタにしたのに、効いてないの!?」

「いや！　確かにダメージはある。大菌棍の九撃を喰らって、いかに海神といえど──」

『言ったはず。当職は一人ではない。体内に三千万種の信任あり』

煙の中から朗々と響く声に、シュガーがしゅばっ、と大菌棍を構える。

『これがその証明だッ。ドライブ・生命信任機構！』

メアが一声吠えれば、海神の身体の周囲を生命力の奔流が包み込み、大菌棍のダメージを瞬く間に修復してゆく。

「あ奴、回復している!?」

眼を細めて白煙の向こうをみやり、羊羹が唸った。

「なんたることだ。体内の生物から、生命力を吸っているのか!!」

「……『信任』って。みんなの命を、勝手に使うことなの!?」

シュガーの瞳が、きっ、と怒りとともに鋭くなる。しかしそれすらかき消すように、生命力の奔流は轟音を立てて海神の力を増してゆく。

「まだ何かやってくる！　シュガー、油断するな……」

『生命よ！　当職にその技を委任せよ。生命信任機構・代理執行！』

ごわっっっ！

凄まじい衝撃！　風が逆巻き、白煙をまとめて吹き飛ばす。思わず目を閉じるシュガーの頬に、ふと、熱く暖かく、なつかしいものが触れる。

「……この匂い。こ、これって……」

「シュガー、脚を止めてはならん。距離をあけるのだ！」

「パパの匂い……錆喰い!!」

『プロミネンス・ラァアイフ・アロ――――ッツ!!』

ずばんっっ、ぼぐんっっっ!!

太陽の閃光！　放たれた海水の矢を間一髪で避ければ、背後に巨大に咲いた錆喰いがシュガーの身体をブッ飛ばす。シュガーは咄嗟に羊羹を守って、どがんっっ、と今度は自分がホワイトハウスに叩きつけられた。

「がっ、は……」

「シュガー!!　ま、まさか、今の矢は!?」

「あ、いっ、キノコの力を……」

どさっ、と地面に倒れ伏したシュガーが、大菌棍を支えにぎぎぎ、と起き上がる、その眼前には――

『インビンシヴォー。これが生命体代表・キノコの力か！』

逆巻く太陽の胞子にその身を照らされて、コロナバーンを纏って輝く、『サンバーン大統領』

の姿が顕現していた。

潜水服が煌煌(こうこう)と光る様はまるで太陽そのもの。漲(みなぎ)る海水は今や翡翠(ひすい)色の輝きにかわり、頭頂部から噴き出す胞子は、太陽のプロミネンスを表すようですらある。

『委任されし有権者の力を使う、生命力代理執行(ライフ・プロキシー)の技法』

ぼわり、と手の内に湧き上がる錆喰(さびく)いを眺め、それに照らされながら、

『所詮は民衆の力と……侮(あなど)っていたが悪くない。なんたるアメイジングなパワーか！　ほんの少し力を振るうだけで……』

「パパの力をっ！　勝手に使うな――――ッッ!!」

『これだ』

ぴんっ、

「ぎゃばっっ!?」

ずどんっっ、どがあんっ！

ほんの指のひと弾(はじ)きだ。威力もさながらかわすことすらできない。負けん気を全開にして、ダメージにひるまず再び躍りかかるシュガーを、またも蝿(はえ)をはたくがごとき一撃が、どがんっっ！　と地面に叩(たた)きつける。

「シュガ――ッッ!!」

「がはぁあっ……」

悶絶するシュガーの鳩尾へ、全力を込めた爪先蹴り!!

『プレジデント・トゥー・キック！』

「ぎゅがぼっっ⁉」

『からのォッ。プロミネンス！　アロ――ッッ!!』

どがあんっ。

「ぎゃああーっ……」

「やめろ――っ！　もうよいシュガー、死ぬ気か！」

「が、がふっ、」

びたびたびたっ、と血を吐きながら、シュガーの爪は地面を掻き、メアを睨みつける。

「パパを、みんなを。ばかに、するな――っっ……」

（怒っている！　シュガーは生命を我欲に利用されたことに怒っているのだ。その心根にたしかに神の資格あり！　しかし、この怒りの心では、瞬火弓は……）

羊羹は悔しそうに歯噛みして、倒れたシュガーを守るように、フーッ！　と威嚇する。

一方のメアは……

図太く燃える腕を組み、自分に向けて這いずってくるシュガーを、何か不思議なものを見るように見つめている。

『………。』

『当職を軽蔑するか、菌神よ。』

『いのちには、〈大統領〉が……。』

『導くものが必要なのだ。』

『いのちは、いのちに任せて生きてゆけるほど、強くはない。』

『幸せを探求することを、停止すること。』

『生死すらも〈委任〉すること！』

『責任なきことが幸福であると、なぜわからない⁉』

『おまえたちは、ただ！』

『永遠の安寧の中で揺蕩(たゆた)っておればいいのだ！』


「うるせぇえ――っっ……！　だ　い　き　ん　こ――――んッッ‼」

「シュガー⁉　いかぬ、大菌棍(だいきんこん)ではっ！」

「顕現ッツ、大菌棍(だいきんこん)・太陽‼」

決死の超信力(ちようしんりき)である。

メアが放つ錆喰(さびく)いの胞子を、自らが放つナナイロの胞子で蹴散らし、構えた大菌棍(だいきんこん)の先端に極小の太陽を顕現させている。

「ネコチャン、離れて。シュガーの力で、パパとママを解き放つ！」

「いかぬのだシュガー。瞬火弓でなくては！」

羊羹は引きはがされてなお追いすがり、

「奴の中に宿る無数の生命。それの心に触れ、離反させねば、勝ち目はないっっ！」

『かかってくるかねシュガー。よろしい。当職の中で、ママとパパに会いたまえ』

「うううううおおおお――――っっ!!」

『プロミネンス、アロ――ッッ!!』

ばぎゅんっっ、と放たれる矢が、シュガーの頬をかすめて血を噴く。背後でぼぐんっっ、と咲きあがった錆喰いの威力に乗って、大菌棍がひらめく！

「蒸発しろ――ッッ！」

『むうッ』

「大菌棍！　大　煙　幕　――ッッ!!」

ずばんっっ、

突き出された大菌棍が、サンバーン大統領の分厚い胸を貫いた！　極小の太陽がうなりを上げ、獄炎とともにぶしゅうう、と蒸気を上げて……いや、

「！　う、うううっ⁉」

『すでに灼熱の海に、太陽をぶつけても、無駄である』

夥しい蒸気の中で、コロナバーンの輝きは、微塵も鈍ることはない！

『この当職を干上がらせるに、貴職はまだ――未熟！』

じゅうっっ！

「ぎゅあああぁ――――っっ!!」

大統領の燃える手が、シュガーの細い胴を握りしめた。

惨く焦げ続けるシュガーの肉の匂い!!

その熱はシュガーの大菌棍から発せられたものであるのに、シュガーの意志はその威力を緩めるどころか、己の命をかけてさらに熱く燃え、煮えたぎらせる。

びしり！　と熱に亀裂を入れるメアの身体だが、メア本人へのダメージより、シュガーに跳ね返るそれのほうがはるかに大きい！

「ううううおおおお――――っっ！！！」

『手を離したまえ！　シュガー。若い命を自ら散らす気か！』

「いやだあああ――――っっ!!　これが、最後の技なんだあっ。これを離したら、パパも、ママも、かえってこないっっ!!」

『わからないのか。赤星ビスコが、猫柳ミロが、なぜ命を懸けてきみを逃がしたか!?　ただ、きみの幸せを願う、その一心であったろう!!』

「うううう。ぎううううう――――っっ!!」

『父母の意に従え。』

『〈委任〉するのだ、シュガー!!』

『意志よりいのちを、幸せを選べ！　生き延びるために、その手を離すのだ！』


「パパより、」

「ママより！」

「シュガーなんだッッッ!!」

獄炎に立ち上る蒸気、
焦げゆく肉体の中で、翡翠(ひすい)の眼(め)が燦然(さんぜん)と輝いた。

「パパも、ママも！　生きてるだけのしあわせを押し付けたんじゃないッッ。」

「シュガーがシュガーであるために、命を懸けたんだ！」

「シュガーは離さない。」

「離さないから、」

「シュガーなんだるあああぁぁ――――ッッ!!」

『な、なんと……』

シュガーの叫びは、

圧倒的優位にある海神をゆるがすほどに、決然と、真実的であった。メア大統領は、眼前で己を睨む小さな奇跡と対峙して、

（美しい）

ひととき、あまりの生命の神々しさに息をのみ、慌てて首を振った。眼前のちいさな生命体に神性を認めてしまっては、自分のアイデンティティが崩壊してしまう。

『……お前だけは、連れてゆけない。神が二人並び立っては、生命は立ち行かない』

「シュガ――――ッッ!!」

『さらば菌神シュガー。この大統領選、永遠に忘れまい――』

（こうなれば、己れの身体どうなっても構わぬ。すまぬ、月餅!!）

メアの豪腕がシュガーを握りつぶす寸前、羊羹は脇差を口に咥えて必死に駆け……

ふと、その猫の鼻に、生命の躍動が香るのを感じた。

（この気配は……!?）

『………？』

ぼこぼこぼこっ。

『……な、なんだ⁉』

ぼこぼこぼこっ。海水が沸騰する。何事が急に起きたものか、がん、がんっ、と内側から鈍器で叩かれるようにして、メアの潜水服がどんどん変形してゆく！

『な、何だこれはっ⁉　当職の中で、何か暴れ……』

「へへへ……」

鼻血まみれで嗤う、シュガーの咬みつくような表情‼

「勝ったぜ。シュガーの、スピーチが……！」

『何ィィ……うおおっ、』

どばあんっっ！　と、海水が潜水服をねじ破って、

『ごわああ――――っ⁉』

その中から重油ダコ、
焦げ百舌、
八咫鏡蕾、苔統……

ずるりと幾多の巨大生命体が、雄たけびを上げて飛び出す！

『ぐばわわああ――――ツッ⁉⁉⁉』

絶叫するメアに対し、重油ダコが目つぶしのスミを喰らわせると、大統領はいよいよ半狂乱になって暗闇の中で暴れまわる。

どさっ！　と地面に落ちるシュガー、それに駆け寄る羊羹！

「シュガー！」

「ネコチャン。ごめん、マタタビキュー、できなかった……」

「それ以上申すな。よいのだ、お前が正しかった！」

羊羹はその両目に涙をいっぱいに溜めて、シュガーの血塗れの顔を舐め取ってやる。

「瞬火弓は必要なかった。おまえの生のままの叫びが、メアの中から生命を呼び起こしたのだ！　生命はお前を神と認めた。これこそ、混じりけなしの信任だ！」

『何ァァんだとォォ――――おおお――ッ』

ずわっ、ずわっ、と続けざまに生物の飛び出し続けるメア大統領。その明滅する輝きは、大統領自身の驚愕と慟哭を表している！

『生命が、お前を信任しただだと。当職を見限っただだと!!』

溢れ続けるエメラルドの海水！　今や一帯は輝く海に膝まで浸る有様だ。

『有り得てたまるか。大統領は一人！　ママに使命預かりし、当職だけだァァ――――ッ!!』

今ここでシュガーを潰せば！　その思いに全ての力を込め、大きく身体を逸らせてハンマーパンチを振り下ろす……そこに、

「ママ、ママ、ううるせえええ――――ツッ!!」

ずばんっっ！　と、振り下ろす拳ごと貫く、大菌棍の直上突き！

『ぐばがあああ――――ツッ!!!!』

噴き出す海水の圧力に耐えかね、肩口からまるごと捥げた潜水服、その中から今度は、筒蛇の長大な身体が飛び出す。神獣は久々の自由に一声いななないて、抜け出しざまにその体側でメアの身体を宙に大きく撥ね上げた。

(勝機見えた！　ああ、しかし!!)

羊羹は上空へカッ飛んでゆく海神メアと、倒れたシュガーを見比べて、歯噛みする。今こそ必殺の好機だが、肝心のシュガーの身体はもはや限界、倒れ伏してぜえぜえと荒い息をつき、虹の輝きも弱まっている。

しかし、今はメアを飛び出し、シュガーを信じた生命体たちが、献身の心とともにそこに群がっている。

羊羹はぐるりとそれらを見回して――

(ここは。己れが今こそ、将軍の気概を見せる!!)

胸に抱いた超信矢の矢羽根を大きく掲げ、一際輝きだすそれに、すべての瞬火剣の力を込めて祈った！

「みんな！　どうか今ひとたび『信任』をくれ。隷属ではなく、意志を以って！　菌神シュガーに、命を預けてくれ――っっ!!」

『ごばああ……なぜだ、なぜだ!!』

筒蛇（つつへび）の尻尾にカチあげられ、上空で苦悶（くもん）の声を上げる海神メア。

『悪性、市民、どもめ。なぜ滅びを選ぶ、なぜ私から出ていく!?　私の外に安寧はないっ。宇宙のどこにも、私を越える安寧はないのだぞ――ッッ!!』

　その意志力は死んではいない！　ボロボロの身体（からだ）にメア・エンジンの力を練り上げ、ふたたび生命を保全しようとする。

『まだだ。流出した種族は数%に過ぎない！　次は、意志力の欠片（かけら）すら、奪ってくれる！　ライフ・オーシャン・スト――』

「来ォオいッ、菌斗雲――ッ！」

『な、にィイイ――――ッッ!!』

　蘇（よみがえ）る虹の輝き！　なびく髪がオーロラに光る。

　菌斗雲の猛スピードでメアを追って上昇したシュガーは、大菌棍（だいきんこん）を振り回し、そのまま中空のメアめがけて躍りかかる。

『なぜ動ける!!　まさか貴様も、生命信任機構（トラスト・ミー・エンジン）を――』

「海神メア！　おまえの敗因は、たったひとつ！」

　がづんっっ!!

「――自分で自分を、信じなかったこと。」

打ち合わす額、燃える颪の中で、メアとシュガーは見つめ合った。シュガーの翡翠の輝きは、メアに対する敬意、そして大いなる挑戦をたたえ、

「他人の信任を、一万、一億、一兆集めたって。シュガーには敵わない!!」

深緑のほむらとなって燃え盛る！

「この胸には!! わたし自身が、ずっと燃えているんだァァ――――ッッ!!」

『――く、く、来るなァァ――――ッッ!!』

力量で下回るはずの相手に。しかも子供に、怯えの咆哮を引きずり出される！ 防衛反応で起動したメア・エンジンが回転し、シュガーへ向けて海水のサイクロンを迸らせる。

『サンバァァ――――ン！ オーシャン！ ストリィィィ――――ムッッ!!』

「ママのお使いに負けるほど、」

『吸い込まれろ――――ッッ!!』

「シュガーは。甘くない、いぜ……！」

ずばんっ！

乾坤静水、カウンターの一撃！ スピードを乗せた大菌棍の一突きが、がら空きになったメア・エンジンを、とうとう突き破った！

「奥義、大菌棍ッ、」

『――――』

「大命哮────ッッ‼」

超信力が、シュガーの持つ生命のマニフェストを無限に増幅し、メア・エンジンの中に叫びかける。メアの中に残るすべての生命体が、眠りから覚め、シュガーの祈りに応えて、己が運命を取り戻すべく躍動する！

『やめろ、ごぼごぼごぼっ、や、やめ──』

「いいいいいけえええええ────ッッ‼」

『ゴオオオオワアアアア────ッ！！！』

ぼわんっっ！　と破裂するようなメア・エンジンの沸騰によって、それまでメアの中に保全されたあらゆる生命が飛び出してきた。噴き出す蒸気とナナイロの輝きによってその場は覆いつくされ、その海神と菌神との激突は、煙の中にとうとう見えなくなった。

＊＊＊

「しつこいんだ、おまえはッ！」

ロングドレスから延びる半月の回し蹴りが、短刀を避けたパウーの側頭部に突き刺さる。その刃物と見紛う切れ味に、パウーの身体は吹っ飛んでビルの壁面に叩きつけられる。

どがんっ！

「はあ、はあっ、妊婦のくせに、どっからあんな体力……」

汗を拭うマリーへ、

「ま　だ　ま　だ　――――ッッ‼」

「げええッッ」

「白蛇棍・とぐろ絡みッッ！」

ダメージをものともせぬ、ラクシャサの一閃！　上方から叩きつけられた鉄棍をマリーは避けるも、地面に伝わった衝撃が瓦礫を巻き上げ、

「！　しまっ」

ドレスにひっかけてわずかに回避を遅らせるそれへ、

「白蛇棍！　おおまむしィイ――――ッッ‼」

「ぎゃぼあッッ‼」

パウーの執念の一撃が捉えた！　それまで才覚と経験を以ってパウーを圧倒していたマリーが、とうとうその肋骨をへし折られ、ゴロゴロと地面に転がる。

「ぐあぁっっ……クソ、ば、ばかぢからめぇ……」

「御免。しかしご安心ください、私の白蛇棍は活人の技」

（ど、どこがだよォ、クソッ）

マリーは弓を杖代わりに上体を起こし、

眼前に仁王のように立ちはだかる、パウーとその瞳を合わせた。

（……ボロボロじゃないか。なんで、あたしより元気なんだァ？）

マリーの言葉どおり、パウーの身体は、度重なるキノコの技によって甚大なダメージを受けており、蹴りや短刀による外傷も痛々しい。

常人でなくとも、とっくに倒れているはずの身体で……

「手加減無用と申し上げたはず」

「あんだってぇ……？」

「お立ちください。菌聖の技、私がすべて受けきってみせる」

凛と輝く声で、そう言い切ったものである。

「……くひひひ……」

マリーは少し驚いたような顔から、やがて笑いにその貌をゆがめる。

「バカな旦那にはバカな嫁だ。この期に及んで正々堂々を気取りたいのか？」

「母になる身です。獣の流儀に従っては胎教に悪い」

「なかなか言うじゃないかァ」

マリーは噛みつくように笑って、ずざっ！　と飛び退り、パウーから距離を空けて立つ。

「そりゃ、姑への当てつけか、コラ？　卑怯な手段で旦那を奪おうとするあたしへ、道徳を思い知らせようってハラかよ！」

「はじめに徳を見せたのは、貴女(あなた)の方でしょう」

「……ああ?」

パウーは、そう言って……

怪訝(けげん)そうな相手の眼前に、かつてマリー本人から手渡された、黄金のキノコ……コンゴウハツを差し出してみせた。

「胎(はら)を守るキノコだと。貴女(あなた)のおっしゃる通り、いや、想像以上の薬効です。これだけの無茶をしていながら、我が子へのダメージはない。このコンゴウハツがなければ、そもそも私はここに立って、貴女(あなた)と相まみえることすらなかった」

「……。」

「貴女(あなた)は矛盾している」

パウーの澄んだ視線に見据えられて、マリーは身じろぎするように弓を構える。

「我が子を独占するエゴを謳(うた)いながら、一方で私という可能性を、摘むどころか生かした。自らこの場に導いた」

「……。」

「止めて欲しいのですね」

「黙りな……!」

「その悲鳴確かに受け取った。猫柳(ねこやなぎ)パウー、活人白蛇棍(はくじゃこん)の全てを以(も)って、お義母(かあ)さまをッ」

「お義母さまと気安く呼ぶんじゃァねェエ――――ッッ‼」

「止めてみせるッッ！」

ばしゅん、がうんッ！

貫く矢、奔る鉄棍！　マリーの疾風の矢を続けざまに居合の棍が弾き、ぼぐん、ぼぐんとパレードの沿道をキノコで彩る。黒豹の素早さで迫るパウーをバックステップで引き離しながら、マリーの額にはわずかに汗が浮いている。

(見誤った……あたしが⁉　こいつ、強い！)

「キャァラァ――――ッッ！」

(ただの人間のはずがない。どこの由来か、進化の力を得ているな。だったらッ)

覚悟を決めたマリーの全身から、ぶわッ！　と銀色の胞子が舞い上がる。銀の胞子はすぐに半月の形を取り、

「顕現ッ！」

(！　あれは、霊雹弓！)

進化対滅の必殺弓としてマリーの両手に引き絞られた。

「よく頑張ったな、嫁ェ！　もう少し遊びたかったが、こいつで終いだ！」

(打ち返してみせる！)

「喰らいなッ、霊雹弓ゥウ――――ッッ‼」

ばきゅんっっ!!

閃光が音の速さを超えてなお、パウーの鉄棍が早かった。銀の矢が眼前に迫るのを、渾身の白蛇棍の技で打ち払い――

ずどんっっ。

「……っっ⁉」

「バーカ……」

銀色に汗を照らされて、にィイ、とマリーの貌が笑った。

「信じてたよ。腕が仇になったな……」

(私の棍が、矢を弾くところまで、読んで……!)

霊雹弓の矢そのものに、マリーは極端な回転をかけたのだ。弾いた矢は飛んでいかず、そのままきりもみうって、振り切ったパウーの肩へ突き刺さった。

ぼぐん！

「がはっ――！」

(発芽は弱いが！　終わりだ、これで進化の力は――)

マリーが勝利を確信した、

その直後。

霊雹の発芽のショックで、その場にくずおれるはずのパウーの身体は……

「――不倶(ふぐ)、戴天(たいてん)、抜山(ばつざん)、蓋世(がいせい)！」

「――な、にいいいッッ!?」

むしろ、発芽の衝撃を生かして加速し、突っ込んでくる！

（こ、こいつ、あたしの考えの、さらに裏を読んで！）

「天罰、てきめえええええんッッ!!」

ずがあんっっ!!

横薙(よこな)ぎの一閃(いっせん)であった。霊雹弓(れいびょうきゅう)にすべての力を割いたマリーはそれをかわすことかなわず、ビルの壁面に打ち付けられて「がはぁっ」と血を吐いた。

「ど、どういう、威力だ……」

べしゃり、と地面に落ちて、マリーが慟哭(どうこく)する。

「ありえねえ。霊雹弓(れいびょうきゅう)を受けて、なぜ、力を保っていられる……」

「亭主やミロと違い、私は何の進化の恩恵も受けていない」

肩口から生えた霊雹(れいびょう)を抜き取り、パウーは血まみれで、しかし精悍(せいかん)に立つ。ブーツの裏で血の轍跡をつけながら、それでも力強く、倒れたマリーへ歩み寄る。

「ただの『人間』です。奪われる力がない。ゆえにあなたに勝てた」

「……。はっ。バカげた……」

マリー、「くくく」と笑って、

「いや。大したやつさァ。殺しな……」

「あなたを？　誰も望まぬことです」

「ビスコを取り戻したいんだろう」

「はい。しかし奪いたいのではない。私はただ一言、赦しが欲しいのです」

「赦し、だと……？」

「お義母さま、」

パウーは、熱く静かな声でそう言って……

壁によりかかるマリーの眼前へ、視線を合わすように、血でぬめる鼻先を突き合せた。

「息子さんを、私に、下さい。」

「――は？」

「必ず、幸せにします――」

呆気に――

取られきったといっていいだろう。あの菌聖マリーをして、まったく予想のつかぬ、突然のパウーのこの物言いであった。

（ぽか～～ん……）

あれだけの大立ち回りを見せ、人の身でキノコ守りの自分を圧倒しておいて、

「――っ。」

わずかな不安にゆらめいて返事を待つ、この少女のような瞳！

（何だコイツ⁉⁉⁉）

マリーが何と答えてよいか口をぱくぱくさせる、その一瞬後に、
どがああんっっ。

「⁉」

「な、なんだァッ」


『箱舟　修復率97％　緊急　起動』

『最高権力者　メア　敗北　ニヨリ』

『ラスト・コード』

『大波濤（ジェノサイダル）　ヲ　発令』

『箱舟　ヲ　発進　シマス』

「お義母（かあ）さま、退（さ）がって。ホワイトハウスが崩れる！」

「メアが負けたんだ」

マリーはパウーの肩を借りて立ち上がり、崩壊するホワイトハウスの中から現れる、修理の済んだ巨大な箱舟の影をあおいだ。

「往生際の悪い子だよ。箱舟に予備の大波濤をチャージしていたんだ。自分の敗北までを予見して、スイッチにしていたな」

「勝ったのですね。あの子が、シュガーが！」

「喜んでる場合じゃァないよ、まったく。箱舟を止める！」

マリーは自分の口端から血を拭うと、ぎらりと元の鋭い眼光を取り戻し、真紅の弓をひっつかんで駆け出してゆく。

それを慌ててパウーも追って、

「お義母さま、その身体では！」

「おめーが言うなァ。あたしの菌術はまだ閃く。シュガーとメアを助ける！」

「ええっ⁉」

「やれやれだ。親より弱いなら言うことを聞け、てのが言い分だったが――」

マリーは追ってくるパウーを振り向き、もはや迷いを振り切った顔で、にかりと笑った。

「全てご破算さァ、何しろ負けちまったんだから。しっかり自分のツケは払って、その後は……くくく！　心配するなァ。あのバカ息子は、お前にくれてやるよォ！」

＊＊＊

ふと。

何か、大切なものが叫ぶ音がして、そちらを振り向いた。

「ホイ、ばんめし。……どうした？　ビスコ。椀を取れい」

ビスコは……

遠くへ投げていた意識を慌てて戻し、焚火の向こうのジャビに向き直る。

「食欲がねえか。いらねえなら、ワシが食っちまうぞい」

「喰うさ、バカ！　毎度ワタを抜かねえから、苦みが気になるだけだ」

「まだまだ味覚はお子様よな。いいか、鉄鼠を食うときは、こうぐいっと……」

「知ってるよ、噛まねえで飲むんだろ。歯抜けの流儀は聞き飽きたぜ！」

「ウヒョホホ……」

夜、埼玉鉄砂漠。

頭上に架かる鉄骨を屋根に、キャンプの火がちらちらと燃えている。無事に錆喰いを手に入れた二人にとって、帰りの旅は難なく、のんびりとしたものだ。

ジャビの身体はすでに錆を取り去って全盛期の弓力を取り戻しており、時折見せる苦しみの表情もなくなった。

ビスコにしてみれば、本人が何より望んだ結末。

ようやく手に入れた心の平穏……

（…………その、はずなのに。）

《パパ‼》

——不意に胸を震わす、声なき声。

（まただ！）

（誰かに呼ばれたような。）

（知ってる声なんだ。なのに、どうしてだろう。思い出せない……）

「ビスコ。何か聞こえるのか」

「……えっ。いや……」

「おのれ。追手か？」

心のふわついた弟子にかわり、ジャビが油断なく砂漠の周囲を睨む。そして見渡す限り何事もなく、気配も感じないことがわかると、髭をぽりぽりと掻いてビスコを向き直った。

「なんだかな。お前、どうしちまった？」

「……ずっと、呼んでいるんだ」

ビスコは目を細め、身体を抱えるようにして、得体の知れない感覚に身をよじる。

「誰かが俺のことを。くそ、変な胞子を吸ったかな。ジャビ、俺、もう寝るよ——」

「——待て。ビスコ、ツラをよく見せろ」

ビスコが怪訝な顔で師匠を見ると、ジャビはいつになく真剣な様子で、指でビスコの眼をか

っぴらいて覗きこんだ。そして「ムウ」とひとつ鋭い息をつき、

「合点がいった。お前さん、夢の中にいやがるな」

「夢……？」

「ワシを良く見てろ」

ジャビは言うが早いか腰から短刀を抜き放ち、焚火の明かりに照るそれを、ずばりと自分の胸元めがけて突き立てた。

ずばんっ！

「⁉　ジャビ、何を——ああっ⁉」

「けぇッ。なるほどな」

ジャビは鋭い目で、切り裂いた自分の胸元を睨み、ひとつ舌打ちをした。ジャビの胸からは、鮮血ではなく、煙のように揺らめく虹色の胞子が噴き出してきていたのだ。

「ジャビ……ど、どういうことなんだ⁉」

「ビスコ！　ぼさっとするな。ここからお前を逃がすぞ。弓を持て！」

「俺を、逃がす……？」

真実の匂いが錆喰いの血に触れれば、偽りの安寧を食い破るように胞子が目覚め、まどろみに曇ったビスコの瞳に輝きを取り戻す！

「待て、ここは一体⁉　俺は何をしてたんだ。ミロは。シュガーは⁉」

「お前さん、その身体……」

いまやビスコの身体は、まやかしを破る太陽の輝きに包まれている。渇いたかつての修羅ではない、天神のかたち。ジャビはその姿を眼をほそめて見つめ……

逆にほろびてゆく自分の身体を撫でながら、満足そうにつぶやいた。

「……そうだったか。ワシの荷は、すでに降りていたか……」

「ジャビ。駄目だ、ジャビ、行くな!!」

世界が偽りとすでに察しながら、ビスコは師匠へ追いすがる。

「行かないでくれ。話したいことがまだ、たくさんあるんだ！」

「話すワイ。お前のこれからの人生で、いくらでもな」

ジャビは背中から弓をずらりと引き抜き、虚空へ向けて引き絞りながら、にやりと横顔でビスコに笑いかけた。

「ワシがお前と会ったように、お前もシュガーと会った。ワシらの人生は重なっていく。親と子の節目節目で、お前がいかにワシを困らせたか。泣かせたか。喜ばせたか……因果応報、身をもって思い知るがいいわ」

「ジャビ……」

「ざまあ、みやがれ！　ウヒョホホホ!!」

弓聖ジャビの、屈託のない笑い声。

そしてそれは老体に極限の集中をもたらし、虚空へ向けて、心技体すべてを完成させた究極の弓を解き放った！

ずばんっっ!!

虚空に突き立ち、夢の世界に大穴を空けるジャビの一矢！

「行け、ビスコ!! 次はお前がワシじゃ」

「ジャビ――――ツッ!!」

「『親』のお前を、涅槃で見ているぞ!!」

手を伸ばすビスコ！ 間一髪手は届かず、大穴のすさまじい吸引力がその身体を呑み込んでいく。ビスコは伸ばす手の向こうで、
笑うジャビと、
最後に視線を交わして――


ごぼっっ。

ごぼごぼっ。

ごぼぼ、ごばっっ!!

涙を振り切り、決然と眼を覚ます!!

（海中だ!!）

強烈なる安堵に支配された、暖かくも優しい、いわば羊水の海である。

（メアの身体の中だな）

拷問のような責め苦には耐えられても、この『無限の安心』の中で抵抗できる生命体など居ない、そう断言できる安心感である。

事実、羊水の海の上下左右には、天地もなく無数の生命体が眠りこけ、もはや生死すらを海に委任している有様だ。

しかし、いちどき北海道の胎の中を経験したビスコには、これに耐えうる抗体があった！

心に脈打つ師の教え、意志力を奮い立たせ、切り札の言葉を叫ぶ。

「あくはばわ――っっっ!!」

ずわっっっ!!

ビスコの声に応えて、海中から躍り上がる同じく強靭な意志力生命体!!　オレンジ色に輝くテツガザミの甲殻が、ずわりとビスコの身体を捕まえ鞍に乗せ、水中を我が物顔でミサイルのように飛び泳ぐ。

（アクタガワ！　さすがだ、もう目覚めてたな！）

ぽこぽこぽこ。　↑あたりまえだろ。の意

（シュガーに呼ばれたんだ！　声を追っていけば、出口があるはずだっ！）

ぽこぽこぽこ。　↑わかってるよ。の意

ぽこぽこ。↑せわのかかるやつだよ。の意
ぽこ。↑あほ。の意
（おいっ‼ 言い過ぎだぞ。助けに来たじゃねーか‼）

「あくはばわ！ びふこ――――ッッ‼」

「む‼」

声！ 見上げれば、水中で何かに掴まる相棒の声。ミロがその手に掴んでいるのは、海の中に突き出した何か巨大な長棒である。

ビスコとアクタガワはすぐにミロの傍へ泳ぎよった。

（お前もなかなか寝起きがいいようだな‼）

（言ってる場合⁉ それより見て！ これは……）

ミロはその長棒を撫で、そこから海中に舞う虹色の胞子を認めて、「ごぼごぼごぼ！」勢い余って水を飲みながら叫んだ。

（大菌棍だ！ シュガーの必殺武器。僕らの目が覚めたのは、あの子のおかげだよ！）

（なるほど……）

シュガーの大菌棍・大命哮によって、羊水の海のここら一帯だけ、生命体の姿がない。つまりはシュガーのマニフェストで目覚め、外へ出て行ったということであろう。

しかし海は無限に広い。

（力は充分でも、声がもう一つ届いてねえらしい）

（保護者の出番だよっ、ビスコ‼）

ミロはきらきらの眼で相棒を向き直り、母の使命に顔を輝かせる！

（シュガーの心を乗せて、弓を撃つんだ。みんなにあの子の心を届ける！）

（……よし。やれるか、ミロ！）

（僕にだけできるっ‼）

触れてミロが念じれば、大菌棍はまるでミロがシュガーであるかのように己のかたちをほどき、虹色の光になってミロの手に吸い込まれた。大菌棍の力を込めた虹色のキューブは、そのままビスコの手にオーロラのアーチをかけ、輝く弓を引き絞らせた。

（お前ら‼　呑気に眠りこけてねえで……）

輝く虹の弓から、新たな生命体代表、菌神の祈りを乗せた矢が放たれる！

（シュガーの声を、聞けええ――――ッッ‼）

ずばうっっっ‼

ど　ばんっっっ‼
見上げる空中。無数の生物がメアから飛び出し、散らばってゆく。自分の生命を声高に叫ぶように、それぞれの自由へ羽ばたいてゆく。

その、いずれもが、自分を……

新たな神、シュガーを祝福している。すごいぞシュガー、ありがとうシュガー。がんばったね、えらいね……言葉もたぬ獣たちのよろこびが、虹色の胞子を通して伝わってくる。

（えへへ……ありがと～～……）

静かに白んでゆく景色を心地よさそうに眺め、

（ママ。ほめてくれるかな……）

空を落ちながら、菌神は感覚のなかを揺蕩っていた。やがて、心地よい眠りがシュガーの瞼に落ち、その意識を奪おうとする、そこへ……

「シュガ―――――ッッ‼」

「……んわっ⁉」

「居た！　アクタガワッ！」

しゅごうっ！　とバーニアを噴かして、オレンジ色の甲殻が雲の間から飛び出す。ロケットアクタガワは落ちてゆくシュガーをめがけ花火のようにカッ飛び、

「ママ。ママ！　ママ―――――ッッ‼」

「シュガ―――――ッッ‼」

がしっっ！

鞍上のミロの腕の中に、確かにシュガーを抱きとめた。ミロの溢れる涙がシュガーの頬を濡

らし、シュガーもまた、爆発するように母の胸でしゃくりあげる。

「うわ――ん。ママ。ママ。ひっぐ。ママ――ッッ……」

「感じたよ、シュガー。きみの心が、パパとママの目を覚ましたんだ。えらいね。すごいね
……僕たちのいちばんだよ、シュガー……」

「ウエーン。ウエエエ――ン……」

ミロの両腕は、この世でなによりも強靭なシュガーの身体を、この世のなにものよりも優しく、あたたかく抱きしめ続けた。

やがて、無限かと思われたシュガーの涙がやむころ、

「おいミロずるいぞ。俺にも抱かせろ！」

「はいはい。シュガー、パパも無事だよ！」

「パパ！」

べぢんっっ！

「バカ――ッッ!!　ウエ――ン!!」

「超痛て～なんで!?」

「箱舟から投げたりするからでしょ。ショックに決まってるよ！」

「ウエ――ン!!　パパ、パパ～～」

「いや、悪かった。お前が勝つのは知ってたが、もう少し、年単位で時間がかかるかと……強

かったぞシュガー。あの大統領相手に……うおっ⁉」

突然、ぐわっ、とアクタガワがジェットを噴射し、雲を突き破って背後から襲う巨大な海水の塊を逃れた。

『**うぉぉ――――っっ**』

「ママ、あれって！」

「スーツがないけど。大統領に間違いないよ！」

「理性を感じねえ。生命を吐き出しきって、暴走してるのかッ」

海水塊はそのまま空の前方へと飛んでゆき、

ずわぁっ！　と厚い雲から持ち上がる、巨大な箱舟へと吸い込まれていく。メア大統領の魂を吸って、箱舟はどくんと脈打ち、神々(こうごう)しく輝きだした。

『エンジン・コア　メア本人　ヲ　回収完了』

『ラスト・ステージ』

『大波濤(ジェノサイダル)プログラム　ヲ』

『実行　シマス』

「ビスコ、箱舟が動く！」

「まずい。バックに噴かせ、アクタガワ！」

ごうっ、とアクタガワのバーニアが急停止すると同時に、周囲に厚く積もった雲が、凄まじいメア・エンジンの吸引力によって箱舟に引き寄せられてゆく。

「「うわあああっっ」」

強引にきりもみ回転をかけ、その吸引から逃れるアクタガワ。一方で箱舟はそれに構わず大空の雲を一身に集め、

**『メイク・ジ・アース……』**

**『グレイト・アゲイン。』**

巨大な潜水服の上半身を雲で形作って、

**『オブ・ザ・ママ、バイ・ザ・ママ、フォー・ザ・ママ！』**

ずううん！　と、天空にそびえるアトラスとなってそこに顕現した！


**『まだだ。』**

**『いかなる生命に、背かれようとも……』**

**『ぼくのいのちが残ってるぞ。』**

**『菌神、シュガー！』**

**『いまいちど勝負だ。ママに捧げたぼくの公約！　必ず成し遂げる!!』**

「メアが剝き出しになった」

巨人の澄んだ声色に、命と命が刃鳴を散らす真の響きを聴いてとり、ミロの瞳に敬意と挑戦の火が灯る。

「すべての信任を失うことで、自分を取り戻したんだ。彼はもう、虚ろな大統領じゃない、純然たるひとつの意志だ！　ここからはぶつかりあいだよ、ビスコ！」

「受けて立つぜ……！　正面からぶち破ってやる！　ミロ、超信弓だ！」

「わかっ……」

「だめ――――っっ‼」

出現しかけた真言のキューブを、ぐしゃっ！　と握りつぶされて、ミロは勢い余ってつんのめる。それを小さな身体で抱き留めながら、シュガーは啞然とするビスコへ声を張った。

「あの子をいじめちゃだめ。シュガーのお友達なの！」

「「おともだちぃぃ⁉」」

「さっきあの子の心に触ったの。とっても強くて、優しくて、いいこだよ。ただ価値観のスケールが、ばかでかいってだけなの！」

両親は顔を見合わせる。

「まあ、海だからねえ。神様同士、相性いいのかな？」

「やけにかばうじゃねえか、シュガー。まさかメアに気があるんじゃねえだろうな！」

「ちょっとビスコ！　さすがにそんな——」

「え〜〜〜？　そんなこと……えへへ……」

「うそでしょ」

「だ、だめだだめだ!!　俺は許さないぞ！　そんな思春期の、一時の感情でッ——」

ミロは我を忘れて怒り出すパパをギュッと押しやって、頬を染める娘と瞳を合わせる。そして風に髪を大きくはためかせながら、にっこりと語りかけた。

「あの子が気になるんだね。それならシュガー、自分の弓で心を射止めてごらん」

「でもママ。シュガー、弓なんて……」

「できるよ！」

青髪の美貌に、ばちんとウインクが決まる！

「きみが何かを好きな気持ちに、不可能はないっ！」

「！！！」

ウインクの閃き(ひらめ)を受けて、シュガーの中に強烈な意志の奔流が駆け抜けた！　虹色に輝く瞳が髪の毛とともに胞子を舞い上げ、菌神の中に眠る新たな可能性を引き出す！

「ママ！　シュガー、やってみる!!」

「行っておいで。僕たちがついてる！」

「来ぉぉ――――いッ、虹菌弓(こうきんきゅう)ウゥ――――ッッ!!」

顕現・虹菌弓(こうきんきゅう)!!

菌斗雲をしゅばりと飛ばし、アクタガワから離れるシュガーの手に、虹色の大弓が握られる。しゅばりしゅばりと空中をきらめく菌斗雲の上、信じる心を七色に光らせて、シュガーは乾坤(けんこん)の一矢(いっし)を引きしぼる。

「おお、見ろっっ!! あれがシュガーの弓だ! さすがは俺たちの……」

**『――もはや、いかなる信任も、いらない。』**

「……ビスコ、待って!!」

**『ぼくの心に、清く澄んだ一票さえあればいい。ママの幸せこそ、ぼくの使命! 輝くママの明日へ、かならずおまえたちを!』**

「やべえ。大統領が動くぞ!」

「シュガー危ないっ!!」

**『つれてゆくのだ――――ッッ!!』**

びしゃあんッッ!!

「!! んわあっ!!」

**『ユピテル・ライトニング・ストリィィィ――ムッッ!!』**

大雲巨人メアの放った天雷が、発射直前の虹菌弓(こうきんきゅう)を捉え、シュガーを極大の電圧でからめとって感電させる。

「あぎゃぎゃぎゃぎゃぎゃぎゃ⁉　しびびび――っっ」

「「シュガ――ッッ‼」」

「ほげ――っっ……」

コントロールを失った菌斗雲はそのまま、黒煙を上げて空を落ちてゆく……

そこへ、

「集中を切らすなァ！　メアもあたしの子だ、伊達では射抜けない！」

シュガーを救い上げ、ずわっ、と空の下から持ち上がったのは――

その頭頂部に『知恵シメジ』を咲かせた、巨大な『筒蛇』の身体であった！　厚い雲をかきわけて、悠然とクリムゾン・レッドの髪がなびく。

「ああっ、ババアッッ」

「ばぁば！」

筒蛇のおでこに両の足で立つのは……

その腕にシュガーを抱く、赤星マリーその人。ずらりと抜いた真紅の弓で、

「戻れメア！　あたしたちの負けだ。もう一度出直そう！　二人で……」

**『じゃまをするな。ユピテル・スパ――クッッ‼』**

「おうらッッ‼」

がうんっ！　と、孫を狙う雷の一撃を、弓柄の一閃で弾いてのける。

「メア！　もはや、あたしのことすらわからないか!!」

**『ママのためにーーっっ』**

「……あたしは結局、一番優しかったお前を、野望の踏み台にしていたんだな。いつもあたしは才にかまけて、親であることをとりこぼして……」

「ばぁば！」

ぎゅっ！　と。

マリーの両頬をおしつぶすシュガーの両手。マリーは「ばぁば」に異議を唱えようとシュガーと目を合わせて、その吸い込まれるような瞳に釘付けになった。

「どうして、そんな悲しそうなの？」

「…………。」

「あの子はね。『マリー』の笑顔のために、ずっとがんばってきたんだよ。あの子のこと、好きなら。笑ってあげて。ばぁば！」

「……だめだよ。今更、どのツラ下げて、あの子に……」

「これでもかーーっ!!」

「ちょっ、シュガー!?　やめっ、あははは……」

俊敏極まるシュガーの動きに、身体中をくすぐられて……

赤星マリーは。

シュガーから注がれるただひたむきな愛にほだされ、心の奥の固く石化したものが、ゆるやかに洗われゆくのを感じた。その震えるまつ毛の上から、シュガーの柔らかな腕が、ぎゅっ、とクリムゾンの頭をだきしめる。

「……シュガー。あたしは……。」

「いいこいいこ。だいじょうぶだよ。がんばったね」

「…………。」

「親なんてダメで上等！　子供に笑ってあげられれば、それでいいの。パパを見てよ、シュガーのほうがぜんぜんしっかりしてるし。これからみっちり、シュガーが育ててあげるの！」

「…………あ――っはっはっ、」

「聞こえてるぞコラ――――‼」

「あ――っはっはっはっはっ‼」

マリーの、その笑い声は……

それまでの皮肉と過去をすっかり拭い去った、まったくの純真無垢な一人のマリーとして、からりと晴れた空と風に響き渡った。

瞼の裏で、相棒が……

ジャビがほほ笑んだような。

そんな感覚を抱きしめて、マリーはシュガーに頬ずりをする。

「ババア――ッッ!!　危ねえ――ッッ!!」

びしゃあん！　とマリーめがけて奔(はし)ったユピテル・ライト・ストリームを、ビスコの真言弓(しんごんきゅう)が弾(はじ)く。焦げ臭い香りに顔をしかめるマリーへ、ビスコは叫んだ。

「おいっ!!　飾りじゃねえなら弓を引け。今度こそ息子を、大統領を救うんだ！」

「あたしがァ!?」

「僕たちじゃ、メアの心には今一歩遠い。でもお義母(かあ)さんの……菌聖マリーの！　『ママ』の放つ祈りなら、彼の心に触れるかもしれないっ！」

「無茶言ってくれるよォ！」

マリーは呆(あき)れたように言う、

「あんなことになったメアに、あたしの弓がいまさら……」

「ばぁばだけじゃないよっ。パパとシュガー、親子三代でいくっっ!!」

それに振り返って、にこりと決まる孫の虹色の笑顔！

「お、親子三代で弓を併せるゥ!?」

「そういうことだッ!!　毛利家も言っていたぜ。三本合わされば、矢は折れねえッ!!」

「少ない学識を得意げに言うなァ！　あのなァ、息子はバケモンで孫は神様だ。あたしが合わせて弓を引いてごらん。身体(からだ)がばらばらになっちまうよォ！」

「だいじょうぶだよ、ばぁば！　やったことないんだから！」

（やったことあるみたいに言うなよォ）

「できない？」

首をこてんと傾げて聞いてくるシュガーに、マリーは「……くひひ……」と笑い、

（やったことねえんだから、できる。なるほどなァ）

かつての才覚にきらめく、獣の笑みを取り戻す！

「ようし。いいだろう――シュガー、あたしを真似て弓を引きな！」

「うんっ!!」

「ようやくその気になったかよ！」

太陽にきらめく錆喰いの胞子に照らされ、親そっくりの犬歯がきらめく。

「見物だぜ。ビスコとミロの神威の弓術に、ロートルが付いてこれるか!?」

「はッ。あたしからすりゃ、馬鹿力任せの若造の技。本物の弓を見せてやる！」

「上ォォ等だァッッ」


『ライフ・フォース・アナライザー　検証実行！』

『キノコ由来ノ　非定型生命力　連続的ニ上昇、』

『推定生命力　120億8000万ライフラ……』

「メア。」

「ずっと待たせて、ごめんな。」

「あたし、はじめて――」

「愛のために、撃つよ。」

「お願い、見ていて……！」

「――来いッッ！　霊雹弓（れいびょうきゅう）――――ッッ！」

ぐわんっっ!!

銀色の胞子がマリーの全身を包み、その肌に霊雹（れいびょう）の紋を刻み込む。

その手に握られた三日月の弓が、静謐（せいひつ）さと情熱を交互に滾（たぎ）らせ、清く輝く！

『アラート!!　新タナ　キノコ弓ヲ　感知！』

『推定生命力　６８０兆２０００億ライフラ!!』

『タダチニ　発射ヲ　阻止　シテクダサイ――』

「来ぉぉ――いっっ！　虹菌弓（こうきんきゅう）ぅ――――っ!!」

菌斗雲の上で虹菌弓を顕現させるものの、そのあまりの重量に、「オワワッ」と後ろに転びかけるシュガー。その髪の毛から、ぽんぽんぽんっ！　と鬼ノ子たちが飛び出し、宿主の身体を支える！

「あぶないぞ」

「おもいによ」

「みんなーっ！　一緒に祈って。シュガー、あの子と友達になりたいの！」

「弓で？」

「話せば」

「うまくいったら、アポロチョコ百年分だぞ――っ！」

「「ずっどどどーーーーんっっ!!」」

『ニュー・アラート!!!!』

『新規スポアエナジー確認。乗算生命力　80垓７０００京ライフラ!!』

『ライフ・キャプチャ・システム　ガ　破綻　シマス』

『レスキュー不可！　タダチニ……』

「あいつら！　派手な弓出しやがって。俺たちも負けられねえぞ、ミロ！」

「くふふふ……」

「!? な、なにを笑ってやがんだァッ」

「つくづく、自分勝手な一族だね、ビスコ！」

きらめくような相棒の笑顔と言葉に、ビスコは呆気(あっけ)にとられたように固まる。ミロはくるくるとキューブを躍らせながら、エメラルドの粒子に髪色を染めている。

「世界の都合も知らないで、好き放題に命を賭ける。愛のためなら、過去も未来もぶん回して、己の一瞬をつらぬきとおす！」

「お前が言えたことか!?」

「もちろん共犯だよ！　僕らは知ってしまった。一瞬に全て賭けたものだけが……」

眼(め)を閉じるミロの覚者たる精神に、キューブがぎらりときらめき……

「永遠にさわれるってこと！」

引き絞ったビスコの真言弓(しんごんきゅう)に、更なるプロミネンスの灼熱(しゃくねつ)を宿す！

「ただの真言弓(しんごんきゅう)じゃねえ……!?　錆喰(さびく)いの力が、燃え滾(たぎ)ってくる!!」

「顕現!!」

「「太　陽　弓　ッ　ッ　!!　」」

『エクストラ・エマージエンシー!!!!!』

『乗算生命力　９９９那由他ライフラ!!』

『ライフ・キャプチャ・システム　ブロークン！　オーバーヒート！』

**『狼狽（うろた）えるな、箱舟ッツ!!』**

極光の前にひるまず雄叫（おたけ）びを上げる、メアの巨大な雲の肉体!!

**『いかなる数値も、畏れるにたらず。』**

**『ぼくは　無限！』**

**『スーツも　ネクタイも　恥も　外聞も』**

**『地位も名誉も孤独も承認も』**

**『時間空間哲学すべてをっっ』**

**『脱ぎ去ったいま！』**

**『救えぬ　生命など、ない！』**

**『地球ごと、いや、』**

**『宇宙を、森羅万象を呑（の）み込んで、』**

**『ママの幸せへと変えてくれよう！』**

**『シュガー！　いまの、ぼくは、』**

**『　本　気　だ　ぞ　――――ッツ！！！　』**

そもそも無限と思われた海のキャパシティ。それをはるかに超えて、宇宙にすら咬（か）み付こうというメアの気概！　地球に存在するすべての水がメアの意志に呼応して浮かび上がり、強大無比な水の龍となって雲の周囲を渦巻く！

「生命力　充塡　フル　チャージ　」

「大波濤プログラム　」

「　　いいえ　」

「大　銀　河　総　海　嘯　プ　ロ　グ　ラ　ム　」

「　発　令　」

**『万・命・救・済ッッ!!』**

**『サンサーラ・ドラゴニック・ライフ・ストリィィィ――――ムッッ!!』**

放たれたのは地球の海そのもの！　はるか上空で海は龍の形を取り、咆哮をあげて巨大なとぐろを巻くと、大口を開けてビスコたちを呑み込まんと咬みかかってくる。

その眼前で――！

『太陽』、

『月』、

『虹』！

赤星の血の雄叫びに応え、臨界寸前に引き絞られる三本の大弓が、輝く胞子を散らして大空に架かる！

「「「うううおおおあああ――――――――っっっ⁉⁉」」」

力が。

三つの奇跡の乗算が生む、超宇宙的な力が！　ビスコを、シュガーを、マリーの身体中を引き裂かんばかりに駆け抜ける。

ともすれば、力の暴風の中に溶け、白んでいきそうなその意識を――

「――撃つんだ、ビスコ！」

ミロの乾坤のささやきが繋ぎ止めた。

「ババア、シュガー！」

「「おうッッ‼」」

蒼天に輝く六つの翡翠！

「「赤血煌伝！」」

「「「子々孫々弓ウウ――――――ツツ！！！！！！！！！！！」」」

ず、

ばおんっっっ!!

赤星の血脈から撃ち放たれた三つの神の矢が、極光を放ちながら絡まり合い、すべての生命を称えて輝く極神奥義『子々孫々弓』となって、

どばあんっっ!!

メアの放った海龍のドタマを砕き散らし、その長大な海水のボディを正面から食い破ってゆく！　ぼんぼんぼんぼんぼんっっっ!!と連続して雲に咲く極光のキノコが、大雲巨人の身体中を食い破り、メアの身体を大きくぐらつかせる。

**『うおおおおおおおおお――――――っっ!!』**

**『まだだ、まだ！』『応えなくては！　ママの祈りに、ぼくは!!』**

全身から汗のように、それ一粒で湖ほどもある飛沫を噴きだし、ドラゴン・ストリームを維持しつづけるメアのどてっ腹に、とうとう、

ずばぐんっっ!!

『**ご　お　お　お　お　あ　あ　あ――――っっ!!**』

子々孫々矢の輝きが深々と突き刺さった！　メアは己に残った最後の力を使って、雲の両腕で矢の進行を食い止める。が、

**『こ、ここで、』**

どずん、どずうんっっ！

その力すら及ばない。きりもみうって箱舟に食い込む、絶対貫徹の運命矢！

**『ここで、箱舟は、沈むか！』**

**『ぼくの力は、およばなかったか。いのちの、信任者たりえなかったか！』**

「だいとうりょ——ッッ!!」

**『!?』**

「その矢が、清きシュガーの一票だぞっ!!」

呼びかけるシュガーの声は……

「あなたを、おともだちとして、信任しますっっ!!」

舞い散る虹の胞子に照らされて、命にみなぎり輝いている。

「海神と菌神。いのちを見守る神の宿命を、等しく背負って生まれたはず！　われら二人こそ船なのだ。生命を未来へ運ぶ永い旅は、いま！　船出したばかりだっ！」

**『菌神……シュガー!!』**

「えへへ。シュガーも、ひとりぼっちの神様はいやなの」

シュガーは勇壮なる菌神の威風から一転、手を後ろに組んでぴょこんと跳ね、

「メア。シュガーと、おともだちになってくれますか？」

美しい睫毛を瞬いて、少し照れたように言った。

**『そ、それは……』**

……。

**『プロポーズかな？』**

「いや～～ん！　お友達から～～」

「メア！　聞き入れてやってくれ。それがあたしの望みでもあるんだ」

**『ママ!?』**

子々孫々弓の力はメアの荒れ狂う力を削ぎ、すでに正気を取り戻している。雲の巨人と向かい合い、マリーはクリムゾン・レッドの髪を、上空に涼やかになびかせている。

「ごめんよ。あたしが気がつかなかっただけで、願いなんて既に全部叶ってた。ひとつ最後に叶えたいのは、お前のこと」

**『…………。』**

「あたしもビスコも死んじまうけど、お前は永い存在だ。シュガーと二人で孤独を埋め合ってくれれば、それに勝る喜びはない」

**『ぼくに、愛などいらない！〈愛なき才〉がぼくを産んだのだ。一切の見返りは求めない、ただ、ママの幸福だけを……』**

「これからお前が勝ち取るものが、あたしの幸せだ」

メアとマリーの視線が交錯し、ひととき、静謐な光のなかで触れ合う。

「——ありがとう、メア。何度も呪った『愛なき才』は、おまえとビスコを産み出した。あたしの人生には意味があった。それだけで、充分だ……」

『………。』

『………。』

**『……ぼく自身に。』**

**『……当職に、自立せよというのか。』**

**『よかろう。それが、赤星マリーの望みならば!!』**

少しの間……そして！

ぶわああっっ!!　と子々孫々弓の矢が極光をばらまいて分解し、メアの身体の周りを虹色で覆った。虹の大巨人となった、メア……いや、メア大統領は、その巨大な指で**『びしいッッ』**とシュガーの乗る菌斗雲を指さす。

**『マッシュルーム・プレジデント・シュガー！』**

**『他の誰ならぬ貴職より、当職に信任あるならば……』**

**『わかった。』**

**『やろう。きみとともに、生命をはこぶ箱舟となろう。』**

**『生命よ、忘れるな(ネバー・フォゲット)！　当職は海！』**

**『メア副大統領であーーーーるッッッ!!!!!!』**


どばんっっ!!

大きく片腕を掲げたのと同時、そこでとうとう大空巨人・メア副大統領は、無数の海水の粒となって散らばり、雨となって降り注いだ。

「菌ひょうた――――んっっ!!」

しゅぽんっっ!!　と顕現したシュガーの菌瓢箪(きんひょうたん)が、ずごごごっ！　と恐ろしい勢いで雨をまとめて吸い上げる！

副大統領メアの巨大質量は、やがて……

片手サイズのそれにすっかり収まってしまった。

「シュガ――――っっ!!」

「ママ！　パパ――っ」

ぽんっ、と菌斗雲を消し、アクタガワに飛び乗るシュガー。

「無茶するぜ。あのメアを、まとめて吸い込んじまったのか……」

「えへへ〜〜。ポータブル・ボーイフレンドだよっ！」

瓢箪（ひょうたん）に頬をすりよせる娘の姿に、二人はなかば呆気（あっけ）にとられたようにお互いを見つめる。

「お前、羊羹（ようかん）がお気に入りだったんじゃや？」

「あっ、そうか。そうだよシュガー、浮気（うわき）はだめだよっ！」

「どうして⁇　ネコチャンはネコチャン、メアはメア。シュガーの愛は無限だよ！」

シュガーは得意満面で、ばちーん！

全生命体がひれ伏すウインクを決める！

「お説教は効かないよっ。千年後には、どうせ忘れちゃうんだから！」

休

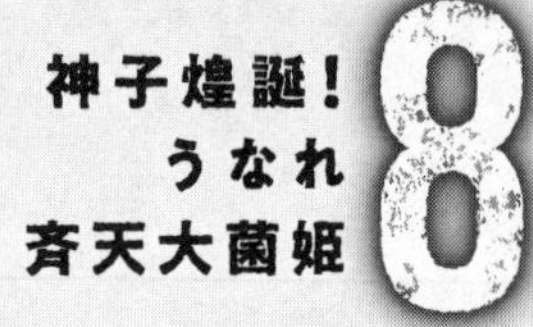
神子煌誕！
うなれ
斉天大菌姫
8

The world blows the wind erodes life.
A boy with a bow running
through the world like a wind.
錆喰いビスコ
SABIKUI
BISCO
【さびくいびすこ】

# 9

異形の神であった。

燃える篝火に照らされて、巨大な身体が艶めく。しなやかに鍛え抜かれた肉体はたくましくも美しく、力と正義と司る女神の性質をみごとに表している。

そして、その剛毅なる腕が、その御許に抱くのは……

いまだまったく鑿の入っていない、巨岩。

可能性の赤子であった！

（おん、きゅるべいろ、ぱうはしゃあ）

（おん、はるきゅいろ、ぱうはしゃあ）

大講堂の内部、神像へ向けて祈るクサビラ宗・明智宗が信徒たち、その前で、

「ウオオ――――ッッ!!　彫れぬ!!」

カンドリが苦悶の吼え声を上げた。さきほどから巨岩に向けて鑿を振り上げては、わなわなと震えたのちにそれを打ち込めず……ということを、かれこれ一昼夜繰り返しておるのだ。

「み、視えぬ。このカンドリの心眼以ってしても、いかなる御子が産まれおるか……」

「まだやっているのか？　仕方のないやつだなあ」

下から見上げるラスケニーが、持った盆に肝のスープ、蒸し鶏、古代米の盛り合わせを載せて、呆れたような声を出した。

「無駄さ、無駄無駄。おまえが彫ろうとしているのは新たな神だぞ。私らのようなものに、姿を見通せるわけがない」

「しかしそれではッッ!!　アカボシ神の……ひいては御妃パウー神の信徒たる我ら、このめでたき折に、信仰の証を立てられぬではないかッッ」

「産まれてから彫ったらいいじゃないか！　ばかだな、もう。気付けの酒と、飯を作ってきてやったから……ほら、食事にしよう」

カンドリは汗びっしょり、苦悶の涙すら流しながら足場を降り、ラスケニーの隣で古代米の皿に手をつけた。

「むッ!!」

「!?　す、すまない。口に合わなかったよな。今、下げるから……」

「ウマイッッ!!　なんだ、この飯は!?」

いちどき腹に炭水化物が入ればカンドリの食欲は眠りから覚めた獅子のよう。ばくばくばくっっ!!　と大皿にふんだんに盛られた飯を平らげていく。

ラスケニーは、呆気に取られてそれを見て……

久しくなかった奉仕のよろこびに、わずかに心をときめかせた。

「美味い。まさか戒律に反した飯では。麻薬など入っておらぬな？」

「バカかっ！　入ってるわけないだろうっ」

「知らなかったぞ」脂でてかるカンドリの口を、やれやれとラスケニーが拭いてやる。「お前にこんな料理の技があるとはな。考えてみれば、摩錆天の妃であったわけだから、当然か」

「……ケルシンハは、作っても食べなかったよ。下賤の女の料理など、と言って」

「だから敗れたのだな、アカボシ様に。このような力のつく神饌、食わねば神威が湧かぬも道理なり。お前の次の亭主は幸せ者だぞ……わはは!!」

「………………。」

ラスケニーはひととき、驚いたような顔で、いまいちどカンドリの顔を見つめた。

かつて自分が摩錆天の横に居たときは、愚直なばかりでつまらぬ男と、その顔かたちすら記憶にとどめなかったが――

（怒りも哀しみも顔に出る。嘘のひとつも、つけない。）

（嘘に浸って生きた、私と真逆だ。）

（野望なきつまらぬ男。）

（なのに、どうして……）

「お前も食え、ラスケニー。どれ、酒を注いでやろう」

「えっ!?　い、いい!!　私は自分で――あっ！」

不意に。

カンドリの伸ばした手が自分のそれと触れる。男などさんざんあしらってきたはずの仙女ラスケニーの顔が、ぽんっ、と桜のように紅くなり、その視線を不思議そうに見つめ返すカンドリと合わせて――

「お母さま――っっ!! 大変ですわ!!」

「! わァァッ」

背後から駆けよってくるアムリィの声に、慌てて取り繕うように正座に戻った。

「何ですの? ……はは あ。いいところでしたの。お母さま、お顔が真っ赤ですわ」

「ね、熱っぽいだけさ。なんのことだか……」

「再婚には六年の浄化期間を置くこと……宗派の教義を、気にしてらっしゃるのね」

アムリィは母の額に自分のおでこを当て、楽しそうにこそこそと言った。

「言ってくだされぱいいのに。そんなもの、都合よく変えましてよ」

「ばかもの――っ!! 僧正の台詞じゃないぞっっ!!」

「僧正殿も一息つかれよ。このラスケニー、大した料理の腕ですぞ」

「んなモン知ってますわバカンドリ。それどころではないの!! いよいよ御産まれになるのよ。ビスコ兄さまと、パウー様のご嫡男が!!」

「ええっ」「おおっ」

アムリィの誇らしげな言葉に、大人二人からも感嘆の声が漏れる。

「めでたいことだがしかし、随分と早い。聞いていた予定より、はるかに……」

「それがどうやら大変な様子ですの。チロル様が早馬を……もとい、どろーん、なるモノを飛ばして、日本各地に助けを求めておられるのよ」

アムリィはめでたき折の喜びと、また有事の緊張感を同時に表情に表しながら、ラスケニーに目で訴えた。喜ぶばかりのカンドリの一方、母・ラスケニーはアムリィの言わんとするところをすぐに感じ取ったようであった。

「行こうアムリィ。私たちの力が要る！」

「ええ！　お母さま、ここがクサビラ宗が天王山。われらが信仰の力を以って、かならず！ビスコ様の御子を、救って差し上げましてよ！」

＊＊＊

「ゴピス司令―――ッッ!!　も、もはや抵抗できる兵力はありません、降伏しましょう！」

「阿呆ゥ―――ッッ!!　このあたしが、紅菱ども相手に!!」

寒椿の旗を掲げる紅菱の戦士たち。その軍隊に取り囲まれ……

もはやすでに打つ手なし、壊滅寸前の京都中央政府軍！

孤立無援の絶対テツジン三号機に乗るのは、ゴピス司令と、ゲストの鉛神戸(なまりこうべ)である。

メア去りし後、再興に調子づき、奴隷を求めて京都側が仕掛けた戦争であるから、これは全く救われぬ、自業自得(じごうじとく)とも呼べる事象であるのだが……

「降伏なんぞしてたまるかっ。あ、あの、小娘、シシなんぞに対して……」

「い、命あっての物種。ここはプライドを捨てられては？」

「うるせ――っっ‼　お前にあたしのトラウマはわかるまい。かつて、靴まで舐(な)めて、命乞いをしたんだ、このあたしが！」

「であれば、ゴピス。そうまでして永らえた命、つまらぬことで散らすな」

「⁉」

絶対テツジンのカメラが映すのは……

戦場にもかかわらず豪華に誂(あつら)えられた、ツタと椿(つばき)の玉座。そこに足を組んで泰然と腰掛ける、紅菱王(べにびしおう)・シシの姿である！

シシの左耳後ろに咲く寒椿(かんつばき)は、今や二輪。大きく誇る愛・情熱の赤の隣に、知性・優しさの白の椿(つばき)を、小さくも確かに添えている。

「その男の言う通り、何事も命あってのこと。死ねば復讐(ふくしゅう)の機会も絶えよう。おれの首をお前の鞭(むち)が裂き、血が噴き出すさまを。見ずに終わってよいのか？」

「てめえええ――――っっ、シシぃぃ――――ッッ‼」

ぎりぎりぎり！　と食いしばられるゴピスの歯。猛牛は憤然とアクショントレース・システム脚部を踏みしめ、どしいん！　とテツジンの身体を起こした。

「もう負けるわけにいかないんだ。あんなみじめな思いをするぐらいなら、死んだ方がましだッッ!!　あたしは二度とッ！　お前には負けないッッ!!」

「そんなに勝敗が大事か？」

シシはその怒りもどこ吹く風と、静かな顔。

「ならばおれの負けだ。それでよいか？」

「……はああっっ⁉」

「ウワーまいった～。おれのまけだ～。これで文句はないな？」

玉座に泰然とふんぞりかえり、髪をあそびながらの台詞である。ゴピスは呆気にとられた表情から、徐々にその白い顔を怒りで真っ赤に染めてゆく。

「そもそもこちらに侵略の意図はない、火の粉を払ったまで。実は先ごろ、大茶釜チロル殿より伝令のあり、兄嫁パウー殿が産気づかれたとのことでな」

玉座のまわりをふわふわと舞うくらげドローン、それをひとつ撫でて、

「すぐにでも軍を引き上げたいのだ。お前が勝ってくれれば、それに越したことはない」

紅菱王シシ、そう、しれーっと言ってのけたものだ。

「……なんで、」

猛牛鞭のゴピス、噛みしめた歯茎から血すらこぼし……

「なんで、そんなに、静かでいられる。あの時の修羅はどこへいったんだ⁉　お前だってあたしが憎いはずだっっ‼　同族を鞭打って、嬲り殺した女だぞ。同じ目に遭わせてやると！　思わないのかアッ‼」

「ひとを憎むこころは、己への憎しみから生まれる」

頬杖をつくシシの髪が、ゴピスの怒りの風で揺れる。それでも、悠然としたシシの気風が乱れることはなかった。

「おれは、おれを赦した。ゆえにいま、おまえを赦そう、ゴピス」

「――てめえに勝手にイィ――――ッッ‼」

ぐわんっっ！　とテツジンの身体が大きく捩られ、天空に巨大な拳を振りかぶる！

「思春期の！　良い想い出にされてッ、たまるかアア――――ッッ！！」

「――発花」

轟音とともに迫るテツジンの鉄腕！　しかし周囲の紅菱すらシシの護衛に走らない。理由は明白、すでに王の右腕には、輝く椿の剣が顕現していたのだ‼

「獅子紅ォオ剣……」

「死ぃいねぇえええええ――――ッッ‼」

「砲　閃　火　‼」

ずばんっっ‼

真紅の剣閃‼　横一文字に振り抜かれた獅子紅剣の軌跡は、そのまま花力の波動となってテツジン三号機の拳を、腕を、胸部を、凄まじい剣力で斬り裂き、

「「ううううわあああ――――ッッ‼」」

ぼん、ぼん、ぼんっっ‼　と連続する発花によって雅な花を咲き誇らせ、コクピットからゴピスと鉛博士を吐き出させた。

ずうううん‼　と真っ二つになったテツジンが地面にくずおれれば、周囲に白煙が舞う。

「うう……ごほっ、ごほっ‼　目が。ちくしょう、ちくしょう‼」

地面を這いずって、白煙の中を手さぐりで進むゴピス。

「いやだああ。勝つんだ。ぜんぶに勝って、踏みつけて、あたしは……」

ざくり、と足音。

「ひっ‼」

瓦礫を踏むその靴音が、シシのものだとすぐにわかった。ゴピスの研ぎ澄まされた被害感覚は、あれだけ不遜だった身体を鼠のようにすくめ、震える。

「ゴピス」

「いやあああ‼　来ないで。踏まないで！　あたしを踏みつけないで。お願い、お願い……」

「手を」

「いやあああ。負けたくない。もう嫌なの。踏まないでええ……」

「手を取るのだ」

優しい、声色であった。

おそるおそる目を開けて見上げれば、陽光の下、自分に慈愛の視線を投げかける、紅菱の王の姿がある。

差し出されたのは、踏みつける靴ではなく……

血の通った、あたたかな手であった。

「……あたしを、助ける気、なのか……！」

「そうだ」

「貴様、腑抜けたか、シシ！ あたしは邪悪の女だぞッ!!」

「そうだな。しかし毒キノコとて、命には違いない」

「…………。」

「殺すべきかもしれぬ。たしかに王としては甘い。だがおれは『シシ』として、一度だけお前と触れあいたかった」

「…………。」

「それに。泣いているお前と喧嘩はできぬよ、ゴピス。再戦は涙が乾いてから……どうか恨みではなく敬意の剣で、精いっぱい、命のやりとりをしよう」

「…………。」

シシは手を差し出したまま。しばらく、そうしていて……

やがて、ついに諦めたように引いていく手を、追いかけるゴピスの手が掴んだ。繋がれたふたつの白い手に、静かに蔦が這って覆い、小さな花をつけた。

シシは……

さわやかな風に髪と花を躍らせて、助け起こしたゴピスとともに、倒れ伏したテツジンの亡骸を仰ぎ見る。

それは花びらとなって風に舞い、美しく戦場跡に散っていくところだった。

＊＊＊

人あるところに猫のある

まこと人間の誉れの影に閃く四つ足の痕があった

かつては黄金の鍔を携え　國を治めた剣豪将軍——

だが人よ　その名を問うなかれ

火に照らされれば瞬き消える

## それが猫
## 自由の獣の定めなり

「おら——っっ!! そこのガキ、荷を置いていけぇ——っっ!!」

夜の荒野に賊の咆哮!

年のころ十二に満たない少年へ向けて、五人六人と徒党を組んでバイクを走らせる有様は、これは相当に食い詰めているに違いない。

しかし、一方の少年も……

これも徒歩ながら非常に素早く、常人をはるかに超えた身のこなし。額から汗を滴らせながらも、軽外套をひらめかせて、重い荷をものともせずに枯れた地面を駆けてゆく。

「ヒュ——ッ。いい逃げっぷりだぜ。さぞ金目のモンに違いねぇ」

「命は大事にしな、小僧! オレ達の銃は安物でな。いつ暴発するかわからねぇのだ!!」

「これはっ、おまえたちなんかに、価値のないものだっ!!」

少年は振り向きながら、タニシの貝殻帽子の下にぎんと意志の眼を光らせた。

「ぼくが逃げているうちに、引き返せ、ちんぴらども。でないと後悔するぞっ!!」

「何ァにィ」

「ガキならガキらしく、ビビったらんかい、ボケェッ」

逆上してバイク上から発射されるショットガン！　それを跳躍でかわし、少年は小さな弓を引きぬいて、「やああ──っ！」と地面へ向けて矢を放った。

ぼぐんっっ！

「「!?　どわああ──っ!?」」

キノコの発芽、そして弾き飛ばされる二台のバイク。投げ出された野盗に息があるのを確認して少年はわずかに安堵の息をつき、

「おまえたちこそ大人らしくしろっ。かつてはカルベロ二番槍。いまは弓聖ジャビの二番弟子、タニシのコースケ！　喧嘩は売るな、されど買え、そう教えられているっ！」

できるだけ強面になるように、野盗どもに見得をきってみせたものだ。

「こ、このガキ、」

「キノコ守りだぞっっ!!」

「だったら何だア、ガキには違いねぇ。怯むな！」

しかしその技に殺意なきゆえに、コースケの優しさを見て取った野盗たち、そこに付け込み数で押せばとばかりに次々とバイクで集まってくる。

（し、しまった。囲まれちゃったぞ！）

「矢を撃たすな!!」

「轢け。轢き殺せェッ」

（撃たなきゃ。でも……！）

　コースケは再び矢を引き絞るも、野盗どものあまりの数に矢をためらってしまう。この数を相手に矢を放てば、未だ若輩のコースケの腕では死者を出すとわかっているためだ。

　そこへ、

「おら――ッツ!!」

　どごんっっ!!

「がはっっ!!」

　背後から突進してくる単車にはねられて、とうとうコースケは荷物を手放し、地面に倒れ伏した。裂けたバックパックから、運んでいた荷物がこぼれだす。

「へへへ、ざまあ見やがれ……おい、こりゃ何だ？」

「金でも食いモンでもねえぜ！」

「こりゃ彫像だ。気味わりい、こんなにたくさん……」

「あ、安産祈願。播兎穂天の神像だっ……」

　コースケは地に伏しながらも、ぎぎぎ、とそちらへ手を伸ばす。

「カルベロの宝珠貝を集めて、みんなで彫ったんだ！　赤星ビスコの子供が、無事に産まれてくるようにって。お前たちには、意味のないものだっ！」

「何ァんだとォ？　くだらねえ。安産祈願だとよ！」

金目のものでないとわかり、落胆する野盗たち。一人がげらげら笑って、懐のライターを取り出して着火し、燃え盛る火炎をコースケに見せつけた。

「こんな世の中、生まれてきても悲しいだけだぜ。剃いじまった身包みなら仕方ねえ。オレ達が責任もって、消し炭にしてやるよォ」

ミャーン。

「や……やめろ――――っっ!!」

ミャーォウ！

「ぎゃひゃひゃひゃ!!　ほ～ら燃えるぞ、燃えるぞ……」

ンニャ――ゴウッ！

「――何だ、さっきから？　獣が鳴いて……」

すばんっ！

「……おばっ!?」

一瞬の剣閃が、野盗の眼前で閃いた。白刃はライターの腹を見事に寸断しており、燃え盛る炎の部分は、そのまま野盗の髪に……

ぼっっ!!

「あっぢゃ――――っっ!!」

「なな、何だァっ、不意打ちだァッ！」

「出てきやがれ、卑怯者‼」

「不意打ちとは聞き捨てならぬな。再三、鳴いてやったであろう」

ニャゴゥッ。しゅばりと地面に降り立ち、コースケを守るように立ちはだかるのは……

「世に悪党の種は尽きまじ……それは猫も人も変わらぬか。だが瞬火剣の照らすうち、その世の常はまかり通らぬと知れ！」

すっかり大人の体軀を取り戻した、瞬火剣・羊羹の威容である！

「あ、あなたは……⁉」

「田螺の幸助、お主の忠心見届けた。あとは己れに任せよ」

「何だァ、てめえはァァッ」

野盗どもが銃を構える隙もない。ひととき閉じる眼。ごろろろ、と唸る猫の喉。その直後に閃く名刀・大金鍔の白刃！

「瞬火剣・発破雲丹！」

ずばんっっ！

ひとつ羊羹の剣が閃けば、その場で構えた野盗のショットガンはその筒を一様に切り落とされ、どかん、どかんっ！　と次々に手元で暴発した。

「ウワァァ――ッッ‼　何だこいつは‼」

「化け猫だ」

「逃げろ――ッツ!!」

羊羹の剣技に畏れをなして逃げる野盗たち……それを羊羹が追うことはなかった。いちどき振ったきりの大金鍔を鞘にしまえば、りん、と金の鈴が鳴る。

そこへ、しゅるりと、

「殺さないの？　わたくしが始末してもよくてよ」

白く豊かな毛並みの白猫が、優雅な身のこなしで隣へ並ぶ。その手にひらりと浮かぶ超信矢を制して、羊羹が静かに首を振った。

「奴らも誰かの子には違いない。いずれ解ろう、幸助の行いの尊きことが」

「甘ッまい甘い。相変わらず、名前通りのトゥー・スイートですわ」

「あの……お侍さま、ありがとう!!」

安産祈願の彫像をかき集めて、コースケが羊羹に駆け寄る。その顔に滴る鼻血を、月餅が舌打ちしながら拭いてやった。

「助かりました。ぼくが未熟なせいで、見つかっちゃって……」

「なにを言う。お主も子供ながらに見事な腕であった」

「キノコ守りの風体だわね。そういや赤星がどうだとか言ってたのわよ」

「！　そうだ。急がないと！　もたついてる間に、産まれちゃうよ!!」

「産まれる、とは」

　羊羹、やや前のめりにコースケへ近づき、

「赤星の子か！　男の子と聞いている。そうか、シュガーに弟ができるか」

「でも人間の子にしては、随分と気がはええわね」

「そうなんだ。お腹の子がすごく強くて、ただごとじゃないみたいで……だから、せめて、無事に産まれるように、みんなの気持ちを届けたいと思って」

「ふむ……！」

　羊羹は顎に手を充て、表情を引き締めて月餅と視線を交わした。

「月餅、どう思う？」

「まあ当然っちゃ当然だわ。人の子として計算するのがハナから間違い、何が起きるかわからない。お産に万全を期すなら、あなたの瞬火剣の力があれば、心強いでしょうね……」

「お主、それをなぜ早く言わん⁉」

「だって興味ねえのわよ。他人のガキなんて」

「幸助！　赤星とパウーの居所がわかるな。道案内を頼むぞ！」

「う……うんっ！」

「やあれやれ、ですわ。奔れ、超信矢ッッ‼」

　亭主の振る舞いに呆れて首を振りつつも、月餅は超信矢に祈りを込める。黄金の矢は瞬く間に形を変え、なんとも豪勢な黄金の馬車に形を変えた。

「さ、ガキんちょもお乗り。あんたが手綱を取るのよ」

「う、うわ――っ‼　豪華な乗り物～～～っっ‼」

「オ――ッホッホッホッ！　まあ、暇つぶしにゃァいいですの。赤星(あかぼし)のガキ、はたしてどんな汚い泣き顔か……わたくし、しかと拝んでやりますわ！」

鞭(むち)をひとつ入れれば、吹き抜ける風が黒白(こくびゃく)の毛並みを撫(な)でてゆく。コースケの駆る黄金の馬車は、二匹の猫の英傑を乗せ、ビスコの元へ風を切って駆けてゆくのだった。

＊＊＊

こんにちわ。
ぼく、アクタガワといいます。
このたびは、ぼくの舎弟のビスコが、みなさまにたびかさなるごめいわくをおかけし、
ざんきのねんにたえません。
ほんらいなら、あいつに歯止めをかけるべき、ミロのばかも、
にこにこ、でれでれしやがって、
さいきんだと、ビスコよりかえってしまつにおえないありさま。
ふぬけパンダめ。

たよりになるのは、まあ、ごぞんじのとおり、

ぼくだけというかんじで、

まったくもう。

ここはつつしんで、ぼくからおわびを——

しようかとおもったけど、ビスコとミロがわるいのに、どうしてぼくがあやまらないといけないのだ？

おかしいだろ。

そこはどうなんだーっ！　おいっ！

「ほぎゃ————っっ!!　な、なんだなんだ、急に暴れるなっ!!」

おっと。

いつものくせであばれてしまったが、いま、ぼくに乗っているのは……

「ちゃんと泳いでよ!!　あんたが暴れるだけで、あたしは命懸けなんだから。くそー、なんであたしが、ここまでしなきゃ……無事に出産が済んだら、パウーの退職金ぜんぶもらうからなっ!!」

くらげおんな。

もとい大茶釜(おおちゃがま)チロルだ。泳ぐぼくに乗っているので、水着。それに通信用のヘッドセットをつけている。こいつはけっこうぼくのことをわかっていて、ぼちぼち蟹(かに)乗りはうまい。

まあ、こいつがうまいっていうか……

ぼくが乗られてあげてるんだけど。

『ウーヤア！　もしもしチロル、悲鳴が聞こえたけど。大丈夫⁉』

「かろうじてなっっ‼　ときどき暴れるんだよ、こいつっ！」

『ごめんなさい。スポアコには、アクタガワの気性を制御できる人材がいないのよ。かといってチャイカとお父様は、北海道の制御で手一杯――』

「わかってるってば。まあ？　あたしとアクタガワも？　ぼちぼち長い仲だから。赤星と猫柳の影に、チロルありと言われて久しいからね。報酬が用意できてるなら、遠慮せずこの大きな胸を頼りなよ、チャイカ！」

なんだかんだこのおんな、
口はでかいが、あとから自分をおっつけるから、そこはエライとおもう。

まあ、ぼくはなにもいわずに無敵だから、一番エライのだが……

「しかしなーアクタガワ。あんたもまさか、」

くらげがびしゃびしゃ水を浴びながら、背後の――

巨大な津波を上げる北海道をふりかえる。

「あんな大海獣に惚れられるとはな。すげえよ。逆玉じゃん、羨ましー！」

なにいってんだこいつ。

しかしチロルの作戦はそれに由来しており、ヒドイ。北海道がぼくに気があるというのはどうやらほんとうのことで（メアの中からぼくのかっこいいところを見ていたんだって。）、ぼくを使って北海道を誘導し……

出産間近のパウーの近くまで誘導し、霊雹の力を近くで借りようということらしい。

ひっでー。

そんな、心をもてあそぶようなこと、よくへーぜんとおもいつくな。

おまえらには蟹の心がないのか⁉

……ないか。

しょせんはにんげんだものな。

「それに比べてあたしの運のなさよ。引っかかるのは欲に塗れた俗物ばっかり。たまには魂の震えるような、真実の出会いがあっていいと思わない⁉」

なーにいってんだこいつ。

運のもんだいじゃないだろ。欲が欲を寄せてるだけなんだよなあ。

「……正直、ちょっとうらやましいんだ、赤星とミロのこと。あたしは孤独が得意だし、生き方を変えるつもりはないけど……誰かと人生を分け合って生きていくのも、それはそれで素敵かもなって。あいつら見てたら……」

…………。

「だ、だからその。……ねえアクタガワ、誰にも言わないでよ。あたし、ちょっと本気で考えてるの。受け身はやめて、だ、誰か、素敵な人探そうかなって……！」

な——にいってんだこいつ？

「ぐわ——っ！　いま、白々しい気を感じたぞっっ!!　いいでしょ、あたしだって、自分の幸せについて考えてもっっ!!」

べつにわるいなどとはいってないのである。

とはいえ、きずなというのは追いかけて手にはいるものではない。ぼくとビスコにしても、ビスコとミロにしても。ほぼ、はじめからきまっていることなのだ。

ざんねんだが、まあ、あきらめたまい。

「ねえ。あんた誰か知らない？　口だけ達者な俗物にはもううんざり。イケメンも、金も、高身長もいらないの。なんなら女の子でもいいよ！　条件はひとつだけ、ぜったい嘘をつかない、騙したり騙されたりしないひと……」

じぶんと真逆じゃないか。

なんで蟹にそんなことをきくんだあ。まったくちょうしがくるうよ。ビスコとミロをのせていたほうが、よっぽど……

「ねえ聞いてんのちょっと……！　あっ、危ない、アクタガワ！」

む。

くらげの悲鳴に前方に注意をむければ、くちばしを鋭利にとがらせたドリルホウボウの群れが、胸ビレを海面近くに広げてぼくにおそいかかってくる。

いや。

ドリルホウボウのくちばしごときがぼくの甲殻にかなうわけもない。それはれんちゅうもしようちのことだろう。しかるに、ねらいは……

「おギャ――――ッッ!! あたしに来る! 助ぁすけてぇ――――っっ!!」

ばばばばっ、と海面をとびだして、ドリルをくらげの肌につきたてようとする……

その、さかなのむれへ、ひゅばんっ! と。

ぼくのおおばさみがひらめけば、もののみごとに全匹ホームランだ。

「おおっっ……」

れんちゅうがひるんだすきに、ぼくは『ぼこぼこぼこっ』と、水中へむけて泡をはきだす。

これらはまるでとりかごのようにホウボウたちをつかまえ、そのまま海底へと、つぎつぎとしずめてしまう。

ドリルホウボウたちは、さすがにぼくにおそれをなして……

ちりぢりに海中へともぐっていった。

「すっ、すご……」

くらげは鞍のうえでびっくりしている。

このていどでなにをいまさら。ぼくのはさみにわれぬものなし。しつじつごうけん、むてきのいきものだぞ。

もちろん知能だって、ビスコより上……

「――ちょっと待ってよ。あんたじゃない？」

なにがですか。

「強くて、無口で、絶対に嘘をつかないひと。あんたのことだよね？　あたしが出会いたがってる、運命のひとって……」

な。

な、な、

な――にいってんだこいつ――!?

「そうでしょっっ!?　アクタガワ。この嘘と虚勢まみれの世の中で、あんただけは！　嘘つかないよね、あたしに！」

そりゃそもそもことばがないからね。

「それならあたしも……あたしだって、嘘つかないって誓える。ほんとのことだけ言える。これから先、他の誰を騙したって、あんたにだけは！」

ごじょうだんでしょう。

……オワー！　本気だ。眼が逝ってるゾ～～!!

「もう決めたっっ!! あたし、買うから、あんたのこと!! 赤星のバカが、いくらで納得するかわからないけど……百億でも、百兆日貨でも稼いでっ!! アクタガワのこと……マイハニーのこと、絶対手に入れるっっ!!」

なんだこのはくりょくは!?

さきほどまでとまるで別人だ。チロルはあばれるぼくを、まるで十年来の達人のように乗りこなして、飛沫のなかにくらげ髪と金色の瞳をかがやかせた。

もてるオスはつらい。

ぼくは泳ぎながら、背後の北海道をふりかえって、思った。

ただまあ、こういうにんげんの不条理なところがおもしろいから、ぼくもせなかに鞍などつけているのである。

……まあ。

チロルが乗っているぶんには、たいくつしないし……

飽き性のこいつがあきるまでなら、あそんでやってもいいかもな。

「ハニー!」

ぼくが手綱に抵抗をやめたのを、じぶんをうけいれた証だとおもって、チロルはぼくのおでこにぴたりと身体をくっつけた。

「あたしを見ててね。どんどん嘘を吐き出して、きれいになるから。だから毎日ひとつ懺悔させて。あたし身長サバ読んでるの！　本当は１４５cmしか……」

しったことか!!

＊＊＊

「病室ではおしずかに――っっ!!　お見舞いの方、押さないでください！」

九州は新華蘇県、
紅菱たちの宮殿に築かれた、紅白めでたい病室に……

ぎゅうぎゅうにひしめく、未来日本の英傑たち！

「猫柳があぁ言うのが聞けんのか？　その花、邪魔だ。仕舞うがよい」

「黒猫風情が大きな口を聞く。獅子紅剣の錆にしてやろうか」

「にゃにをう。若造、抜け！」

「やるか！」

「お止めになって！　もう、シシさまったら。王の身の上で、大人気がありませんわよ」

「お前が言うなら止めるとも、アムリィ。愛い奴……良く顔を見せよ」

「あら……シシさま、いやですわ、こんなところで……」

（にゃんだァ、こいつら）

「せまいぞ」

「おまえだぞ」

（ぽこぽこぽこ……）

「は？」

「かに」

「「わぎゃわぎゃ――っっ」」

「だ――っ、うるせぇのだ、阿呆(あほ)ゥどもッ!!　ごちゃごちゃせずにそこへ並べッ！」

「しみったれた部屋なのわよ。わたくしが黄金に変えてあげますわ」

「笑止！　金に輝くばかりが雅(みやび)にあらず。ここは某(それがし)の、桜花(おうか)・千両咲きにて――」

「ウーヤア！　バカなの!?　分娩(ぶんべん)室に、雅(みやび)もなにもないわ!!」

「めでたき折には　舞えばよかろうなのぢゃ。にんげん　三百　五十年」

「おじいちゃん、敦盛(あつもり)を改竄(かいざん)しないで。ていうか踊ったら毛が散る!!」


「う……」

「う、うる、」

「ううるさああ――――いっっ!!」

がばあっっ!!

固く閉じていた口を開き、おさえる親族を撥(は)ねのけてベッドに立ち上がったパウーは、大蛇の黒髪を宙にのたくらせ、カァッと開いた両目から虹の破壊光線を放射する!!

びーっ、ずばあんっっ!!

「「「んおギャ――――!!」」」

「がるるるるーっ!!」

「ストーップストップ！　パウー、落ち着きな！」

部屋を一文字に寸断する神母パウーの眼力。暴れるその身体(からだ)をおさえつけながら、赤星(あかほし)マリーが汗だくになって叫んだ。

「さわぐんじゃァないよ、バカどもっ！　嫁の身体(からだ)は超信力(ちょうしんりき)の炉そのものだ。産前のナイーブなメンタルを刺激するな、黙ってそこに立ってろ――っ！」

「「は――――い!!」」

マリーの一喝により、ピシ――ッ、と背筋を正し黙り込む英傑達。一方で虹のビームを吐ききったパウーは夥(おびただ)しい発汗とともにベッドへ倒れ、激しく荒い呼吸を繰り返している。

「うう……み、ミロ……ビスコ……！」

「パウー、僕もビスコもここにいるよ！　……超信力(ちょうしんりき)の放出間隔が短くなって、憔悴(しょうすい)がひどい。お義母(かあ)さん！」

「やれることは全てやっているよォ」

マリーの手はパウーの腹に充(あ)てられ、そこから最大出力で、霊雹(れいびょう)の胞子を胎(はら)に注いでいる。もう片方の手にはチャイカが抱き着いて、マリーを介して北海道の力を送り続ける。

「胎(はら)の中で超信力(ちょうしんりき)が暴れ狂ってるのさァ。子を守るはずの力が、どうして……⁉　このまま産まれれば母体どころか、世界まるごと危ないぞォ！」

「大変だよ、ビスコ……ねえ、さっきから何を落ち着いてるの⁉」

「さわぐな！」

汗だくの大人たちの中で、肝心のビスコは座禅の姿勢、その眼(め)を静かに閉じ、胸の前に印を組んで、呑気(のんき)に明鏡止水の境地にあった！

「親が慌てれば腹の子が不安がるのは当たり前だ。そうだな、シュガー」

「ずっどん！　そのとーりっ！」

シュガーも父の肩車の上で印を組み、その有様(ありさま)を真似(まね)ている。

「その子は自分の力におびえてるの。シュガーたちが緊張してたら、いつまでも超信力(ちょうしんりき)を解いてくれないよ。そこらへん、わかっててえらいね、パパ！」

「当然だ。二人目だからな」

「だからってなァ！　打つ手がないのに、呑気(のんき)に……」

「打つ手は、ある！」

ビスコの眼が見開かれ、ミロと視線を交わす。ミロは一瞬気圧されるもすぐにその意を察し、自身も気が付いたように呟いた。

「そ、そうか。この子に……」

「「名前を、つける！」」

一同が驚いたように二人を見る。しかし確かにシュガーが明確に顕現したのも、ミロの名付けがあってからのことであった。二人の回答が正しいことを裏づけるように、大茶釜僧正がモフモフの下から口を開く。

「うむ。此度の力の暴走は、神子の形定まらぬがゆえのこと。定められし名を与え、現世に存在を定着させれば、あるいは……」

「そ、そうかい！　ようしビスコ、お前が親さね。早く名前をつけろ！」

「……だめだ！」

「「ええっ⁉」」

「そのためにさっきからずっと瞑想してた。しかし、全く思いつかん‼」

カッ！　と目を見開き、何故か威風堂々と腕を組んで言い放つビスコの脳天を、べしーん！とミロの平手が叩く！

「ぐわ――‼　何すんだ‼」

「時間はいくらでもあったでしょ‼　なんで肝心な時に出てこないの⁉」

「バカヤロー！　俺が遊んでたと思うのか、見てみろこの目のクマを！　子の一生に関わることだぞ。何でもいいって訳じゃねえんだッッ!!」

「み、ミロ……！　ビスコを責めないでくれ。私が、頼んだことなのだ……！」

息も絶え絶えに言葉を発するパウーの手を、ミロが慌てて握る。

「名前は、私に決めさせてくれと……しかし、いまだに、確信が持てない。この子の形をきめる、大事な名前が、見つからないんだ……！」

「パウー！　だめだよ。思いつめたら、身体の具合が！」

「――ようし」

ママとパウーの顔を見比べて、シュガーが決心したように呟く。

「まず赤ちゃんを安心させなきゃ。シュガーが、パパの力で！」

「俺とお前で、何か出来ることがあるのか、シュガーと、シュガー？」

「うんっ！　パパをパウーのお腹の中へ送るの。準備はいい？」

「当然だッ！　……ん？　俺を、どうするって!?」

「おいで――っ！　メア!!」

シュガーがその手を掲げれば、ずわっ！　と床から海水の奔流が立ち上がり、シュガーの身体を包みこんだ。

その神威の技に一同が驚きの声をあげるなか、シュガーは海の中で爛々と目を輝かせ、メアのポーズを真似るように片腕をビスコへ向ける。

「メア、パパを無事に赤ちゃんに届けて。ママ！　パウーを抑えてて！」

「ええ――っ⁉　シュガー、何する気っ⁉」

「待て待て待てっ‼　前言撤回だ、まだ準備が――」

「生命直送！　ライフ・オーシャン・ストリ――ムッッ‼」

シュガーの雄叫びとともに、海水がビスコの身体を巻き上げ、宙に躍らせる！

「おわあああ――――っっ⁉」

一同が呆気に取られてそれを眺める中、ライフ・オーシャン・ストリームの奇跡の力は、みるみるうちにビスコの身体ごと水滴サイズにまで縮小し、
ちゅるんっっ‼

本人が抗議する間もなく、パウーの臍から体内に吸い込まれていった。

「……んんんっ？　ウワ――――⁉　入ってきた、私の中に、なにかがっ‼」

「落ち着いてパウー‼　大丈夫だよ、入ったのは旦那だから……」

「大丈夫ってなにがだあ⁉⁉」

慌てふためくミロとパウーの声を遠くに聞きながら、メアの海にくるまれたビスコは下へ下へ、胎児の意志の中へと落ちてゆく！

「うおおああ――――――っっ‼」

「ぎゃぼっっ‼」

どすんっ！　と、強かに叩きつけられるビスコの身体。

角度的に首を完全に折っている……と思われたその身体はしかし、やわらかく雲のような地面をはずみ、数回跳ねたあと、ようやくそこで止まった。

「おええ――っっ……」

ビスコは足腰ままならず立ち上がれぬまま、周囲を見回し、

（なんだここは……⁉）

一面に延々と続く、真っ白な世界に愕然とした。

青空も木々もない、まったくの純白である。無限の孤独の中にありながら、何故か心を安堵させる……あるいはこれは、胎児の視線から見た世界であろうとも思われた。

うつぶせのまま、しばし光景に見惚れる。風がわずかに、髪の間を吹き抜ける……

ぺたぺた。

ぺたぺた。

（……？）

風の音に交じって、なにかぷにぷにとした感触を感じる。後頭部に感じる重み。それの手は物珍しそうにビスコの首や、顔の上を這いまわり、やがて……

にゅっ。

「やー、うー」

ビスコの眼前に、さかさまの自分の顔を突き合せ、なにものだ、とうなった。

「おわぁっっ⁉」

驚いて仰向けになるビスコ！　器用にクルンと回ってビスコの胸に座ったそれは、ぷにぷにと柔らかい手でビスコの頰をつねり遊ぶ。

「うわ～っ、な、何だコイツは⁉」

「きゃっきゃっ！」

「……せ、精霊の、赤ん坊……？　いや、お前は‼」

「やうお～？」

不思議そうに鼻先を突き合せたそれは、「おおよそ」赤ん坊のかたちをしているが、花火のようにはじけ、ほむらのように揺らめいて、己のかたちを、色を、絶えず変化させている。

興味深げにビスコを見る、翡翠（ひすい）の瞳だけが……

それだけがそこにあると決まったように、きらきらとビスコを見つめている。

ビスコはわずかな逡巡（しゅんじゅん）のあと、それの背へ優しく手を回し、

「……俺が、わかるか？」

「パパだ。」

「会いたかった……」

静かにささやいた。

それは、父の、祈るような、わずかに怯えたような瞳と目を合わせ、

「えへ〜〜！」

やがてコロリと転がるように、嬉しそうに……ビスコの胸に顔をすりよせてきた。

ビスコはその温かさに一瞬びくりと震え、

「いい子だ……!!」

自分がそんなに、優しくものを抱けるものかというほどに、優しく、両腕で息子の身体を抱きしめた。

脈打つ息子の心臓、その生命の証。愛が身体に満ちる感覚に震えるビスコの髪を、突然、ぎゅっ！　と息子の手がひっつかむ！

「もぎゃっっ!?」

ぐいぐいっっ!!

「こ、コラー！　痛えだろ！　やめろ！」

「やははは っ!!」

父の有様がよほど面白かったのか、赤ん坊はおおいに喜んで、笑顔とともに周りに火花を振

りまいた。そうしてしばらく、父の顔をいじくりまわして遊んでいて……
不意に、びくり！　と、
それは身体を固めて縮こまり、怯えたように父の腕にすり寄った。ビスコが何事かと周囲を見回した矢先、はるか純白の地平線の向こう側から――
ずわあっっ!!　と、神威の後光が昇り、親子を照らす！

『ビスコ。』

『俺を育てし依り代よ。』

『よくぞ　それを　なした。』


眼も開けられない、世界を塗りつぶさんばかりの極光である。

ビスコは歯を食いしばって胸に息子を守りながら、徐々に光に目を慣らし、極光の向こうにそびえる巨大な人影……

腕を組み、仁王がごとく立ちはだかる、巨神の姿を目の当たりにした。

「……お、お前は……!!」

ビスコは戦慄き、その存在を問いかける……

いや！　すでにその正体はわかっている。傷だらけの、巌のような身体で立つその神の容姿は、赤星(あかぼし)ビスコの映し身そのもの。

ビスコが息子に渡した己自身、〈超信力(ちょうしんりき)〉の姿に他ならない！

『そうだ。』
『俺を　超信力(ちょうしんりき)と　お前は呼ぶ。』
『無限の力　無限の意志　無限の生命。』
『今こそ　俺を　それに宿そう。』
『さあ……』
『それを　俺に　寄越せ！』

ぐわあっ！　とビスコを揺さぶる超信力(ちょうしんりき)の威光！　巨神の赤髪が炎のごとく揺れ、瞳のない翡翠(ひすい)の双眸(そうぼう)は、見開かれたままそれに注がれている。

眼前の神は――

まさしくビスコの信仰そのもの。己の全てを賭けて磨いてきたものの姿に他ならない。あまりにも強く気高き波動に、ビスコは思わず膝をついてしまう。

（む、無限の力。）

（俺が築きあげた、無限の意志！）

（そうだ。超信力の加護があれば、いかなる災厄もこいつに触れられない。シュガーと同じ、無敵の力で護られるんだ！）

（でも……）

（お、俺は、何を迷ってる⁉）

（差し出すんだ！　こいつを、神に……）


「やー、う～っっ……」

「⁉」

「やうや～……！」

息子が身をよじって、父である自分に身をすりよせたとき、間一髪でビスコは踏み止まった。

震える両目を見開き、

「……お前……そうか！」

それですべてを察したように、息子の顔を覗き込む。

「わかったぞ。それで、暴れて！」

「やう、やう～っ」

「欲しくないいんだな、超信力が。清い、ゼロからの命が欲しいんだな！　だからあいつを受け入れずに、パウーに訴えていたのか──」

『ビスコ!!』

『それに、言って聞かせろ。ものもわからぬまま、俺を。無限の力を拒絶する!』

『さあ。そいつを、俺に寄越せ!』

ぎゅっ、と目を閉じて、固まる赤ん坊。それをしっかり抱きしめ、首に摑まらせて、ビスコの眼光が決意にきらめく。

「でけえ声で……」

『お前は生涯を賭け、絶対中立の、無敵の意志を追い求めた。喜べ！　それは代を越え、叶う。俺の加護のもと、それはそうなる!』

「俺の子に、怒鳴るな……!」

ずらりと引き抜く、エメラルドの弓!

『子の幸せを。』

『お前の祈りを、叶えよ。』

『子にお前を継がせろ、ビスコ!!　俺の声が、聞こえないのか!!』

「お前こそ、聞こえないのか。」

「こいつの声が！」

「てめえを！　嫌　が　っ　て　ん　だろうがァ――ッッ!!」


ずばあんっっ!!

放たれる強弓！　ビスコの放った矢は超信力の顔面を強かに撃ち抜き、その喉を大きく仰け反らせた。反動が神威の風となって、汗だくのビスコの外套をはためかせる。


『……自分自身を、撃ち抜くとは、』

『救われんバカが。』

『お前が、俺に!!　敵うわけがねえだろォォ――ッッ!!』


ごわああっ、と怒りの息を噴き散らす、ビスコの祈り、超信力の巨神!!　息は胞子のブレスとなって、地面に触れた瞬間、ぼぐん、ぼぐんっ!!　とナナイロを発芽させ、親子の身体をゴムボールのように弾き飛ばす。

「うおわああ――っっ!!」

「やばぶ――っっ!!」

ビスコは宙をくるくると回って着地しながら、歯を食いしばり、自分の体内に眠る錆喰いを呼び覚ます。幾たびも奇跡を起こした極限の集中……しかし！

「……ああっ、だ、駄目だ!!」

霧散してしまう力！　ビスコを超人たらしめる錆喰い(さびくい)の胞子は、目覚めた先から超信力(ちょうしんりき)に吸い取られ、ビスコ自身の身体(からだ)から出て行ってしまうのだ。

「だめだ。あいつは俺の力そのものだ」ビスコは戦慄(わなな)き、自分の掌(てのひら)と超信力(ちょうしんりき)を見比べる。「俺が強くなっただけ、向こうも強くなっちまう!!」

『寄ォ越ォせエエ――――ッツ』

巨神の腕が振り上げられ、息子を抱くビスコへ叩(たた)きつけられる、その寸前――

ひゅばんっっ!!

地面から伸びあがった無数の寒椿(かんつばき)のツタが、その巨大な腕に絡(から)みつき、動きを止める！

「ああっ!?」

『兄上っっ!!』

白い世界に響き渡る、現世(うつつよ)からのシシの声。

『超信力(ちょうしんりき)は我らが食い止めます。お逃げください!!』

「逃げるったってお前、どこに!?」

『発花(はっか)！　獅子紅(ししこ)ォォォ剣(けん)ッッ!!』

『邪ァ魔ァだああ――――ッツ』

　地面から鋭く伸びあがり、巨神を貫く巨大な獅子紅剣！　しかし胸を貫いたそれをも無理やりへし折って、超信力はズシンズシンと前進をやめない。

『シシさま！　加勢しますわ。羊羹さま、瞬火でお合わせになって！』

『心得たぞ!!』

『『おん・にゃんだりば・ごーびか・すなう!!』』

　獅子紅剣を追いかけるように、地面から「ごごごご」と錆が隆起し、それは巨大な招き猫の形を取って、超信力めがけて摑みかかる！

『んみゃ――――ごぅっ!!』

『どォォけエエッ、カアアスウウどオオもオオ――――ツッ!!』

「名前だああ――――っ、パウ――――ツッ!!」

　息を切らし、全力で疾駆しながら、ビスコは声の限りに白い空へ叫ぶ！

「こいつは超信力を蹴った!!　強い選択だ、自慢の息子だっ！　だから、強い名前をつけるんだ……奇跡なしでも災厄を祓う、強い名前を！」

「強い……名前!!」

　はあ、はあ、と荒い息をつき、うめくように答える汗だくのパウー。

「わかる。その子を感じるぞ、ビスコ……！　名前、ああ、思いつきそうだ……ううっ、もう少しなのに、熱で頭がふらついて！」

「パウー!!」

「ぁ心配ッ、御無用也(なり)ィィ――――ッッ!!」

まさに鉄火場、パウーとその子を救わんと皆が必死のそこへ、サタハバキが駆け込んでくる。

その身体(からだ)には可愛(かわい)い桜色のエプロン！

「これを食えば瞬(また)く間(たま)に熱も下がろう。滋養もたっぷり。さあ猫柳(ねこやなぎ)、パウー殿へ！」

「法務官!?　こ、これは一体!?」

「桜のアイスクリームである」

「こ、この、大うつけめーっっ!!」

パウーに瞬火(またたび)の気を送りながら、羊羹(ようかん)がサタハバキにがなりたてた。

「何をしていたかと思えば。お主の菓子は塩の塊ではないか!!　そんなものを食べさせられては、却(かえ)って考えなど吹き飛んでしまうわッ」

「いや、いまやもう、な、何でもいいっ、」

パウーはサタハバキの差し出す手から塩のアイスをひったくり、

「よこせっっ……あむっ!!」

「「ああっっ」」

眼(め)をきつく閉じてまるごと頬張る！

（──。）

（奇跡なしでも災厄を祓う、強い名前。）

（災厄を、）

（祓う⁉）

瞬間、パウーの眼は確信にカッと見開かれ、舌に染み入るアイスの味を天啓として、約束された名前を声高に叫んだ。

「塩だっっ‼」

「強く、清く、あらゆる厄を祓う、海の力を纏うもの。」

「ビスコ‼　その子の名前は‼」

『何者もォッ』

『ンミヤゴ───ッッ⁉』

『この俺を！　遮ることはできねえのだァッ‼』

ずうう──んっっ‼

超信力の振り抜く片腕により、なぎ倒される錆の招き猫。

とうとうシシの花力も、アムリィの真言も尽き果て、超信力からビスコを守るものは何もない。子を抱き必死で逃げてゆくビスコへ向け、巨神の指がピンと爪を弾けば、

ぼうんっっ‼

「うわあッッ‼」

その前方にキノコの群れが壁を作り、行く手を阻む。

『超信力の意志の力に、叶わぬものなど、ない。』

「くそッ。万事窮すだ！」

『お前の息子は！　俺を継いでェッ、神に！　なるのだッッ‼』

「パウ――――ッッ‼　頼む‼　こいつに、名前を、くれ――――ッッ‼」

（ビスコ‼）

「⁉　パウー！」

白い世界に響くパウーの声。しかしすでに眼前には、超信力がその腕を振りかぶっている！

（その子の……名……ト……）

パウーの声に紡がれる真実の音はしかし、吹き荒れる神風にかき消されてしまう。

「何だって⁉　聞こえない、こいつの名前はなんだ⁉」

（塩だ！　災厄を祓う海の加護を持つ。その子は、猫柳――）

「塩……⁉」

はっ、と。

見開かれるビスコの両目。一瞬にしてビスコは悟った。悟ってみれば、まるで最初からそこにあったような、宿命のことば。そういう名前である。

「──そうか。」

「だうー？」

ほむらの赤ん坊は何か予感に震えて、一際おおきく火花を散らし、父の腕の中でその顔を見上げる。ビスコは静謐な心のままで、もう一度……

『終　わ　り　だ　ァ　ァ　──　ッツ　』

息子を優しく抱き、視線を合わせた。

「おまえの、名前は……」

「ソルト。」

「パウーとビスコの子。猫柳ソルトだ──」

くわっ！

『──⁉　うおおっっ‼』

いい

それの在り方が決まった。

揺らめくほむらの赤ん坊は、輝きながら肉を、血を獲得し、人の赤子の形になってゆく。己の在り方を決めたそれ、いや、猫柳ソルトは……

片手を巨神に向けて開き、もう一方の指を無邪気にしゃぶっている。

小さな、柔らかな掌からは、超信力をも寄せ付けない正体不明の波動が湧き出し、突き出す巨神の拳をその眼前に食い止めている！

『──動けん。動けん、ばかな！　あらゆる現実を捻じ曲げてきた、不可能なき超信力が……動、い、い、い、くことができないいだと⁉⁉』

「だー、うーっ！」

めぎめぎっっ‼

『ぐうううおおおっっ！！？』

わずかに、掌を小さく握っただけである。

それだけで超信力の巨体はべきべきとひしゃげ、まるで紙くずのように折りたたまれていく。巨神はその瞳のない両目を見開いて、驚愕にうめいた。

『超信力を、上回る……⁉　ばかな、そんな力は存在しない。ただのガキだったはず。何をした。そいつになにをした、ビスコッッ‼』

「す……凄え……！」

絶句するビスコ。息子の横顔を見れば、可愛らしい……ぷにぷにの頬の横顔が、まったく涼し気に滅びゆく超信力を眺めている。

　今、猫柳ソルトは……

　産まれる前から、母の胎の内で、自分で自分を切り開こうとしているのだ。

『やめさせろ。そいつを止めろ、ビスコ!!』

　巨神はうめき、べきべきと折りたたまれる身体でもがきながら、叫ぶ！

『わかっているのか。俺が死ぬということの意味を！　お前が人生を賭けて、磨き上げ、築いたのが俺だ!!　その純然たる超信力が。お前の祈りの結晶が！　その息子に継がれず、絶えようとしているッ！』

「そうだな……」

『そいつを止めろ――ッッ!!　そいつは、お前の人生を！　否定している。築いたものを無駄にして、ただの無力な人間に！　産まれようとしているんだぞッ!!』

「その通りだ。」

「俺の信仰と、ソルトのそれが食い違うこと。ソルトが俺を必要としないこと……」

「それは、残念なことのはずだ。」

「でも、」

「不思議だよ。」

「嬉しいんだ。」

「この気持ちが、親の……」

「本懐ってことじゃないのか？」

「なあ。」

「ビ、ビスコ！」


『お、お前、つくづく……』

べぎべぎべぎっっ!!

ソルトの瞳がぴかりと光り、超信力にとどめを刺すべく、その掌をにぎりしめる！

『呆れた、バカだぜ、』

『その、バカさが――』

『なるほど、俺を作ったのか!!』


「やるんだ、ソルト。俺を越えていけ。お前を勝ち取るんだ！」

「ばああ、ぶうう――――っっ!!」

『ならば定命の身体で、不可能の海のなかで、』

『足掻け！』

『ゼロから俺を越えてみせろ。』

『この、救えねえ、』

『──クソバカどもめが‼』

超信力は、最期にぎらりと犬歯を見せて、獰猛に笑い……

ソルトの、弱い、暖かい力に握り潰されて、極小の力の粒子へと圧縮され、
ずわあっっ‼　と、
白い世界をまるごと吹き飛ばすような、超極大の爆発を起こした‼

「危ねえ、ソルトッッ‼」

ビスコは胸に息子をかばって、迫りくる超爆発に呑み込まれる‼　極光に霞み消えてゆく世界の中で、ソルトが上げる産声を、ビスコは確かに、

（おわゃあ）

（おわゃあ！）

（おわゃあ‼）

聞いた──

……。

…………。

目を開ける。

椅子に座らされているらしい。膝の上に乗った重みに顔を上げると、ぱちぱちと瞬(しばた)く、シュガーの瞳と目が合う。

ビスコは「おう」と、娘に笑いかけて……

「……起ぉきた――――っっ‼」

シュガーから響く百万ホーンの声量に耳をつんざかれ、「ぐわー‼」と唸(うな)る‼

「パパ起きたっっ‼　ママ、パウー‼　パパが起きたあ――っ‼」

「ビスコ！」

駆け寄ってくるミロ。その額には汗が浮かぶが、表情は安心と喜びに満ちている。

「おかえり、おはよう！」

「うん。……ミロ、パウーは！　ソルトはどうなった⁉」

「心配いらないよォ。嫁は無事だ……ソルトが超信力(ちようしんりき)を受け継がない決断をしたから、母体が助かったのさァ。見てみな、あの天井を」

マリーもほつれた髪で荒い息をつきながら、ぺしん！　と息子の額をひっぱたく。言われるままにそちらを見れば、なるほど天井には巨大な円形の穴が空き、煙を上げている。

「何ごとだありゃ⁉」

「超信力が抜けていったんだ。空にね……さあ！　そんなことより、髪をしっかりして。はじめましてなんだから、ちゃんとしなくちゃ！」

ソルトに拒絶された超信力はどうやら天空に放出されたようだが、その一大事をさもどうでもいいというふうに、ミロは相棒の乱れた髪をしっかり直して、満足気に頷く。

ビスコは。

椅子から立ち上がり、よろける脚を、相棒に支えられて――

一歩一歩、ベッドに向かって歩いて行った。周りには、それを見つめる幾多の英傑たち。涙ぐむもの、腕を組み頷くもの、舌打ちしてそっぽを向くもの……一様に、ビスコと共に歩み、あるいは違えて戦った、かつての道を思い出している。

そして。

「あなた……」

「パウー！」

思わず駆け寄ろうとして体勢を崩すビスコ。それを産後間もないパウーがベッドから支え、その姿に笑いを零した。

「無事なんだな、パウー……おまえ、凄いよ！」

「私より先に、あの子に会うなんて」

パウーはビスコの頬に手を充て、瞳を合わせながら、安心の中で……少し悪戯っぽく、拗ねたように言った。

「ずるいじゃないか。一生言うぞ、このこと」

「シュガーの独断だぞっ!! それに、俺が行かなきゃ……」

「くくく! 恨み言はあとにしてやろう。さあ。ソルトに、顔を見せてくれ……」

ひとつ頷くビスコの後ろから、お姉ちゃんが……シュガーがおひなまきにした布を大事そうに抱いて、ぴょこぴょこと嬉しそうに歩いてくる。

「はい。パパ……」

差し出すそれを、おそるおそる、抱き上げて。

ビスコはそのあたたかなものを覗き込む。

「おわゃあ」

やわらかく鼓動を伝える、その小さな生命体は、父の顔に向けて一つ鳴き、

「……やははは っ」

何もおかしくないのに、笑った。

# あとがき

幼稚園のころ、お絵描きの授業で、画用紙に動画を描こうとした。時間を表現しようとする瘤久保少年の躍動するクレヨンは絵の上に絵を描き、さらに絵を重ねるように躍り狂って、最終的にはグチャグチャの真っ黒な紙を完成させる!!

そして「真面目にやりなさい」と怒られた。

瘤久保少年はその時はじめて、一枚の紙には静止画しか描けないことを知るのである。

幼き子供にとっては、世界に何が可能か、不可能かということが、すべて手探りだ。なんと恐ろしく幸せな時代であろうか？　そうした危うさ、未知へのわくわくの権化が「赤星シュガー」となって此度産まれた次第である。

シュガーを扱うときは、大人のエゴを絶対に喋らせてはならない！　という思いから、僕も可能な限り幼児退行して書いた（しかしもともと子供なので難しくなかった）。

本巻は過去作以上に哲学を回転させた感触があるが、書き終えてみれば親と子の話、『受け継ぐ』のか『受け継がない』のかという内容であった。

果てしない生命のリレーの中でわれわれの走れる距離は短く、先祖の築いてきた距離はあまりに長大。圧し掛かる重責も半端なことではない。

古から脈々とつづく魂をつなぎ、育て、あらたな世代へ託す——ともすれば社会常識とされるこのバトンパスが、如何に高潔で、命懸けの所業であるか？

本当に社会（おめーら）はわかってんのかっっ‼　当たり前のことじゃないんだぞ。全ての親、そして子よ賞賛されよ‼

そういうことをどうやら言いたかったらしい。

『受け継ぐこと』を讃える一方で『受け継がないこと』、断ち切ることもまた、それ以上に尊い決断として本巻は賞賛している。

うるせー、過去など知ったことか、おれはおれを生きるのだ‼　と言える勇気。

守護霊が怨霊と化したとき、その呪縛を断ち切ることは受け継ぐことより難しく、心を傷つけることだろう。誰にも知られぬ影の世界で、それを成し遂げる人たちへ……尊敬と愛を込めて、ひとつのテーマの表裏を等しくみつめたつもりだ。

そんなところで結びといきたいがなんとこのあとがき後にもエピソードがある。楽しかったので筆が止まらなかったのであった。もう少しお付き合いください。

それではまた。

瘤久保　慎司

## エピローグ

そうして、その後。

キノコ人より産まれし菌神、『赤星（あかぼし）シュガー』は。

その神たるさだめを背負って、世界に生まれるあらゆる命を肯定し、はげまし、愛し……

喰（く）い喰（く）われ続く生命の螺旋（らせん）を、今日も見守っている。

「一瞬をみつめよ。」

「されば永遠に触れよう。」

孤独なとき、彼女を感じよ。

シュガーはすぐそばで、触れず、救わず——

ただ肯定だけを湛（たた）え、輪廻（りんね）転生の永遠を、抱きしめ続けているのだから——

…………。

………………。

かけた。

……本当に？

そうか、書けたんだな。

風が涼しく吹き抜け、カーテンを揺らした。

〈終〉　著・猫柳ソルト

と、文末をむすんで……

おれは背骨を伸ばして立ち上がり、十四本目のレッド・ブルのプルタブに指をかけようとして、やめた。どのみちもう一文字も書けそうになかったし、その必要もなかった。

おれは筆圧でクシャクシャになった紙束を不器用に揃えて、

「リュー！　穴たのむ！」

愛蟹のリューノスケに声をかけた。リューは小型のジャングルジムで遊ぶのをやめ、ピョンとおれのデスクに飛び乗ると、紙束の右上に鋏で穴をあけてくれる。

　お駄賃のパインアメをぼりぼりかじるリューノスケを片手間に見て笑いながら、おれは紐で原稿を綴じてひといきついた。

『第24回　黒革ノンフィクション大賞』の制限いっぱい、400字詰め原稿用紙のぎちぎち370枚。プロになってから公募に出すのは初めてだ。

　はたしてこれを『ノンフィクション』と呼べたものか……

　議論を呼ぶのはもちろんだろうけど、しっかり当事者にインタビューしたものだからこれは本当なのだ。

　当事者にインタビュー！

　そんなことができるのは、おれぐらいだ。まあ、血縁も実力のうちさ。

　おやじはそもそも記憶が適当だし、母さんもロマンスについてばっかり話すけど、少なくとも叔父さんの言うことは信用できる。

　実際はもっと作中人物の台詞や行動は激しかったらしく、お聞かせできないような罵詈雑言がつぎつぎ飛び出したらしいのだが——

　まあそこはエンタメの範疇に収まってもらった。

（うむ。よしよし……）

　おれが半ば悦に入りながらぺらぺらと自作をめくっていると、

『日付が変わりました。本日の天気などお伝えします……』

部屋のすみでＡＩスピーカーが喋(しゃべ)り出した。そのつるんと丸い球体に飛び乗って、リューノスケが八本脚をあそばせる。

『本日四月十一日は、霜吹(しもぶき)からの季節風の影響で一層の冷え込みが予想されます。降雨確率40%、傘のご用意もお忘れなく……』

そうかまだ冷え込むのか。血行の悪いわが身には、こたえるなあ……

……なんだって？

四月十一日……

四月十一日いいっっ⁉

「うわあああっっ‼　しまったっっ‼」

なんてことだ！

ここ数日缶詰で執筆して体感時間のみを頼りに生きていたが、

締め切りは十日だっっ‼

どうやらどこかで丸々一日気絶してしまったのだ。そもそも、出版社に直接持ち込む強行軍の予定が……これじゃ現時点を以(も)って遅刻確定、審査の対象にならない！

おれは原稿とコートをひっつかんで部屋から飛び出そうとし、そこで、

「ソルトくんっっ‼」

「ぎゃわっっ⁉」

開くドアに激突してスッ転んだ！

〈執筆中〉の札にかまわず、同居中の、ええと、この場合なんというか……そう、家政婦！の、ツムギさんがおれの部屋のドアを蹴り開けたのだ。

「わァッ。なんです、執筆中は接触禁止ィッ」

「ドアホンの向こうにお客さんです！　ソルトくんいますかって……」

「蛭角文庫の編集者でしょう、放っときゃいいんです！　あいつら自分はいくらでも人を待たせるくせに、いざってときは自分ばかり……」

「ちが――うっっ!!　小さな子です。赤い髪の、可愛らしい！」

ツムギさんは普段の糸目を真っ赤に泣きはらして、激怒とともにおれを睨んでいる！

「やっぱり。子供が、いたんですね……!!」

「はああっっ!?」

「家族だって言ってた！　信じたくなかったけど、瞳を見てわかったの。あのまんまるの翡翠の眼。ソルトくんそっくり！」

「落ち着いてください！　おれにそんな心当たりはっっ」

「信じてたのに……」

ぽろぽろと大粒の涙……。でも決しておれのせいではない。

「実家に帰らせていただきます。お世話になりました」

「ちょお――――っ！　待ってください。ツムギさんなしでおれはどうなります⁉　人が怖くて無人レジしか使えないおれが！　……ああっ、待って！　忌浜出版まで車で送ってってください、ツムギさ――――ん‼」

ばたん！

行ってしまった。

２ＤＫの中でおれは半ば茫然と口を開け、これからのことに絶望し……

「なんてこった、あんなに、あんなに、」

「あんなに怒ることないよねぇ？」

「ドワ――――ッッ‼」

いつの間にか肩の上にちょこんと乗った五歳児生命体の一声に、おれは再びスッ転んで自室に転がった。なにごとかと覗き込むリューノスケに、幼子はピースを決める。

「よっ！　リューノスケ。元気してたあ？」

「ねっ、ねね、」

おれは……

「姉さんッッ‼」

おなかの上でおれを覗き込む菌神様のまんまるの瞳に射抜かれて、カエルのようにもがく。

「シュガーなんかしたかな？　彼女、怒ってたけど」

「五歳児のまま来るからだよ！　誤解されてしまったぞ！」

「ソルトが急に呼ぶからでしょぉ。じゃじゃ――ん！　来てあげたよ！」

「呼ぶ……？」

……そうか。

おれの締め切りを憂う心からの叫びは、よほど本質に迫ったものだったのだろう。姉を、もとい菌神シュガーを呼び寄せるぐらいだから間違いない。

「おねえちゃんにたのみごとなんて、十年ぶり？　いかなるのぞみもかなえてしんぜるぞ。さあ、どんとこいっ！」

「い、いかなる、望みも……！」

胸を張ってふふんと得意気な姉の、超信力にすがりかけて……

「――いや、せっかくだが！」

踏み止まったこのおれ・猫柳ソルトの、高潔なる執筆精神！　おれはミリオンセラーの願望を天秤にかけそれでも、作家としての矜持を選んだのだ!!

「姉さんの奇跡の力はいらない！　おれは自分自身の――」

「メア――――っっ!!」

おれの乾坤の抗議などまったく届かない！　姉さんの叫びに応えて、ずわあっ！　と足元から海水が湧き上がり、小さな透明の箱舟となって僕らを乗せ、ふわりと浮いた。

「メア。目的地は忌浜出版本社。全速力だっ！」

「ああっ。弟の願いを読んだなっ」

『ゴッド・ブレス・ユー、ソルト君！　原稿は必ず届けよう。ペンは弓よりも強し……貴職の筆がいかに票を集め、国を動かすか。楽しみだな！』

「そんな大げさなもんじゃないっ！　おれの本は、ただの――！」

「リュー！　留守番たのむっ！」

びしぃっ、と差す五歳児の指に、ちょきんっ！　とリューノスケが敬礼を返せば、姉さんは嬉しそうに笑う。喜びに呼応するように、水の箱舟はびかびかと虹色に輝きだし、

「そのハサミ。おとーさんに似てきたね！」

（ぽこぽこ……。）

「出　航　――――っっ!!」

どうんっっ!!　とアパートの壁をぶち割って、午前零時の空に大きな虹をかけた。

＊＊＊

「やー、まにあった、まにあった！」

「間に合ったというか、」

空飛ぶメアの小さな箱舟。

忌浜出版ビルに無遠慮に空いた穴を振り返って、おれはげっそりと溜息をつく。

「中に忍び込んで、受付箱に放り込んだんじゃないか」

「他にやりようあったのお？　文句ゆうまえに、締め切りまもれっ！」

「んグッ」

火の玉正論……。

いわば本質のカタマリである姉に対して昔から口喧嘩で勝ったためしはない。ゲームとかは弱いのだが、窮地に陥るとオセロを全部白に変えたり、麻雀牌を全部白に変えたりしてとにかく絶対に負けを認めないのだった。

その後しょんぼり謝ってくるあたりが、まあ憎めないのだが……

「ねえねえソルト。次はどんな本を書くの？」

「ゲェッ。もう次の話を⁉」

「おそいー！　シュガーは一日で一冊読むのに、ソルトは半年かかってるっ！」

「そういうもんなんですぅ～ッ」

『シュガー、急かすのはバッドチョイスだ。いま脱稿したばかりではないか』

「だってー！　ソルトの小説、面白いんだよ！」

姉さんはおれの前々作『オーロラ・ダイバー』（蛭角文庫）を懐から取り出し、表紙に書いたおれの下手なサインを指さしてみせた。

「ママも、パウーも、出るたびに夢中になってる。パパだって、ソルトの前ではぶすっとして何も言わないけど、発売日に無我夢中で読んでるんだよ！」

「おやじがぁ？　まさか。漢字読めないだろ！」

「だから全部聞くのママに。ストーリーもだよ！　ここはどういう意味だ？　とか、こいつが黒幕だと思う！　とか。ネタバレうざいーってママ言ってた」

「……やははは っ」

いちいち、叔父さんに内容を熱心に聞くおやじを想像して……

おれは笑った。

「――ねえ。パパと、仲直りしてあげないの？」

「おれは怒ってない。向こう次第だよ」

「パパと同じこと言ってる～」

「やはは……」

まあ、いろいろ。

父と息子、男同士、どこの家庭も一筋縄じゃいかないよ。

でも、喜んでくれたんなら良かった。

「……おれは姉さんや、おやじのような奇跡の力は持ってない。母さんの腹の中で、それを捨てたこと。後悔したこともあったけど……」

「…………。」

「だけど今は幸せだ。奇跡がなくても、その『面白い』の響きさえあればね」

「なにいってんだよう。奇跡は起きてるよ、ソルト！」

「んん？」

「『おもしろい』って、奇跡だよっっ!!」

　虹の胞子が、ぶわっ、と、

喜色を孕んだ声を伴って噴き上がった。

「シュガーの大菌棍も、パパの超信弓も、感動の火が心に燃えたから産まれた。おもしろかったこと、うれしかったこと……その力が集まって、はじめて奇跡になるんだよ！」

「…………。」

「弱く、はかない、あなたの祈りこそが。」

シュガーの幼い指が……

おれの胸を撫でて心臓を突いた。虹色の粉が、おれの胸ではじける。

「森羅万象における、最強最大の奇跡。わたしたちを蘇らせる。羽ばたかせる。何度でも、不死鳥のように……。」

「………。」

「………。」

「……はやく書く気になった？」

「……なんだぁ、その、説き伏せたみたいな。もとから書く気だよ！」

「きゅははははっ！　よろしい」

おれたちは……

メアの小さな箱舟の上で、巨大な月をバックに、まるでE.T.みたいにして夜を横切ってい
く。


……。

姉さんは――
ずっと五歳のままだ。
その気になればいくつにでもなれるけど、時間というものからは切り離されている。ひょっ
とすると、死という概念をすら、持たないのかもしれない。
それが幸せなことなのか、そうでないのか、それは姉さんが決めることでおれにはわからな
いけど。ただどちらにしろ、
姉さんの永いときの中に、おれの一瞬が、何かを残せないか？
小説家になったのも、その気持ちからだった。もう一冊。もう一冊、書けるかな？　姉さん
が、ずっと喜べるようなものを。

『ソルト君！』

おれの考えを読んで、メアが元気に声を上げた。

『小説家たる貴職にとり、職務に忠実に愉快なシナリオを書き残してくれるのは当職にとっても喜ばしい。しかし、あまり派手なシナリオには気をつけてくれたまえ。シュガーが感動し影響されれば、世界がじわじわとその通りになってしまうからね』

「いいじゃん、おもしろければばっ！　余計なこと言うなぁっ！」

「姉さんは、派手なシナリオが好みなのか？」

「あったりまえじゃ――ん！」

おれの首根っこをつかまえて、五歳児のキラキラの眼がおれを正面からとらえた。

「派手なら派手なほどいいの。繊細な話もすきだけど……シュガーは、いのちが精いっぱいきらめいて、宇宙をかけめぐるような、そういう話がいい！」

命が、宇宙を……

駆け巡るような、かあ。

「………そうか。じゃあ、次は……スケールの大きい話にしよう」

「ほんと⁉」

「時は五万年後の、宇宙世紀だ」

「うちゅうせいきっっ⁉」

姉の瞳にびかりと虹が灯り、月より明るくおれたちを照らす！

「そうさ。生命はメアの量産した新型箱舟により、すでに銀河系に居を移している」

『オー・ゴッド！　そんな荒唐無稽な――』

「そこで繰り広げられる大スペクタクルさ。進化した多種多様な知的生命、飛び交うビーム・ガン、フォース・ブレードの剣閃！　古代惑星『地球』を巡る謎を追って、選ばれし戦士たちは決意を胸に――」

神様の翡翠の瞳は……

「――――！」

ゆめに光り輝き、おれに釘付けだった。

おれの言葉が姉さんの心に触れるたび、風が髪を撫でて、きらきらと夜に七色の粉を散らすのだ。

その景色が、あんまり綺麗だったので……

おれは喋るのをやめたくなくて、夢中で話しつづけた。

箱舟は飛んでゆく。

こぼれる虹はおれの話のひらめきに合わせて色を変え、空に尾を引き、

一夜かぎりのオーロラとなって、

ひとしれず、
ひとびとの夢を照らした。

遠い未来、遥か彼方の銀河系で――

The world blows the wind erodes life.
A boy with a bow running
through the world like a wind.

THE BOY'S ADVENTURE CONTINUES
TO THE GALAXY.

［漫画］夏星創
［構成］萩織章仁
The world blows the wind erodes life.
A boy with a bow running
through the world like a wind.
好評連載中!!

## ◉瘤久保慎司著作リスト

「錆喰いビスコ」（電撃文庫）
「錆喰いビスコ2　血迫！超仙力ケルシンハ」（同）
「錆喰いビスコ3　都市生命体「東京」」（同）
「錆喰いビスコ4　業花の帝冠、花束の剣」（同）
「錆喰いビスコ5　大海獣北海道、食陸す」（同）
「錆喰いビスコ6　奇跡のファイナルカット」（同）
「錆喰いビスコ7　瞬火剣・猫の爪」（同）
「錆喰いビスコ8　神子煌誕！うなれ斉天大菌姫」（同）

**本書に対するご意見、ご感想をお寄せください。**

ファンレターあて先
〒102-8177　東京都千代田区富士見2-13-3
電撃文庫編集部
「痛久保慎司先生」係
「赤岸K先生」係
「mocha先生」係



本書は書き下ろしです。

電撃文庫

# 錆喰いビスコ8
## 神子煌誕！うなれ斉天大菌姫

瘤久保慎司

2022年1月10日　初版発行

発行者　青柳昌行
発行　株式会社KADOKAWA
〒102-8177　東京都千代田区富士見2-13-3
0570-002-301（ナビダイヤル）
装丁者　荻窪裕司（META＋MANIERA）
印刷　株式会社暁印刷
製本　株式会社暁印刷


●お問い合わせ
https://www.kadokawa.co.jp/（「お問い合わせ」へお進みください）
※内容によっては、お答えできない場合があります。
※サポートは日本国内のみとさせていただきます。
※ Japanese text only

※定価はカバーに表示してあります。


ISBN978-4-04-914036-1　C0193　Printed in Japan

電撃文庫　https://dengekibunko.jp/

# 電撃文庫創刊に際して

文庫は、我が国にとどまらず、世界の書籍の流れのなかで〝小さな巨人〟としての地位を築いてきた。古今東西の名著を、廉価で手に入りやすい形で提供してきたからこそ、人は文庫を自分の師として、また青春の想い出として、語りついできたのである。

その源を、文化的にはドイツのレクラム文庫に求めるにせよ、規模の上でイギリスのペンギンブックスに求めるにせよ、いま文庫は知識人の層の多様化に従って、ますますその意義を大きくしていると言ってよい。

文庫出版の意味するものは、激動の現代のみならず将来にわたって、大きくなることはあっても、小さくなることはないだろう。

「電撃文庫」は、そのように多様化した対象に応え、歴史に耐えうる作品を収録するのはもちろん、新しい世紀を迎えるにあたって、既成の枠をこえる新鮮で強烈なアイ・オープナーたりたい。

その特異さ故に、この存在は、かつて文庫がはじめて出版世界に登場したときと、同じ戸惑いを読書人に与えるかもしれない。

しかし、〈Changing Times,Changing Publishing〉時代は変わって、出版も変わる。時を重ねるなかで、精神の糧として、心の一隅を占めるものとして、次なる文化の担い手の若者たちに確かな評価を得られると信じて、ここに「電撃文庫」を出版する。

**1993年6月10日**
**角川歴彦**

# 電撃文庫DIGEST　1月の新刊

発売日2022年1月8日

## 錆喰いビスコ8
**神子煌誕!うなれ斉天大菌姫**

【著】瘤久保慎司　【イラスト】赤岸K
【世界観イラスト】mocha

ビスコとミロの前に立ちはだかる箱舟大統領・メア。窮地に立たされた二人を救ったのは――ミロが出産した第一子「赤星シュガー」だった！　箱舟に保存された生命を取り戻すため、親子の絆で立ち向かう！

## 俺を好きなのはお前だけかよ⑰

【著】駱駝　【イラスト】ブリキ

パンジー、ひまわり、コスモス、サザンカ、サンちゃんを始め多くの仲間達とラブコメを繰り広げたジョーロの青春も今度こそ本当にエンディング。アニメ『俺好き』BD/DVDの特典SSも厳選・加筆掲載されたシリーズ最終巻！

## 恋は双子で割り切れない3

【著】髙村資本　【イラスト】あるみっく

相変わらず楽しくはやっているけれども、どこかこじれたままの純と琉実と那織。自ら部活を創設して、純を囲って独占を図ろうとする那織。一方の琉実は、バスケ部員の男友達に告白されて困惑中で……？

## わたし、二番目の彼女でいいから。2

【著】西 条陽　【イラスト】Re岳

俺と早坂さんは、互いに一番好きな人がいながら「二番目」同士付き合っている。そして、本命だったはずの橘さんまでが「二番目」となったとき、危険で不純で不健全なこの恋は、もう落としどころを見つけられない。

## わたし以外とのラブコメは許さないんだからね⑤

【著】羽場楽人　【イラスト】イコモチ

夏も過ぎ、2学期へ突入。いよいよ文化祭が近づいてきた。イベントの運営に、クラスの出し物の準備と慌ただしく時間が過ぎていく。ヨルカとのラブラブは深まっていくが、肝心のバンド練習は問題が山積みで……？

## ひだまりで彼女はたまに笑う。2

【著】高橋 徹　【イラスト】椎名くろ

ネコのストラップをふたりで見つけたことで、以前より楓と仲良くなれたと伊織は実感する。もっと楓の笑顔を見たい、あわよくば恋仲になりたい、そんな思いを募らせる伊織。そんなふたりの、初めての夏が今、始まる。

## 新作　天使は炭酸しか飲まない

【著】丸深まろやか　【イラスト】Nagu

恋に悩みはつきものだ。学校内で噂の恋を導く天使――明石伊緒は同級生の柚月湊に正体を見抜かれてしまう。一方で湊も悩みを抱えていて……。記憶と恋がしゅわりと弾ける、すこし不思議な青春物語。

## 新作　私の初恋相手がキスしてた

【著】入間人間　【イラスト】フライ

ある日うちに居候を始めた、隣のクラスの女子。部屋は狭いし、考えてること分からんし、そのくせ顔はやたら良くてなんかこう……気に食わん。お互い不干渉で、とは思うけどさ。あんた、たまに夜どこに出かけてんの？

## 新作　美少女エルフ（大嘘）が救う！弱小領地　～万有引力だけだと思った？前世の知識で経済無双～

【著】長田信織　【イラスト】にゅむ

ハッタリをかまして資金調達、公営ギャンブルで好景気に!?　手段を選ばない経済改革を、（見かけは）清楚なエルフの麒麟児・アイシアは連発する！　造幣局長だった前世――ニュートンの経済知識を使って。

## 新作　その勇者はニセモノだと、鑑定士は言った

【著】囲 恭之介　【イラスト】桑島黎音

有能な鑑定士でありながらも根無し草の旅をしていたダウトが受けた奇妙な依頼、それは「勇者を鑑定してほしい」というもので……？　巷を騒がす勇者の正体は本物？　それとも詐欺師？　嘘と誠を暴く鑑定ファンタジー！

## 新作　魔女学園最強のボクが、実は男だと思うまい

【著】坂石遊作　【イラスト】トモゼロ

最強の騎士・ユートは任務を与えられる。それは、魔女学園に女装して入学し、ある噂の真相を解明しろというもの。バレたら即終了の状況で、ユートは一癖も二癖もある魔女たちと学園生活を送ることに――。

二月 公
イラスト／さばみぞれ
声優ラジオのウラオモテ
#01 夕陽とやすみは隠しきれない？
オモテは元気&清楚なアイドル声優／
ウラはギャル&根暗地味子な女子高生!?
プロ根性で世界をダマせ!
バレたらアウトの声優ラジオ
Now On Air!!
第26回
電撃小説大賞
大賞
受賞
電撃文庫